始
RYUDO HAJIME
余
RYUDO AMARU
終
RYUDO OWARU

講談社文庫

創竜伝15

旅立つ日まで

田中芳樹

講談社

目次

カバー・口絵／CLAMP（『創竜伝原画集』より）

創竜伝15

〈旅立つ日まで〉

『創竜伝15〈旅立つ日まで〉』——おもな登場人物

竜堂始《りゅうどうはじめ》(23)	竜堂4兄弟の長兄。責任感ある竜堂家の家長。東海青竜王敖広《ごうこう》。
竜堂続《りゅうどうつづく》(19)	竜堂4兄弟の次兄。上品な物腰の美青年。南海紅竜王敖紹《ごうしょう》。
竜堂終《りゅうどうおわる》(15)	竜堂4兄弟の三弟。好戦的なヤンチャ坊主。西海白竜王敖閏《ごうじゅん》。
竜堂余《りゅうどうあまる》(13)	竜堂4兄弟の末弟。おっとりとした坊や。北海黒竜王敖炎《ごうえん》。
鳥羽茉理《とばまつり》(18)	竜堂兄弟の従姉妹《いとこ》。明朗快活な美人。じつは西王母《せいおうぼ》の末娘・太真王夫人《たいしんおうふじん》。
鳥羽靖一郎《とばせいいちろう》(53)	茉理の父。共和学院学院長。
鳥羽冴子《とばさえこ》(48)	茉理の母。
水池真彦《みずちまさひこ》(29)	元陸上自衛隊二等陸尉。
虹川耕平《にじかわこうへい》(29)	元警視庁刑事部理事官。水池の旧友。
蜃海三郎《しんかいさぶろう》(29)	元国民新聞資料室次長。共和学院時代、虹川の同期生。
松永良彦《まつながよしひこ》(0)	水池の親友。有能かつ勇敢な子犬。
小早川奈津子《こばやかわなつこ》	征夷大将軍。
勝岡寛太《かつおかかんた》	京都の右翼勢力のボス。小早川奈津子の甥。
布施《ふせ》	内閣官房長官。
ダグラス・W・ヴィンセント	アメリカ合衆国大統領補佐官。
西王母《せいおうぼ》	女仙たちの長。仙界の宮殿に住む。
瑶姫《ようき》	闊達《かつたつ》聡明な仙界のお姫様。西王母の四女。
二郎真君《じろうしんくん》	赤城王《せきじょうおう》。青竜王と並び称される勇将。松永君の飼い主。
曹国舅《そうこくきゅう》	八仙のひとり。
藍采和《らんさいわ》	八仙のひとり。
蚩尤《しゆう》	牛種の首領。黄帝《こうてい》と熾烈《しれつ》な戦いをくり広げた。
炎帝神農氏《えんていしんのうし》	聖王。三皇五帝のひとり。中国文化の源。

第一章　西も東もパニック

I

竜堂《りゅうどう》家の四人兄弟、始《はじめ》、続《つづく》、終《おわる》、余《あまる》は、東海道《とうかいどう》を東へ向かって進んでいる。出発地点は名古屋《なごや》、目的地は静岡《しずおか》だが、静岡自体に用件はない。富士山《ふじさん》大噴火という事態にあって、静岡は西の最前線にあたり、それより東は原則として立入禁止となっている。政府関係者、自衛隊、消防、警察、それに国内外のメディアが蝟集《いしゅう》して、大混雑だ。

長兄《ちょうけい》の始は、静岡で情報を収集して、それ以降の、東京《とうきょう》へ到着するルートを選定するつもりだった。東京には彼らの家があり、叔母《おば》夫婦も住んでいる。それらの安否を確認しなくてはならない、のだが……。

「そのあとは、どうするのさ」

問題を提起したのは、三男坊の終である。

「学校だって閉鎖されてるだろうし、家は灰に埋もれてるぜ。電気も水道も通じてない。そこで何をする気なの？」

「来たくなければ、来なくてもいいんですよ」

応じたのは、次男の続だ。一五歳の三男坊は、一九歳の兄に向かって反論した。

「そんなこと、いってないだろ。おれはただ行動の目的について疑問を述べてるだけ」

「そうですか、ぼくはまた、家長に不平を並べているのかと思いました」

「だから、そんなこと、いってないって」

すこしあわてて、終は頭と手を同時に振る。彼の前を歩いていた二三歳の長男坊が、広い肩ごしに振り向いた。

「終のいいたいことはわかる」

「そ、そう？」

「だけど、返事はできない」

「どうして？」

背の高すぎるほど高い長男を、一三歳の末っ子が振りあおぐ。始は苦笑して、末弟《まってい》の頭を、ぽんと軽くたたいた。

「じつは、東京に着いてからのことは、まだ決めてないんだ」

「えー!?」

「終にいい考えがあったら聴かせてくれ。おれはそのとおりにするから」

「兄さんがそうするなら、ぼくもそうします」

「ぼくもだよ、聴かせて、終兄さん」

三男坊はむくれた。

「あー、そうやって、よってたかっておれをいじめるんだな。おれにも、いい考えなんてないよ。夜は寝て、昼は歩いて、東へ進めば東京へ着くさ」

兄弟四人は、国道一号線、つまり昔の東海道を歩いているのだった。東京まで歩いていくつもりなのである。富士山の大噴火で、交通機関がマヒしているので、是否《ぜひ》もない選択ではあった。彼ら四人が歩いている傍《そば》では、算《かぞ》えきれないほどの車がひしめきあって、動けずにいる。いわゆる渋滞なのだが、そのありさまは、終が、

「世界一長い駐車場」

と評するほどであった。

「夜は眠る、か。もっともだ。暗くなってからも歩いているが、このへんで宿をとってもいいかもしれん」

「そうですね」

「といって、ここはどのあたりだ？　愛知《あいち》と静岡の県境はこえたのか？」

次男坊は、折りたためるスマートフォンをポケットから取り出し、いそがしく指を動かした。

「まだ県境はこえてませんね。検問がありませんし……」

「豊橋《とよはし》のあたりか」

「ですね。名古屋から六〇キロあまりを、六時間で歩いたことになります」

続の言葉にうなずいて、始は年少組を見やった。終は元気ハツラツ、余はすこし疲れたようすである。

「もう夜の一一時か。ちょっと無理をさせたな。どこかで宿をとろう」

「部屋がありますかねえ」

「さがすさ。人間の足としては、歩きすぎだ。一泊して、明日からのルートを考えよう」

兄たちの会話に、終は拍手を贈った。

「いいね、いいね。御飯を食べて、おフロにはいって、おフトンでゆっくり眠る。よろこべ、余、人並みの一夜が送れるぞ」

「うん、でも、ぼく、ひと晩じゅう歩いてもいいよ」

余の頭に、長兄が手を置いた。

「ココロザシはりっぱだが、休めるときには休んでおこう。今日明日が最後じゃないからな。終のいうことにも一理ある。東京に着いてからが、むしろ問題なんだ」

「うん、わかった」

四人はすこし逆方向に歩いた。渋滞した車列のヘッドライトがまぶしい。歩みをとめてスマートフォンをいじっていた続が声をあげた。

「兄さん、ちょっと良くない報《しら》せです」

「どうした？」

「進入禁止のラインが、静岡市から大井川《おおいがわ》に変更されました」

始は思わず溜息《ためいき》を吐き出した。

「どうせ突破するつもりだったが、ここは無理せず、北まわりで行くしかなさそうだな」

すると、三男坊の終が、指を振りながら弁じはじめた。

「だいたい、人身のままで富士山をこえて東京まで行こうってのが、無謀なんだよ。竜に変身したら、灰のなかに裸で立つんですか？」

「そして、灰のなかに裸で立つんですか？」

「うーん、そうだ、それぞれがリュックくわえて飛ぶ。それならいいだろ？」

「ひとりが他の三人を乗せて飛ぶ。そのほうが、まだましです。やたらと竜になって、もとにもどれなくなったら、どうするんです？」

「それならそれで、あたらしい人生、じゃなかった、竜生があるさ」

弟たちの会話を聞いて、始は複雑な気分になった。どうやら自分が一番、悲観主義者らしい。東京に着いてからどうするか、という展望もなかった。そんな自分を気づかって、弟たちが明るくふるまっているのもわかる。

「ダメな家長だなあ、おれは」

そう思ってから、あわてて始は頭《かぶり》を振り、気分を入れかえた。落ちこんでいる場合ではない。兄弟全員の安否が彼にかかっているのだ。

「みんな注意しながら歩いてくれ。市街に近づけば、ビジネスホテルぐらいあるはずだ。看板を見落とさないようにな」

「はあい」

年少組は勢いよく返事して前に立った。どうやら余も、すこしばかりの疲労を吹き飛ばしたようで、足どりをはずませている。

始と続は、弟たちの後から歩いていった。

「兄さん」

「うん？」

「心配いりませんよ。終君も余君も、この状況を愉《たの》しんでますから」

「だといいんだがな」

「これくらいでへこんでちゃ、竜はつとまりません」

「そういうお前はどうなんだ」

問われた次男坊は、声をたてずに笑った。

「次男坊は、長男と憂いをともにします」

「お前が一番、愉しんでいるんじゃないか」

「ばれましたか」

そのとき、前方で余が声をあげた。

「あったよ、ホテルがあった！」

「どこだ？」

「ほら、あそこ」

指さしたのは終で、視線を指先の延長上に向けると、赤と青のネオンサインが出ている。よくいえば、きらびやか。悪くいえば、どぎつい。どちらにしても、深夜に存在を誇示するように、「ファッションホテル・ヴィーナス」と記されている。

「早くいこうぜ、満室になっちまうかもよ」

立ちつくしている兄たちに、終が、急《せ》かすような声をかけた。

始は、ばかばかしい決断をせまられた。一八歳以上専用のホテルに宿泊するか否《いな》か。やましいことはないが、一五歳の終や一三歳の余を泊めていいものかどうか。こりゃ東京行きの過程で最大の難関かもしれんぞ。そう思ったとき、ホテルの前庭に走りこんでいった終と余が、しおしおともどってくるのが見えた。

「どうした？　満室だったか」

内心、安堵《あんど》した始が問うと、終が頰《ほお》をふくらませた。

「玄関で追い返された」

「へえ、どうしてです？」

続の声が、やや白々《しらじら》しい。

余が、三兄《さんけい》につづいて、

「子どもの来るところじゃないって」

「何だか、ぼくを泊めると、警察につかまるんだって。そんなホテルってあるの？」

「あるんですよ。残念ですけど、あきらめて他のホテルをさがしましょう」

やれやれ、案ずるまでもなかったか。始はアゴにさわりながら、また自嘲《じちょう》をおぼえた。そのていどのこと、ホテルのネオンサインを見た時点で判断できるはずだ。やはり疲れて失調してるらしい。今夜はゆっくり寝《やす》む必要がある。

四人はまた宿をさがして歩きはじめたが、天は竜の子たちを見すてなかった。ほどなく、二四時間営業のカラオケ店が見つかったのだ。料金を前払いして五、六人用の個室を借り、防音設備のととのった部屋で、一曲も歌わず眠りこんだ。

II

一夜が無事に明けて、四人兄弟は宿（？）を出た。ベッドはなく、ソファーと床の上で寝たのだが、疲れはとれている。朝食はカラオケ店のフライドポテトやコーラですませた。従姉妹《いとこ》で、「竜堂家の最低限度の文化的生活を守る会」の会長である鳥羽《とば》茉理《まつり》が見たら、柳眉《りゅうび》をひそめたにちがいない。

「日本も広いよなあ」

三男坊が、歩きながらのびをした。

「何です、いまさら」

「だって、東京周辺では、たくさんの人が避難してるのに、二四時間カラオケを愉しんでる人たちもいる」

「でも、昨夜《ゆうべ》はあんまりお客がはいってなかったみたいだよ」

「当然だろうな」

昨夜からすこしも動いていないように見える国道の車列を、始《はじめ》はながめやった。何千人、何万人のドライバーと家族たちが、不自由な車中泊を強《し》いられたことだろうか。

「兄さん、それで今日はどうします？」

「うん、静岡ルートが使えないとすると……」

豊橋から北上して長野《ながの》県にはいり、伊那《いな》盆地を通過して、松本《まつもと》に。そこから長野まで行って、北陸《ほくりく》新幹線を使う。そうすれば熊谷《くまがや》あたりまでは行けるはずだ。

「ずいぶん大まわりになりますね」

「しかたない。こういうことになるんだったら、名古屋から中央本線を使って松本までいくべきだったな、おれの判断ミスだ」

「始兄さんのせいじゃないよ。ぼく、どうせ中央本線も満員で乗れなかったと思う」

末っ子がなぐさめてくれる。

「そうそう、始兄貴は予言者じゃないし、ミスがあっても、しかたないって」

三男坊も同調したが、陽気な口調でも、たいして長兄をなぐさめはできなかった。

「ダメでもともとだ。飯田《いいだ》線に乗れるかどうか、ためしてみよう」

そこで四人は豊橋市街にはいった。駅で若い女性の駅員に尋《たず》ねてみる。こういう場合、尋ねる役は次男坊の続である。

「は、はい、辰野《たつの》まで全線動いてます」

うういうしく頬を染めての答に、続は長兄をかえりみた。

「だそうです、兄さん」

「よかった。乗れればありがたい」

ひとまず始は胸をなでおろした。四人の兄弟を順番にながめていた窓口の女性が、ひかえめな声を出す。

「でも……」

「でも、何です？」

「指定席は全席売り切れで……」

「自由席でかまいませんよ。四枚ください」

「すわれるといいですね」

女性駅員が心配してくれた。続は、にっこり笑みを返して、サービスすると、兄弟たちのところへもどる。

運がいいのか悪いのか、発車にまにあった。見てげっそりするほどの満員状態である。「とにかく行けるところまで行ってみよう」という人が多いのだろう。始は妙に感心しながら、なるべく空《す》いている乗車口をさがした。弟たちから先に乗せると、始の広い背中をかすめるようにドアが閉まった。四人の危険人物を乗せて、列車は豊橋駅を出発する。

竜堂兄弟は何とか車室にはいったが、空席などあるわけもなく、通路で立ちんぼうになった。乗れただけでも幸いだし、終点の飯田までは三時間の辛抱である。

「何もなければ御《おん》の字だ」

始はつぶやいたが、二時間ほどで「何」が生じた。先に乗っていた職業不詳の中年男性が、いきなり詰問調で声をかけてきたのである。

「お、お前ら、京都《きようと》で騒ぎをおこしたやつらやろう?」

始はそっけなく応じる。

「さあ、何のことですか」

「とぼけるな」

満員電車のなかで、男は苦労してポケットからスマートフォンを引き出すと、あわただしく指を動かした。始は内心で眉《まゆ》をしかめる。男の無礼が気にくわなかったし、スマートフォンがきらいなこともある。仕事に最小限つかう以外は、手もふれない。

検索を終えたらしい男が、四兄弟に画面を見せた。京都で機動隊とやりあっている場面だ。

「どうだ、これ、お前たちだろう」

始は真剣な表情で、スマホの画面を凝視した。

「へえ、すこし似てますね」

「とぼけるな!」

「さっきもそうおっしゃいましたね」

始はかるくかわした。男はいきりたつ。

「何度でもいってやる。お前らは京都で騒ぎをおこした不逞《ふてい》の輩《やから》だ」

「見ず知らずの人から、『お前』呼ばわりされる覚えはありませんね」

そう言い放った続の眼光が、相手を愕《ぎょっ》然とさせた。瞳が紅に見えたのだ。男は後退しようとしたが、乗客の壁にさえぎられて一歩もしりぞけない。

「おい、みんな、不審なやつらがこの列車に乗ってるぞ――痛ッ！」

男の手からスマートフォンがもぎとられていた。続がなめらかな動きでとりあげたのだ。

「つくづく、おせっかいな人ですね」

「あっ、こら、勝手に消去するな！」

男があわててとり返そうとしたとき。

「おい、あれは何だ？　窓の外の……」

その声で、幾人かの客が、車窓の外を見やった。見えるのは、豊かな紅葉の木々と、天竜川《てんりゅうがわ》の流れ。それに加えて、

「うわッ、ば、化け物だ」

別の客が悲鳴をあげる。雑踏のなかで、始は苦労して車窓の外に視線を投げた。車

体のすぐ傍を何かが飛翔《ひしょう》している。地上二メートルほどの空中を飛びまわっているのだ。

「あっ、あれもネットで見たぞ！」

「いったい何だ」

車内が騒然とするなか、続はすました顔でとりあげたスマートフォンを放りすてた。

「飛天夜叉《ひてんやしゃ》だ！」

末っ子の余が小さく叫んだ。ロバの頭、コウモリ形の翼、熊の巨体をそなえた怪物だ。

「まだ生き残りがいたんだ。京都から追ってきたのかな」

終の声が、はずんでいる。満員列車の旅に、とっくに飽《あ》きていたのだ。

「窓が……窓が破られる……！」

悲鳴につづいて、耳ざわりな音がひびきわたる。クモの巣状に亀裂のはいった車窓は、一拍おいて四方に飛び散った。飛天夜叉が体あたりしたのだ。あらたな悲鳴とともに、車体が揺れた。

列車は天竜峡の近くで、天竜川にかかった鉄橋にさしかかっている。四頭の竜蛇《りゅうだ》が、それを持ちあげようとしていた。列車が悲鳴をあげ、車輪と線路との間に火花が散る。車内は人々のパニックに満ちみちた。

その間にも、窓を破った飛天夜叉たちは、太く長い腕を伸ばして乗客の身体をつかみ、窓から引きずり出しては宙に放り出した。放り出された人々は、絶叫し、手足をばたつかせながら落ちていく。

「好きほうだいやりやがって」

憤然となった終が、窓に近づこうとしたが、必死で窓から離れようとする人々の壁にはばまれて、思うようにならない。

いまや三両編成の列車は、完全に宙に浮いている。竜蛇たちは列車を空高く持ちあげてから、地面にたたきつけるつもりだ。そう判断すると、始は、右往左往する人々を強引に押しのけて窓ぎわに近づいた。いそいで続が後を追う。

「兄さん!?」

「これは、おれにしかできない。あとをたのむ」

始は、右の肘《ひじ》をまだ無事な窓ガラスにたたきつけた。ただ一発で、強化ガラスが砕け散る。寒風が車内に流れこむ。

「誰だ、何て乱暴なことを――あッ!」

始を非難する乗客の声が、途中から悲鳴に変わった。始は窓枠を乗りこえると、そのまま車外に飛び出したのだ。

「あっ、兄貴、おれもいく」

二、三人の客を踏みつけて、終が長兄につづこうとする。その足音を、続がつかんだ。

「何でとめるんだよ！」

「ちょっと待ちなさい」

続が言葉をつづけようとしたとき、世界が青く染まった。窓という窓から、サファイアを気体化させたような青碧色《せいへきしょく》のかがやきが車内になだれこむ。

「な、何だ、何がおこった……!?」

「あ、あ、あれを見ろ！」

竜堂家の兄弟たちには、見る必要もなかった。燦爛《さんらん》たる光芒《こうぼう》のなかから、異形のものが出現したのだ。始は本来の姿である青竜《せいりゅう》と化して、宙で長大な身体をひと振りした。

一〇頭ほどの飛天夜叉がその周囲にむらがる。もはやスマートフォンで撮影する音もせず、人々は茫然《ぼうぜん》と見守るばかりだった。

III

列車は、八〇メートル下の天竜峡めがけて落下をはじめていた。竜蛇たちが列車を「解放」したのだ。恐怖と絶望の叫びが三秒ほどひびきわたったが、下方になだれを打って転落するはずの乗客の間から異種の叫びがあがった。

「な、何だ、空中に浮いてるぞ」

「落ちてない……」

「何がどうなったんだ」

真相を察したのは、竜堂家の次男、三男、末っ子だけであった。青竜は、重力を制御する能力を使って、列車を空中に浮かせているのだ。

ゆっくりと、静かに、列車は宙を降りていく。慎重に、デリケートな操作で。一秒に三〇センチずつほど。それに怒りくるった怪物たちが、青竜におそいかかる。かみつき、ひっかき、尾でなぐりつける。

「続兄貴、まだだまって見てていいのかよ?」

「そんなつもりはありません。いきますよ、終君、余君」

「やったね!」

人波に埋もれていた余が、大の成人《おとな》たちをはね飛ばして天井に飛びついた。「ごめんなさい」をくりかえしながら、乗客の頭や肩の上をするすると走る。

「おい、君たち、何をする気だ!?」

三人は返答しない。まっさきに、終がためらいもなく窓枠を蹴《け》った。つぎに余、最後に続。乗客たちは声をうしなう。数秒後、たてつづけに閃光《せんこう》が、ガラスのない窓から車内に突入してきた。白、黒、紅の順で。そして三頭の竜が宙に躍るのを見た乗客たちの数人が卒倒した。

三頭の竜が、怪物たちを急襲する。青竜にむらがっていた竜蛇や飛天夜叉たちは自業自得の状況に追いこまれた。

竜蛇や飛天夜叉の妨害を、弟たちが排除してくれたので、青竜は列車をゆっくりと地上におろしていった。

静かに、列車は地上にもどった。それも、橋を通過した線路の上に置かれたのである。

一瞬の静寂に、狂喜の叫びがつづいた。

「助かった、助かったぞ！」

「ほんとに助かったのね！」

「地上だ、地上だ」

興奮した乗客の多くが、こわれた窓から地上に降りて、雲のなかに姿を消していく四頭の竜を見送った。

「竜だったぞ、あれは」

「竜？　まさか、そんなバカな」

「まだそんなことを言ってるのか。あっ、しまった、スマホで撮《と》るのを忘れてた！」

「まぬけ！　いや、まだまにあう」

「しかし、これで何とか飯田まで行けるな」

「いや、だめです。たしかに線路の上にのっているが、脱輪していますから」

「ここから歩くのか！」

「しょうがない。生命があっただけでも、めっけものだ」

「飯田まで十二、三キロです。三時間もあれば着きます。そこで休みましょう」

誰が先導したわけでもなかったが、乗客たちの半数ほどは前後して歩き出した。ほどなく国道に出る。ところが、彼らの災難はまだ終わっていなかった。若者たちの間では、ひと安心したこともあって、まだ論争がつづいていた。

「竜は京都でも目撃されてるんだぞ！」

「へえ、そうかい、UFOだって世界中で目撃されてるよな」

「バカにするのか、おい」

「何かの錯覚だってば。竜なんか存在するはずないだろ！」

「じゃ、あれは何なんだ」

ひとりの指が空を指《さ》す。雲の下を、白い竜が、飛んでいるというより宙を泳いでいる。

「おっ、あれこそ動かぬ証拠だ。スマホで撮《と》って世界中に拡散させてやるぞ」

「おい、待てよ、あぶないったら」

「なあに、もう大丈夫さ」

夢中でスマートフォンを振りかざす青年の背後から、最後の飛天夜叉がおそいかかった。

絶叫とともに人血が噴きあがり、両眼を見開いたままの首が宙に舞いあがる。

「わあッ」、「きゃあ」、「逃げろ」

秩序をうしなった群衆は、方角をたしかめることもできず、四方八方へ逃げ散る。トンネルへ逃げこむ者、荷物を放り出す者、つまずいて転倒する者、しがみつく女性を押しのける男。正視しがたい恐慌《パニック》だ。

それを見た飛天夜叉は、狂笑して咆《ほ》えると、つぎの獲物をねらって、宙を急降下する。その鉤爪《かぎづめ》が、ひとりの老婦人の首すじにかかろうとする寸前、白い光の帯が奔《はし》った。

噴血とともに飛んだ首は、飛天夜叉のものだった。老婦人を救った白竜《はくりゅう》は、なおもかざされるいくつかのスマートフォンを無視し、上空を飛び去る青竜、紅竜《こうりゅう》、黒竜《こくりゅう》を追って、みずからも東の空へ飛び去っていく。

四頭の竜たちは、いつもの困惑を味わった。人助けはけっこうなことだが、往々にして後始末がたいへんなのだ。

人目につかない森の中で変身を解いた四人は、寒さに閉口しながら服を着た。衣服をつめこんだバッグを、黒竜がくわえてきたので、裸のまま歩き出すのをまぬがれたのだった。


東京都中野《なかの》区北部、哲学堂《てつがくどう》公園にほど近い住宅地である。

ここに竜堂兄弟の家があった。いや、現在でもあるのだが、住んでいた四人兄弟が忽然《こつぜん》と姿を消してから半年以上。ときおり訪ねてくる人が、鎧戸《よろいど》をあけて掃除をしたり、庭の草をむしったりしていたが、富士山の噴火以降は、ほんの一、二度、人影を見ただけで、灰と静寂につつまれている。窓も閉めきられたままだが、これは東京のどこの家でもおなじことだ。窓をあけたら火山灰が吹きこんでくる。

「もう、いつまでつづくのかしら」

帽子をかぶり、マスクとゴーグルを着け、上下のジャージーを着こみ、長靴をはいた花井《はない》夫人が、富士山への敬意も放り出して、シャベルをふるっている。花井氏は小さな書斎で、電子版国語辞典の校正をしていたが、いきなり窓ガラスをたたく音がして、彼の仕事を中断させた。花井氏は肩をすくめ、机から立って窓をあける。

「あ、あなた、あなた」

「何だい」

「お、おとなりの竜堂家の……」

「四人兄弟が、どうかしたのか」

「生きてたのよッ！」

「けっこうなことじゃないか」

良識的なことを口にしてから、花井氏は尋ねた。

「しかし、どうしてそれがわかった？」

「み、み、見たのよ、この目で」

「ほう、どこに行ってたかは知らんが、よく帰って来られたな」

「何バカなこといってるの！」

花井夫人はジダンダを踏んだ。おかげで、地上の灰が舞いあがって、花井氏は閉口した。

「ほら、早くあなたも外に出て、たしかめて」

「そんなことをしなくても――」

「近隣の無関心が、住宅街の犯罪を生《う》むのよッ、真相を突きとめるのが日本国民の義務よ！」

　生垣の向こうを歩む竜堂兄弟のもとへ、灰を蹴たてて花井夫人は駆けつけた。

「あ、花井さん」

始のほうから声をかけてきた。三人の弟は無言で一礼する。

「あ、あ、あなたたち……」

「ちょっと出かけてましして、またすぐ出かけることになると思います」

「で、出かけるって、どこへ？」

「月だよ」

　末っ子が笑いながら応じる。

「つ、月ってあの月……？」

「こら、余、成人《おとな》をからかうんじゃない」

「はい、ごめんなさい」

　末っ子は首をすくめる。花井夫人は呼吸をととのえ、いやみをいう態勢をとった。

「言いたくないならいいのよ。無理に答えさせる気もないしね。でも、月はないんじゃないかしらね」

　とげとげしい口調に、竜堂家の三男坊が勃然《むっ》として反論しかけた。その口を、次男坊がおさえる。

「すみません、花井さん、失礼しました」

「わかってくれたらいいのよ」

「ほんとうは火星に行くんです」

「か……」

あまりの言種《いいぐさ》に、花井夫人は絶句する。竜堂家の長男が弟たちを見まわした。

「さあ、これ以上時間をとらせちゃ申しわけない。家に入るぞ」

四人がそろって一礼し、背を向ける。花井夫人はマスクの下で、むなしく口を開閉させた。

幸か不幸か、この日、四兄弟の義理の叔父《おじ》で、鳥羽茉理の父親である靖一郎《せいいちろう》は、竜堂家の掃除に来ていた。竜堂兄弟の母校である共和《きょうわ》学院の学院長である。玄関のベルは停電で鳴らない。ドアをたたく音で出てきた靖一郎は、四人の姿に直面して仰天《ぎょうてん》した。

「お、お前たち、な、な、何で……」

「ご心配おかけしましたが、ごらんのとおりです」

靖一郎より先に、続が口を開く。

「それから、茉理ちゃんも無事です、ご安心を」

「茉理……」

マスクごしに大きなクシャミをして、靖一郎は大きく呼吸した。

「ま、茉理が無事なら、何でいっしょにいないんだ」

「ぼくたちといっしょにいるほうが、危険ですから」

「き、危険？」

「なので、安全な場所にいてもらってます」

このとき、四兄弟は、茉理が仙界《せんかい》へ赴《い》ったことをまだ知らないでいる。

Ⅳ

廊下にスリッパの音がして、中年の女性が姿をあらわした。

「冴子《さえこ》おばさん、ごブサタしています」

「ええ、ひさしぶりね」

ほどほどに美人で、教師か官僚の雰囲気を持つこの女性が、四人はいささか苦手である。茉理の母で、靖一郎の妻で、四人兄弟の叔母なのだ。

「何だか服が身体に合ってないみたいだけど、まあ、わたしにとっては、あなたたちが無事で嬉《うれ》しいわ」

「ぼくたちにとってもですよ！」

熱烈に、終は賛同してみせる。幼児のころ、さんざんイタズラをしでかして、長兄より早くこの叔母に「教育的指導」を受けたことが何度もあるのだ。お尻をたたかれるより「おやつぬき」のほうが、はるかに応《こた》えた。現在では児童虐待と思われるかもしれないが、けっして一線は越えなかった。

「学院の人は、来ていないんですか？」

「当然でしょう。学院の教職員も学生も、わが家の使用人じゃありませんからね。学院長に関係する家の掃除をさせるなんて論外よ」

まったく正論である。それを微笑ひとつ浮かべずに言ってのけるあたりが、竜堂兄弟が苦手とするところだ。嫌いではないのだが。

「それで、あなたたち、これからどうするつもり？　ずっと東京にいるの？」

「そうしたいのは、やまやまですが……」

始にしては、めずらしく言いよどんだが、すぐに決然と答えた。

「ぜひ出かけなくてはならない場所があるのです」

「どこかは言えないのね」

「はい、すみません」

始は深く頭をさげる。冴子は溜息をついたようだった。

「だったら気をつけて行ってきなさい。必要なものを取りに来たんでしょう？　勝手に入って持っていきなさい」

「ありがとうございます」

また一礼して、冴子と別れたところで、続が弟たちにいった。

「君たち、何か持っていくもの、ありますか」

「ぼく、別にない」

「おれも」

「教科書もですか？」

「月にまで持っていくものじゃないだろ」

「まあ、それはそうですね」

「始兄さんはどうなのかな」

「あっ、始兄貴は本を持っていくかもしれないぜ。何せスジガネ入りだから」

終が指摘する。

「いけない、一番あぶないのを忘れていた」

めずらしく続はあわてて、家の奥へと駆けた。頑丈だが古い家だけあって、スリッパの底が、隙間《すきま》から侵入してきた火山灰でざらつく。地下室への照明をつけると、西北の隅を占める書庫の扉の前で、たたずんでいる始の長身を見つけた。

「兄さん……」

「あ、ああ、続か。どうした？」

「どうした、じゃありませんよ。姿が見えないので捜してたんです。やっぱり書庫《ここ》にいましたね」

「見すかされてたなあ」

「でも、どうしてこんなところに突ったって、室内《なか》に入らないんです？」

「入らない」

「えっ、どうしてです？」

「入ったら、出られなくなる」

兄の言葉に、続は苦笑した。

「自分をよくご存じですね」

「皮肉をいうな」

ブルゾンのポケットに両手を突っこんで、始は居間の方向へ歩き出した。半歩おくれて続が階段を上りながら問いかける。

「ほんとにいいんですか。もしかして、もう帰ってこないつもり……」

「続」

「はい」

「わかってるなら、それ以上いうな」

続は沈黙した。

始はひと呼吸すると、続の肩をかるくたたいた。

「いこうか、終や余が待ってるだろう」

大きなキャリーバッグひとつに、年少組は四人の衣服をつめこんでいた。あわただしく礼をほどこすと、四人はさしたる感傷も見せず、わが家を後にした。冴子がつぶやく。

「しっかりするのよ。茉理の将来は、あなたにかかってるんですからね」

周章狼狽《しゅうしょうろうばい》したのは靖一郎である。

「お、おい、冴子、いまのはどういう意味だ」

「別に。甥《おい》たちをはげましただけよ」

「茉理をあいつらの誰かと結婚させるつもりか。そ、そ、そんなことは許さんぞ」

「茉理は自分の好きな人と結婚しますよ。自分の意思でね。わたしたちが口を出すことじゃありません。ああ、あなた、そこの隅に灰がつもってるわ、おねがい」

妻の命令を受けて、靖一郎は、あたふたとシャベルを肩に歩いていく。さまざまな経緯《いきさつ》から、靖一郎は、妻の親族に無用な深入りをしないようになっていた。

おりから噴煙が小休止し、ドローンによる富士山火口の撮影映像がＴＶに流れた。停電をまぬがれた職場や家庭では、人々が息をのんで映像を見つめた。

そこには、日本人が崇敬して「霊峰」と呼んだ優美な山容は、もはやない。山体が山頂をささえきれず陥没し、五〇〇メートルは低くなっている。灰色、褐色《かっしょく》、赤、黒が雑然と入り乱れた山腹は、地球とは別の惑星のように見える。噴煙はたしかに薄くなったが、そのために、あらたな山容が隠すものもなくあらわれ、何百万という目撃者たちから、悲歎《ひたん》の声があがった。

「ああ……何なんだ、あれは」

「頂上がギザギザじゃないか」

「あんなの、もう富士山じゃないや」

声をあげて泣き出す人もいる。

立川《たちかわ》の巨大災害対策基地——つまり仮の日本国政府でも、巨大なスクリーンいっぱいに映像がひろがって、政府高官たちの嗟歎《なげき》をさそった。静岡県から選出された法務大臣は、涙と鼻水をいっしょにハンカチでぬぐった。財務大臣は茫然自失の後、ヒステリックに笑い出したが、誰もとめなかった。首相もふくめ、このときばかりは全員が欲や打算を忘れていた。

噴煙が薄くなると、電波状態もよくなり、関西《かんさい》方面との通信も、これまでに比べて一段、とりやすくなった——長くはなかったが。

富士山の惨状は、ドローンを使用した撮影によって、関西方面にも映像となって伝えられた。京都にも、当然、映像が流れ、京都幕府の面々も、うめき声をあげて凝視した。

「うーむ、残念じゃ」

征夷大将軍《せいいたいしょうぐん》はうなった。口の中でボキッと音がしたのは、食べていた牛肉のかたまりの中にはいっていた骨を嚙《か》み砕いたからである。

「富士山の麓《ふもと》に『愛のまほろば』を造営するつもりであったのに、あんなノコギリのような山では、まほろばどころか、最初から廃墟《はいきょ》を建てるようなものではないか」

「大将軍さま、都も京都にもどることでございますし、この近くにまほろばを建てればよろしゅうございます」

「どのあたりじゃ」

「は、琵琶湖《びわこ》のほとりなど、いかがでございましょう。『水辺のまほろば』として、ベルサイユ宮殿をしのぐものを」

「悪くはないが、富士にはおよばぬのう。これ、酒がたりぬぞよ。ビールはいかん、水みたいなものじゃからな」

「は、はい、ただいまウィスキーを」

「スコッチじゃぞ。バーボンは粗野じゃからのう」

勝岡寛太《かつおかかんた》は、傍《そば》にひかえた部下にささやいた。

「おい、睡眠薬《くすり》はまだ効《き》かんのか」

「はあ、もう虎《とら》やライオンが眠りこむほど摂取しているはずですが……」

「しょうがない、もっと食わせろ」

勝岡寛太の両眼には、敵意と不安が浮かびあがっている。征夷大将軍は、いまでこそ富士山の映像と酒食に気をとられているが、わずかでも機嫌の秤《はかり》がかたむくと、勝岡の脳天をウィスキーの瓶《びん》で一撃するかもしれない。

突然、床が鳴りひびいた。

征夷大将軍が、地ひびきならぬ床ひびきをたてて、あおむけに倒れたのだ。床に三枚のクッションをかさねて、あぐらをかいていたが、そこからころげ落ちたのである。

「何だ、どうしたんだ」

「睡眠薬が効いたんじゃないか」

「お前、ちょっとつついてみろよ」

「冗談いうな、お前が自分でやれ」

反社会勢力の男たちは右往左往するばかりだったが、三〇秒ほどたって、征夷大将軍の巨大な口から、怒濤《どとう》か雷かと疑われる大音響が排出された。男たちは耳をおさえながら顔を見あわせ、ようやく確信した。

「たしかに眠ってるぞ」

「ああ、まちがいない」

うなずきあう男たちをかきわけて、勝岡寛太が征夷大将軍の前に立つ。いまや彼の両眼には、復讐心《ふくしゅうしん》と勝利感の熱湯が煮えたぎっている。これまで、さんざん彼を痛めつけ、侮辱してきたオバが、いまや意識をうしなって床の上にのびているのだ。勝岡は大きく息を吸って吐き出すと、足袋《たび》をはいた片足で、征夷大将軍の顔を踏みつけた。

「おもいしったか、ばけものめ。せいぎはかならずかつのだ。めがさめたとき、どうなっているか、たのしみだな」

思いきり殴る蹴るをくりかえし、半死半生にした上で警察に引きわたす。警察に恩を売って一石二鳥をねらうのが、勝岡の打算だった。

「どうだ、なんとかいってみろ、このばけものおんなめ」

勝ち誇った勝岡が、征夷大将軍の顔にのせた足を、ぐりぐり動かしたときである。彼の足首を何者かの手が、がっちりと捉《とら》えた。

「ん……？」

不審の声をあげて、足もとに視線をそそいだ勝岡が見たもの。それは、薄目をあけ、不気味な笑《え》みを浮かべた小早川奈津子《こばやかわなつこ》の顔であった。

「わわッ、めがさめていたのか!?」

「をっほほほほほ、このていどの睡眠薬で、ワラワが眠りこむとでも思ったかえ。すこし変な味だ、と思って、ひと演技《しばい》うってみたら案の定《じょう》、征夷大将軍さまに反逆しおったな。どれ、二度と妙な気をおこさぬよう、こらしめてくれようぞ」

「うわーッ」という悲鳴を、勝岡は聞いた。それは闇《やみ》に堕《お》ちる寸前の、彼自身が発した声であった。

第二章　ルナティック・ハイキング

I

埼玉《さいたま》県熊谷市。「日本一暑い」と市民が自慢する関東《かんとう》平野の都市は、人口が二倍に膨れあがっていた。東京から脱出したものの、それ以上いくあてのない人々がとどまっている。その一方で、「そろそろもどれるかもしれない」と考えた人々が、あらゆる手段を使ってここまでは到着し、それ以上は行けなくて、熊谷に「たまった」のである。

「ここから先には行けない、と、わかりきっているのに、どうして、後から後からやって来るのかねえ」

市長が溜息をつく。

「一歩でも東京に近づきたいんでしょう」

市役所勤務三五年の副市長が、ハンカチで額の汗をぬぐった。

「近づいて、どうする気だね。ここから歩いて大宮《おおみや》あたりまでは行けても、その先には行けないんだ。泊まるったって、ホテルも旅館も、満杯か、でなきゃ休業してる」

市長秘書がおそるおそる口を出した。

「職員の話ですと、テントやシュラフを持った者も多いそうです」

「野宿する気か!?」

「夏が暑いから冬は温暖だろう、と、そう思っているのかもしれません」

「冗談じゃない」

市長はうめいた。そこへ、総務課長が飛びこんで来る。手にはスマートフォンがあった。

「これを見てください、市長」

「何だね、今度は？」

「荒川《あらかわ》の河原に、つぎつぎとテントが張られています。東京に行けるようになるまで、いすわるつもりかと見られます」

「冗談じゃない！」

市長は強い口調で、くりかえした。

「あんな場所でキャンプだと？　凍死するんじゃないか。うかつに火を使えば火事になるかもしれん」

「警察に説得してもらいますか。機動隊は出払っているようですが」

「うかつなことをいうな。被災者たちに対して警察力を投入できるか」

「市長、何十人かが庁舎の玄関に押しよせて、ロビーの開放を求めています」

熊谷市長が怒りと無力感とで立ちすくんでいるころ、立川の巨大災害対策基地では、首相が巨体を右往左往させていた。灰が小やみになったのを、監視カメラの映像でながめながら、

「こ、これでもう終わったのかね」

「さあ、どうでしょうか」

富士山の大噴火は、ついに終熄《しゅうそく》した。だれもがそう思いたかった。首相も例外ではない。というより、もっとも強く、それを望んでいるのは彼であったろう。噴火の責任は彼にはないが、噴火後の復興の責任は彼にある。死者数の調査、行方不明者の捜索、火山灰の除去、熱灰で焼けた電線網や通信網の修復、浄水場の再浄化、灰であふれた河川や水路の再整備、被災者たちのための仮設住宅の建設……。

「それだけではすみません」

重苦しい声で、防衛大臣が、プリントアウトされたファクシミリを読みあげた。

「横田《よこた》、厚木《あつぎ》、横須賀《よこすか》……首都圏に存在するアメリカ軍の基地がすべて使用不可能に

なりました。もちろんこれらの基地の再建費用は、わが国の負担です」

首相の巨体が、椅子《いす》からずり落ちかけた。

「そ、そんな法外な。まず被災者のテントや仮設住宅からはじめなきゃ、つぎの選挙に勝てやせんぞ」

「ですが、これは日米地位協定の規定で……」

「アメリカ軍のために、何兆円費《つか》ってると思うんだ。使えもしない旧式の戦闘機だけでも三五機、買いこんで――」

「五三機です、首相」

「そ、そうか、ええい、そんなことはどうでもいい。だれか、だれか、どうにかしてくれ」

政府高官たちは顔を見あわせる。首相は惑乱寸前だ。机を激しくたたき、椅子を蹴《け》とばす。女性高官が悲鳴をあげる。防衛大臣と外務大臣が視線で会話しあう。

「やはり首相の器《うつわ》ではなかったなあ」

「よりによって、この人が首相のときに……」

といっても、彼らを大臣に任命したのは首相である。せめて降灰がやんだら――と、彼らは神仏に祈るしかなかった。

竜堂《りゅうどう》家の四人兄弟は、埼玉県戸田《とだ》市のあたりにいる。端的にいえば、この一帯が、降灰の有無の境界線ということになる。中野区のわが家で叔母夫婦の無事を確認した後、彼らは降灰圏から一時、脱出したのだ。

何の用意もなく月へ赴くことは避けたい、と、始《はじめ》は思っている。東京都内では、準備をととのえることができない。

それにしても、月へ赴くのは、今回が二度めである。

「あのときは、三八万キロの距離を三〇時間かかった。飲まず食わず眠らずでだ」

「よくやったよなあ、たいしたもんだ」

終《おわる》が腕を組んでうなずく。続《つづく》が冷たく、

「終君がいばることではありません」

「何でだよ」

「他人事みたいなことをいうな。あのとき、お前が敵のトラクター・ビームに捕捉されたから、おれたちが後を追わなきゃならなくなったんだ。お前がつかまらなきゃ、わざわざ月まで赴く必要はなかったんだからな」

「うー、感謝してますよおだ」

「感謝しなくていいから、反省しろ」

「反省なんていくらでもしてやるよ」

「こら！」

長兄の声を背に、三男坊は前方へ飛び出して、一〇メートルほど兄たちと距離をおいた。末っ子が後を追って肩を並べる。

「こまったやつらだ。この期におよんで、まだハイキング気分だからな」

「深刻すぎるよりいいでしょう。何ならリュックに必要品をつめこんで、月まで空中ハイキングといきますか」

リュックをくわえて月へと飛翔《ひしょう》する四頭の竜。その図を脳裏に描いて、始は苦笑を禁じえなかった。だが、現実として食料は必要だろうし、変身が解けて人間の姿にもどったとき、衣服はかならず必要になる。

「続、金銭《かね》はどのくらい残ってる？」

「一五〇万にちょっとたりないくらいですね」

「それだけあれば充分かな」

「どうですかね」

笑った次男坊が、表情をあらためる。

「兄さん、変な考えをおこさないでくださいよ」

「変な考えって何だ」

「ぼくたちを置き去りにして、自分ひとりで月へ乗りこむことです」

一瞬の間があった。

「そんなこと、許さないぞ！」

猛然と駆けもどってきた終がどなる。つづいて余《あまる》が叫ぶように、

「みんないっしょに赴くんだよ。じゃなきゃいやだからね。おき去りにされたら追っかけていくからね！」

「ああ、わかってる。そんなことするものか」

弟たちをなだめながら、あらためて、竜種《りゅうしゅ》の長たる責任に思いを致《いた》す始であった。

普通の方法で、その地へ赴くことはできない。古来、無数の峰をこえ、河をこえ、雲をこえて赴く。雲や鶴に乗って空中を渡ることもある。だが、それでかならず到着できるという保証はない。

崑崙《クンロン》の峰々の深くに、仙界《せんかい》を統《す》べる西王母《せいおうぼ》の宮殿はある。人の目には見えない障壁にかこまれ、森と湖にのぞみ、数百万、数千万の花につつまれて、三層の閣《かく》、五層の楼《ろう》、七層の塔などが建ちならび、庭園がめぐらされている。西王母につかえる女仙《じょせん》、女官《じょかん》らの数は幾千人にのぼるだろうか。

この日、客院にふたりの客が訪れていた。もちろん人間ではない。

「敖《ごう》家の四兄弟は、月へ向かいましたぞ」

「存じておりますよ、曹国舅《そうこくきゅう》」

おだやかな微笑をもって、西王母は偉丈夫《いじょうぶ》に応《こた》える。

「赴かせてよろしいのですか、娘娘《ニャンニャン》」

娘娘とは高貴な女性の呼称である。この場合は、もちろん西王母のことだ。この日の客は、仙人たちのなかでも最上級の八仙《はっせん》のうち、曹国舅と藍采和《らんさいわ》であった。

「藍采和も、曹国舅とおなじ意見ですか」

人間なら二〇歳前にしか見えない仙人が、おだやかに答える。

「私は、西王母さまがもうすこし彼らをお待たせになるものと思っておりましたゆえ」

「わたしも、すこし早いかとは思いましたが……」

西王母は、かるく首をかしげた。その視線が、傍にひかえた九天玄女《きゅうてんげんじょ》に向けられる。冷静な女官長は、ていねいに礼をしただけであった。

「共工《きょうこう》につづいて欽䲹《きんぴ》を倒したのは、みごとでした。牛種《ぎゅうしゅ》が三人めを送りこんで来るまで待つ必要もないか、と、そう思ったのですよ」

曹国舅は、自慢の髯《ひげ》をしごいた。

「まあ、まだ未熟で苦労するとしても、よい修行になり申そう。我らは高処《たかみ》の見物をしていれば、よろしゅうござるな、九天玄女どの」

九天玄女は表情を変えずに応じる。

「それができれば、けっこうでございます」

「できれば？　できないとお思いかな、玄女どの、そうお思いになる理由は？」

九天玄女は、無言で西王母を見やる。仙界の女皇《じょこう》がうなずくと、視線を曹国舅に向ける。

「あなたの疑問には、疑問でお答えしましょう。敖家の四人兄弟が危地に立ったとき、あなたは手をこまねいていられますか？」

返答は、苦笑をこめた沈黙だった。

II

……五〇〇〇年の往古《むかし》、地球の気候は現在と異《こと》なっていた。黄河《こうが》の流域は温暖湿潤で、緑の沃野《よくや》がひろがり、虎《とら》、犀《さい》、象、鰐《わに》などが棲息《せいそく》していた。地上の楽園ともいうべきその地は、いま騒乱のさなかにあった。

土塵《どじん》が舞いあがり、地が揺れて音響を発する。喊声《かんせい》が湧《わ》きおこり、刃と刃が撃ちあって火花を散らす。一頭立て二輪の戦車が駆けめぐり、猛獣どうしが牙《きば》を立てあって血を流し、崖《がけ》から転落する。楽園は地獄と化し、怒号と悲鳴が暗雲に乱反射した。

黄河の北、涿鹿《たくろく》の野である。黄河自体、五〇〇〇年後よりはるかに北方を流れていた。地上の覇権をあらそうのは、天界より派遣された黄帝《こうてい》と、それに反抗する異形の雄蚩尤《しゆう》である。蚩尤の大軍を指揮するのは、鉄と銅でつくられた七二体の怪人であった。

七二体の怪人は、鉄の身体を持ち、鉄石を喰《くら》い、四つの眼から光を放ち、六本の腕に奇怪な武器をそなえている。五〇〇〇年後の人間が見たら、「戦闘ロボット」と称したことだろう。

怪人たちが眼から光を放つと、黄帝軍の兵士たちは炎につつまれて倒れる。腕から黒い球体を放つと、それらは地表で炸裂《さくれつ》し、黄帝軍の兵士たちを爆煙とともに噴き飛ばす。黄帝軍の主力であった虎、熊、獅子《しし》も、身をつつむ鉄甲ごと爆砕され、血と肉が飛散する。戦車の車輪は黄帝軍の兵士たちを巻きこんで血泥と化せしめる。

黄帝の陣形は、これらの戦車によって、ずたずたに引き裂かれ、崩壊寸前かと思われた。だが、皮肉にも、黄帝軍は黄河の北岸に追いつめられて逃げる場所をうしない、必死の抵抗をつづけ、死戦は長びくばかりである。

象に牽《ひ》かせた四輪の戦車の上で、黄帝は、しばしば頭上の黒い天を見あげた。彼は援軍を待っている。

先に知ったのは、蚩尤の陣営であった。一六頭の飛天夜叉《ひてんやしゃ》に牽《ひ》かれた戦車に乗り、満身を血に染めた蚩尤は、将軍雨師《うし》からの報告を受けて牙をむいた。

「敖家《ごうか》の軍だと!?」

「先頭を切る天船《てんせん》は『破軍《はぐん》』。乗るはおそらく西海白竜王《せいかいはくりゅうおう》かと……」

「おのれ、玉帝《ぎょくてい》は黄帝に味方するか」

蚩尤は鋼鉄のごとき歯を嚙《か》み鳴らした。

戦車の上に巨像のごとく立ちつくしながら、蚩尤は黒い天をにらみあげる。と、黒雲の一部が音もなく開いて、まばゆいばかりの白い光の束が地上に突き刺さった。それに気づいた両軍の将兵が、一瞬、刀槍《とうそう》を持つ手をとめる。

天からの白光に乗るかのように、純白の船体が降下してくる。白鳥のごとく優雅ではなく、白い鷹《たか》を思わせる鋭さと剽悍《ひょうかん》さだ。それにつづく無数の艦影を見て、牛種の軍は狼狽《ろうばい》の叫びを放った。対照的に、黄帝の軍からは歓喜の声があがる。

「破軍《はぐん》」の艦橋に立つ白竜王は、腕を組んで地上の光景を見おろした。彼をかこむ艦橋の設備は、時代をはるかに超《こ》えた恒星間航行すら可能な未来を思わせるものだった。

白い軍装に身をかためた白竜王は、腰の剣を抜き放ち、艦橋内の幕僚たちを見わたした。

「すでに律令《りつれい》は下り、兵は発起《はっき》された。遠慮は無用、先鋒《せんぽう》を命じられたこの敖閏《ごうじゅん》の帥《そつ》に随《したが》って、牛種を討つべし！」

「おう！」幕僚たちがいっせいに応える。

「撃て！」

白竜王が剣を振りおろすと、「破軍」の砲門が地上に向かって数十の光の箭《や》を放った。

光の箭は無音だが、それが地に突き刺さると、轟然《ごうぜん》たる爆音があがった。大量の土砂が噴きあがり、爆炎がかがやき、戦車や牛種の兵が四散する。

「撃ちかえせ！」

蚩尤が咆哮《ほうこう》する。それに応《こた》えず、牛種の兵が悲鳴や叫喚をあげ、これまでの猛攻をやめて後退をはじめる。

またも雲が割れると、深紅の光線が地へ伸びた。深紅の天船が姿をあらわし、地上めがけて急降下する。

さらに、黒暗々《こくあんあん》たる闇の棒が空中をつらぬく。黒い雲の一部がそのまま降りていくように、黒い天船があらわれる。

第四の天船は青い光につつまれてあらわれた。それが敖家の軍、すなわち竜王軍の総旗艦「絶風《ぜっぷう》」であることを、黄帝の兵たちは知っており、歓声は頂点に達する。

これらの天船を五〇〇〇年後の者が見れば、「宇宙戦艦」と呼んだであろう。天船から発せられる光の束は「ビーム」と称されたにちがいない。

形勢の逆転は急であった。蚩尤の叱咤《しった》もむなしく、飛天夜叉などから成る兵たちは恐慌をおこし、たてつづけに湧きおこる炎と爆煙のなか、潰乱《かいらん》をはじめる。

一方、黄帝の兵たちは一気に戦意をとりもどし、反撃に出た。蚩尤軍の戦車はくつがえり、将軍も兵士も地に放り出される。みるみる黄河の流れから遠ざかるなか、「破軍」の艦橋に通信がもたらされた。天界を統《す》べる玉帝からのものである。壁面に他の天船に乗る三人の竜王が映し出された。

「勅命である」

三次元映像の人物が大声で告げた。

「敖家の軍は、ただちに戦闘をやめて水晶《すいしょう》宮《きゅう》に帰還すべし。蚩尤の件は後日、あらためて処理するものとする」

四人の竜王は画面ごしに顔を見あわせた。白竜王が頰を紅潮させて何か叫ぼうとしたとき、一瞬はやく、青竜王《せいりゅうおう》が応じている。

「勅命、つつしんでお受けいたしたく存じますが、なぜいまこの時なのでしょうか」

「玉帝の御意に不満でも？」

「いえ」

「では、ただちに実行されたし」

三次元映像が消えると、四人の竜王は天船を寄せあい、「絶風」の艦橋に集まった。黒衣《こくい》黒甲《こっこう》の黒竜王《こくりゅうおう》・敖炎《ごうえん》が頬を紅潮させる。

「あと一歩で牛種を亡ぼすことができたのに」

「牛種が亡びてしまえば、竜種の勢力が強くなりすぎる。そういうところだろう」

「我らは勢力などほしくない！」

白竜王の口調が激した。

「そもそも、今回の出兵自体、玉帝の勅命にしたがったものではないか。このさい牛種の再起の根を絶つために。我らは勅命にしたがって……」

青竜王・敖広《ごうこう》が、おちついて語を返す。

「だから、三弟《さんてい》よ、今度は勅命に応じて、撤兵するだけのことだ。我らの行動は一貫している。何が不満だ？」

白竜王は両の拳《こぶし》をかためた。天船の床を思いきり蹴りつける。

「勅命がだ！　ほんの一刻のうちに、攻撃から中止へと、朝令暮改《ちょうれいぼかい》にもほどがある。それに易々《いい》としてしたがえばどうなる？　牛種が力を盛りかえして、またも背《そむ》けば、どうせまたぞろ我らが出陣を命じられるだろう」

「そうやって牛種と竜種とが共倒れになれば、玉帝は喜びあそばすだろうな」

「わかっているなら……」

「勅命を無視するか？　つぎの戦いは、わが軍と玉帝との間に起こるかもしれぬぞ」

「ですが、大哥《あにじゃ》、我らがたちどころに兵を退《ひ》けば、竜種は天帝の下僕よとあなどる者どもが出るかもしれませぬ」

青竜王は首を横に振った。

「思わせておけ。こちらが卑屈にならなければよいだけのこと。三弟は、みすみす、我らを天宮《てんきゅう》に警戒させる途《みち》を選ぶか？」

白竜王が黙りこむと、末っ子の黒竜王が一歩すすみ出た。

「でも、ぼくたち、いえ、我らを勅命によって出陣させて、途中で中止を命じる。天宮は何かよからぬことをたくらんでいるのでは？」

「心配はいりませんよ、四弟《してい》。大哥《あにうえ》には、深謀がおありでしょう。我々はそれにしたがえばいい」

「どんな深謀？」

黒竜王が興味津々《しんしん》の態《てい》で問う。青竜王は苦笑した。

「深謀などというものではない。他人に力を貸してもらうだけだ」

「だれです？」

「だれに？」

紅竜王《こうりゅうおう》と白竜王が同時に問いかける。青竜王は直接には返答しなかった。

「仙界《せんかい》との非常通信回路を開け。崑崙におわす西王母さまに、申しあげたき儀がある」

四人が立つ床の中央部に、真珠色の光があらわれ、高貴な女人の姿が浮かびあがった。四人はいっせいに床に片ひざをつく。

「四海竜王《しかいりゅうおう》、今日は何のご用で、わたしを呼んだのですか」

「西王母さま、直奏《じきそう》の無礼をお恕《ゆる》しください。じつは我らが撤兵しないのを、西王母さまに説得していただきたいのです」

西王母は九天玄女を見、青竜王を見た。

「そうなると、わたしたち仙界は、玉帝に対して貸しをつくることになりますね」

「さようです」

「あなたがたが、さっさと勅命を奉じて撤兵すればよいでしょうに」

「おそれながら、お手数をおかけいたしますが、仙界にとってご損にはならぬかと存じます」

それを聞いた西王母は、子どもの悪戯《いたずら》を見すかしたように微笑した。

「青竜王も人の悪いこと。竜種が仙界に対して貸しをつくる構造になりますね」

青竜王は、また一礼した。

「ご炯眼《けいがん》、おそれいります。ですが、我ら竜種が崑崙《クンロン》と好誼《こうぎ》を通じたいと希《ねが》っていることには、嘘《うそ》も偽りもございません。どうせ勅命には背《そむ》けないのですから、どうせなら我らは、仙界との関係を深めたいのです」

西王母は、あたたかい視線を紅竜王に向けた。

「紅竜王は、青竜王に同意するのですか」

紅竜王・敖紹《ごうしょう》は、優雅に一礼した。

「臣《わたくし》は、つねに青竜王の意にしたがいます」

「不満はないのですね」

「ございません」

「では、白竜王は？」

「大哥、いえ、青竜王にしたがいます」

西王母は白竜王を凝視した。

「白竜王には不満がありそうですね」

「…………」

「いってごらんなさい」

白竜王は、不満ととまどいをこめて長兄を見やった。青竜王が笑みに近い表情で応じる。

「西王母さまのおおせだ。おれの悪口をいってもかまわぬぞ」

「では、西王母さま、申しあげます。青竜王は、玉帝に従順すぎます。戦えといわれれば戦い、やめよと命じられればやめる。竜種は玉帝の節度の下にありますが、臣下でも奴僕《ぬぼく》でもございません」

III

「……だめだよ、ケンカしちゃ!」

末っ子の声に、三人の兄はすこしおどろいて視線を一点に集中させた。末っ子が寝言をいうのは、竜堂家ではべつにめずらしいことではない。だから仰天するほどのことはないのだが、カフェレストランの席で、周囲には他の客たちがいるのだ。

「おい、余、起きろよ。まったく、またネボけやがって」

「寝かせておいてやれ。今日は疲れただろうからな」

末っ子に甘い長兄がいうと、三男が首を横に振る。

「だめだよ、ここは寝るところじゃないし、ほら、他のお客さんたちがこっちを見てる」

「めずらしいことですけど、終君の言《げん》が正しいですよ、兄さん」

「そうだな」

うなずいた長男は、席から立ちあがって、他の客たちに謝罪した。テーブルにつっ伏して眠りこんでいた末っ子は、その間に目をさましていた。自分の声で自分の眠りを破ったらしい。次男と三男にうながされて長男の傍に立ち、そろって頭をさげた。

「何か夢を見たのか？」

「夢……ああ、うん、夢……だよね」

「どんな夢か、よかったら話してごらん」

おだやかな長兄の言葉で、末っ子は、夢の整理をしながら語りはじめた。太古の、人と人ならざるものとの戦いについて、見たことをしゃべりつづける。途中で喉《のど》が渇いて、ジンジャーエールをおかわりした。

ひととおり話を聞き終えると、始はまじめな表情で考えこんだ。

「戦っていたのは、たしかに黄帝と蚩尤か？」

「うん、そういってた」

「そうか……以前、辰䲋《しんこう》に乗ったとき見せられた光景だな」

辰䲋とは仙界におけるタイムマシンのことである。長兄が腕を組んだ。三男坊は、

弟の頭をこづくまねをしながら、

「それがどう気になるんだよ？」

「終、船津《ふなづ》忠巌《ただよし》のこと、おぼえてるな」

「ああ、そもそも、おれたちが根無し草《デラシネ》になる原因をつくった爺《じい》さんだな」

「そして、征夷大将軍・小早川奈津子《こばやかわなつこ》の父親ですね」

「わっ、やめて」

終は両耳に手をあてた。彼にとっては、この世で一番おぞましい固有名詞である。

始は語りはじめた。

「おれが船津老人に会ったとき、彼はいった——一一七代三〇〇〇年の因果だ、と」

三人の弟は凝《じっ》と聞いている。

「だが、黄帝と蚩尤の戦いは、ざっと五〇〇〇年前のことだ。まるで時代がちがう。何を意味してるんだろう」

余の夢は、しばしば「幻視」以上の意味を持つ。始としては笑ってすませられなかった。

「どのみち神話時代の話だろ？　二〇〇〇年ぐらいの差、どうってことないじゃん」

「終君の気宇壮大さには感心しますね」

三男の意見に、次男が冷水をあびせる。終は無視するふりをした。

「それにしても、先鋒で、艦の名が『破軍』かあ。ひょっとして、おれってカッコよくない？」

一瞬の間をおいて、

「ええ、カッコいいですよ」

「おー、ついに、頑迷な兄も、弟のカッコよさを認めたか」

「もし勝ったらね」

「おれが負けるわけないだろ」

次男と三男が舌戦をくりひろげている間、長男は無言で考えこんでいる。末っ子は心配そうにそれを見つめていた。

やがて始が口を開き、弟たちの視線が彼に集中した。

「ここでこうして考えこんでいても、しかたがないな」

敵の本拠と思われる月に乗りこむのに、速断は禁物だった。始は常になく優柔不断に見えた。

一時は、弟たちを残して自分ひとりで月へ赴こうか、とも考えた。だが、それはそれで弟たちの実力を認めないことになる。どうせ、来るな、といっても、ついてくるのは明白だ。苦労性の長男は、そう結論づけた。

「そろそろ出るか」

始がいうと弟たちの目がきらめいた。

「さあ、だれから始める?」

「ぼくですよ」

「おれ! おれ!」

「ぼく! みんなに迷惑かけたから」

始は三人の弟を危険なしに竜に変化させることができる。弟たちは身を乗り出して一番乗りを求めた。

「ま、年齢順だな」

始が続を指名して、先陣あらそいは決着した。

四人兄弟は、カフェレストランを出て五分ほど歩いた。「年下は損だ損だ」と、ぶつくさ言っている三男坊が最後尾《しんがり》である。

ほどなく荒川の河畔に着くと、熊谷市長が歎《なげ》くにちがいない光景が見えた。テントを張る者、自動車から荷物をおろす者、キャンピングカーまであって、奇妙なにぎわいを見せている。東海大地震や富士山噴火の直後とも思えない。

「さて、どこらへんが人目につかないかな」

つぶやく長兄の腕を、末っ子がつかんだ。

「始兄さん!」

「何だ?」

「火事だよ！　消防車のサイレンが聞こえるもの」

熊谷市長が案じていたとおり、失火が生じたのだろうか。そうではなかった。一両の軍用装甲車が河原に乗りつけ、ハッチが開いて、仰々《ぎょうぎょう》しくアーマースーツに身をかためた男——だろう——たちがつぎつぎと降りてきたのだ。

「ＳＦ映画のワンシーンを観ているようだった」

と、後に目撃者のひとりは語ったが、その男たちは、火炎放射器のようなものを両手にかまえると、「ファイヤー！」の指示とともに、枯草に向けて、いっせいに発射したのだ。

枯草が燃えあがり、炎と煙が赤と黒の色彩で空をおおった。

「わあッ、何をするんだ！」

「あつ、熱……！」

「逃げろ！　焼け死ぬぞ」

「お前ら、何者だ！」

人々は叫び、どなり、糾弾したが、フルフェイスのヘルメットで顔を隠した一行は平然と彼らを無視した。ひとりが火炎放射器の出力をすこし下《さ》げ、人々の足もとに向けて熱火を噴きつける。たちまち枯草が燃えさかり、人々は仰天して逃げ出した。幼児をかかえた若い父親もいる。

よけいな見物人たちを追いはらったアーマースーツの集団は、目標に向かって熱火の輪をちぢめていく。

竜堂家の四人兄弟は、三方を火と煙に、一方を荒川に、包囲されてしまった。つい先刻までの初冬の寒風が、熱風に変わって、汗が噴き出してきた。

「最初から焼き殺す気だな。どこのどいつだ」

始は弟たちを背後にかばった。

「始兄さん、順番を変えて！」

そう叫んだのは末っ子だった。

「ぼくなら雨を降らせられる。火を消せるよ」

「…………」

末っ子の正体は天界の北海黒竜王・敖炎《ごうえん》で、水や嵐をつかさどる。自衛隊一個師団を無力化させたことさえあるのだ。次男と三男が異をとなえようとしたとき、

「残念だが、そんな時間《ひま》はない」

末っ子の頭をなでて、長男は、決断したときの落ちつきはらった声を出した。

「四人いっしょに、火の中に飛びこむぞ。みんな手をとりあえ」

弟たちは、一議なく、その指示にしたがう。

この日、熊谷市の荒川の河原に集まった人々は、生涯、忘れることができない経験

をした。

無理を承知で河原でキャンプしようとしていた人々だから、気の弱い者はいない。だが、突然の猛火と、それに向かって歩いていく四人の姿には仰天した。

猛炎のなかでキャンピングカーが爆発し、悲鳴があがった。袖《そで》についた火の粉をはらう人もいる。

「さがってください、さがって！」

駆けつけたパトカーの警官が、メガホンごしに声を張りあげる。いわれるまでもなく、人々は火熱を受けて後退していく。

「あの四人、自殺する気か」

「あ、見ろ！」

「あれは何だ!?」

口々に叫びつつ指さす先には、巨大な四つの影があった。猛炎のなか、黄昏《たそがれ》の空へ向かって伸びていく。柱のように見えたが、直線ではなく、柔軟に、くねりながら上昇していき、ほどなく地上を離れた。立ちのぼる炎と煙の壁を破って、四色の影が空中に飛び出した。

「あ、ありゃ竜だ」

「竜!?　そんなバカな」

「いや、おれもスマホで見た」

口々に叫ぶ人たちは、自分自身の正気を守るために行動しているのだった。

「さがってください、危険です、さがって！」

パトカーからの声が、ヒステリー気味になっていく。彼らもまた、自分たちの正気を疑わざるをえなかった。

黄昏の空に、青、紅、白、黒、四色の長大な異生物が浮かんでいる。最初は舞いか泳ぎをしているようにも見えたが、ほどなく、急速に上昇していった。

IV

アメリカ合衆国大統領補佐官のヴィンセントは、モニターを見ながら腕を組んで立ちつくしている。京都市西京区《にしきょう》にある、アメリカ軍施設の指令室である。

彼の周囲にいる部下のひとりが、おそるおそる声をかけた。

「補佐官どの、椅子におかけになりませんか」

「よけいな口をたたくな！」

「イ、イエス・サー」

部下は首をすくめたが、ヴィンセントの口調が思ったほど苛烈《かれつ》でなかったので、かるい不審を抱いた。ドローンで撮影した映像は、ヴィンセントを激怒させるに充分なものであったが、彼はそれほど不興ではないように思われた。

ヴィンセントは、じつは笑いをこらえていたのである。これまで彼を奴隷あつかいしていたランバート・クラークと欽鵄《きんぴ》、ふたりの怪物が、あいついでドラゴン・ブラザーズに敗北した。第三の奴隷監督が送りこまれてくる前に、ヴィンセント自身の手でドラゴン・ブラザーズを葬り去ることができれば、彼への評価ははねあがり、大君中の大君《タイクーン・オブ・タイクーンズ》の地位すら手がとどくかもしれない。事実上の世界の支配者に。いと高き位置、ならぶものなき地位に。

こらえていた笑いは、だが、ほどなく消え去った。彼の野心は、まだ絵に描かれたフォアグラでしかなかった。競争者たちが存在する以上、急がねばならない。ひとつ咳《せき》ばらいすると、ヴィンセントは声を高めた。

「ドラゴンどもは翔《と》び立った。空中でやつらを阻《はば》め」

空中とは、この場合、大気圏外を指《さ》している。

ヴィンセントの断定は、完全には正確ではなかった。四頭の竜は、翔び立つ前にやるべきことがあった。荒川一帯の火災を消すことである。

茫然としている人々の上から、ぽつぽつと水滴が落ちてきたと思うと、それは五秒とたたないうちに沛然《はいぜん》たる雨となった。みるみる火の勢いがおとろえていく。

「助かった！　火が消えるぞ」

「その前に、びしょぬれになって風邪をひく。逃げろ！」

河原にいた人々は、頭をかかえて、テントやキャンピングカーに逃げこんだ。

「SF映画の兵士みたいな」一〇名の、アーマースーツの集団は、火炎放射器をかまえたまま立ちすくんでいたが、ひとりが合図すると、早足でその場を離れた。

やがて、ヴィンセント補佐官のもとへ連絡がもたらされる。

「ドラゴンたちに逃げられました」

「まぬけ！」

怒声を発した後、ヴィンセントは、無線の送受信器をデスクにたたきつけた。


四頭の竜たちは、ぐんぐんスピードをあげた。衛星軌道上に配置された各国の軍事衛星は、前回の月面着陸の際に大半が破壊され、竜たちの上昇を阻むものはない。第一宇宙速度、別名円速度を軽々とこえ、第二宇宙速度、別名脱出速度を上まわって、地球の引力圏を脱する。

竜たちは地球の引力から解放された。さらに第三宇宙速度、別名太陽系脱出速度、秒速一六・七キロをすぎれば、太陽の引力圏をも脱し、他の恒星系への旅立ちが可能となるが、今回そこまでのスピードは必要ない。地球から月までは、たった三八万キロ。第三宇宙速度で飛翔するなら、六時間半で月に着くことになる。前回の月面着陸は約三〇時間だったから、竜たちの宇宙空間速度は秒速約三・五キロというところだ。時速にすれば一万三〇〇〇キロ弱になる。

星の海を、竜たちは悠々と泳ぎわたっていく。

前方には、太陽の光を受けて、あわい黄金色と黒色に分割された衛星が見える。かえりみれば、青緑色と黒色に分割された惑星。両者ともに、無数の宝石にかこまれた王冠を思わせる。

永遠につづくかと思われる真空の夜を、四頭の竜は泳ぎわたっていく。二度めの旅――最後の旅になるかどうか。長男の始は青竜として先頭に立っていた。何がおころうと、弟たちは無事に地球に還さなくてはならない。

最初に気づいたのは白竜だった。あわてて兄弟たちに知らせる。もちろん宇宙空間で声は出せないから、念波で伝えたのだ――重大な忘れ物をしたことを。

(たいへんだ、たいへんだ)

(何を騒いでいる?)

(火の中に飛びこんだから、バッグを忘れて来ちまったよ。どうしよう、食料も服も、あの中にはいってたのに)

(取りにもどりますか？)

(うー、いまさらそんなことできないだろ。みんなは忘れなかったのか？)

(おれはちゃんと持ってるぞ)

青竜が左前肢を示した。爪先《つまさき》に、耐熱仕様のサバイバルバッグが引っかかっている。白竜はあわてて他の兄弟たちに視線を向けた。兄の紅竜と弟の黒竜が返答する。

(ぼくも持ってますよ)

(ぼくも持ってきたよ)

(えー!? すると忘れたのはおれだけ？)

(そのようですね)

(うわっ、まずい、月に着いて人身にもどったら、おれだけ着るものがないじゃないか)

(こまりましたねえ、気の毒に)

(誠意のないなぐさめかたするなよ！)

長男の青竜がなだめた。

(まあ、それくらいにしておけ。お前の分はちゃんとあるから)

(ほんと!?)

(ほら)

青竜がふたたび左前肢をしめす。もうひとつのサバイバルバッグを、たしかに確認して、白竜は宙で跳ねた。

（ほんとだ、ありがと、兄貴）

（了解したら、心配せずに飛べ）

（大了解！）

白竜は、人間にたとえればスキップもかるく、一行の先頭に躍り出た。黒竜が兄につづく。苦笑して、青竜は、すぐ下の弟・紅竜をかえりみた。

（ほんとにハイキング気分だな）

（ルナティック・ハイキングですよ）

（二重の意味でな）

ルナはローマ神話で「月の女神」の謂《いい》だが、ルナティックとなると、「月の影響を受けた」、さらには「正気ではない」という意味になる。

（まったく、正気じゃないな）

青竜は、すこしずつ大きくなる月の姿を見ながら、そう考えた。前回のときより、思考をめぐらす余裕がある。月は古来、謎の天体とされてきた。そもそも、どうやってできあがったかさえ、確固たる定説はない。「異星人がつくった巨大な宇宙船だ」と、となえるオカルティストたちもいるほどだ。そのような珍説を、青竜は一笑に付しているが、月にたしかに何者かが存在することは、前回の月面到着で判明した。竜たちに対して非友好的な何者かだ。

牛種。最初、青竜は彼らのことを、「牛を神として崇《あが》める人間の一族」だと思っていた。それが、戦ううちに、牛頭人身の生物が実在することがわかってきた。非科学的な話だ。しかし、非科学的なのは竜種もおなじことである。それ以上かもしれない。牛はまだしも実在する動物だが、竜は空想上の存在とされている。しかも人間が竜に変身するとあっては、冷笑の対象にしかならない話であろう。

（それでいい）

と、青竜は思う。竜だの牛頭人身の生物だのが公然と横行するより、迷信や笑話の種にされているほうが、よほどまともだ。崇《あが》められるより、正体を隠してひっそりと世界の片隅で眠りこんでいるほうが平和というものである。ただし、地球の管理を担《にな》っている人類が暴走し、地球そのものを破滅させようとするなら、それを阻止する権利がある、とは思う。

いまはその人類を支配してきた牛種と対決するため、竜たちは月へと向かっている。

（兄さん）

玲瓏《れいろう》たる思念が送りこまれてきて、青竜は我に返った。白竜と黒竜が、かなり遠くに見える。傍には紅竜が寄りそって、黄金色の瞳で、竜種の長を見つめている。

(このままの針路でいいんですか？　弟たちは、まっすぐ月の中心部へ向かっていますけど)

(あ、いや、月の裏側へまわりこもう。影の方向からだ。針路を右へ)

(では、いちど弟たちを待たせましょう)

紅竜の放った念波が、白竜と黒竜に送られて、彼らは宇宙空間で停止した。青竜と紅竜は、ゆっくり――とはいっても時速一〇〇〇キロ以上で弟たちに近づく。

(はやくしろよー)

白竜が長大な胴をくねらせた。人身なら、ジダンダを踏んでいるところだ。

(何が待っているのかもわからないのに、こまったものですね)

(うん)

紅竜の念波にうなずきながら、青竜は思った。

(考えすぎることはない。おれたちは、あるがままでいい……)

第三章　ひらけゴマ！

I

四頭の竜は、月の裏側へまわりこんだ。見わたすかぎりの星の大海。そのなかに地球の姿はない。月の自転と公転の周期が同一であるかぎり、月の裏側から地球が見えることはない。まだ実現していないが、月の裏側に着陸した地球人の宇宙飛行士は、強烈な孤絶感を味わうことになるだろう。いや、それとも解放感か？

しだいに高度を下げつつ、着陸に適した場所をさがす。不意の攻撃にもそなえねばならず、竜たちの行動は慎重であった。

巨大なクレーターを発見した。直径は数十キロありそうだ。その上空を飛びこえようとして、竜たちは奇妙なことに気づいた。クレーターの一部が動いたように見えたのだ。竜たちは滞空してクレーターを観察した。彼らの視界で一部の岩が大きく動き、クレーターの側壁から外《はず》れる。ゆっくりと上昇してくる、その質量は巨大空母よりさらに大きかった。あきらかに統一された意思によって動いている。

前回の月面着陸に際して、竜たちをてこずらせた岩石の怪物「嵬嵬《ゆうゆう》」であった。

巨大な岩山が音もなく――真空だから当然だが――分裂して大小無数の岩塊《がんかい》となり、竜たちに向かっておそいかかってくる。

竜たちは上空へと舞いあがった。岩石の嵐との闘いは、地球でも経験した。石使い《ストーンミストレス》という四人姉妹《フォー・シスターズ》の配下と。そのときは人身だったが、竜身に変化した場合はどうだろうか。

竜たちが舞いあがるにつれ、岩石の群れも彼らを追うように月面から上昇してくる。竜たちが左へ移動すると左へ、右へ飛ぶと右へ、あきらかに竜たちの着陸を妨害している。

（めんどうだな）

（力ずくで突破しようよ、兄貴）

（いや、ちょっと待て）

青竜《せいりゅう》の視点がさだまった。

（岩石のなかに、ひとつだけ赤く光っているやつがある。あれが、おそらく核《コア》だ）

（たたきつぶす？）

（よし、いけ、終《おわる》）

（承知！）

白竜《はくりゅう》は身をひるがえし、頭から猛然と岩石群のなかへ突入する。

真空のなかでは、風も吹かず、音波も使えない。白竜としては身体を使って闘うしかなかった。

むろん、それが嫌いというわけではない。それどころか、望むところ好むところであった。

たちまち岩石の嵐が白竜をつつみこむ。残りの三頭は、白竜を援護して、岩石を打ちくだき、放り出した。

闘いはみじかかった。赤い核《コア》めがけて直進した白竜は、うろたえたように飛び去ろうとする核《コア》を攻撃の射程にとらえ、一気に肉薄すると、口にくわえて嚙《か》みくだいたのである。一瞬で勝敗は決した。岩石群は、ばらばらのまま雨となってクレーターに落ちていく。

（クレーターの内部にはいってみよう）

（わかりました。行きますよ、終君、余《あまる》君）

（承知！）

（たまには、ぼくに先頭いかせて）

（遊びじゃないんだぞ）

（わかってるよ！）

（よし、じゃあ行け）

竜たちは、黒、白、紅、青の順でクレーターの内部へ降りていく。底まで一五キロほどはありそうだった。これは異例の深さだ。月のクレーターは一般的に浅く、最深でも九キロぐらいである。

（嵬嵬はどこから出てきたのかな）

（クレーターの底から、じゃないの？）

（いや、やつは側壁からはがれるように出てきた。そこをたしかめよう）

竜たちはクレーターの内壁にそうようにして飛行した。ほどなく、岩壁が大きくえぐれた場所に行きあたる。嵬嵬が、いわばはめこまれていた場所だ。のぞきこむと、はてしない闇が彼らを見返した。

（横穴か！）

牛種《ぎゅうしゅ》の徹底ぶりに、青竜は、いっそ感歎をおぼえた。月の裏側というだけで地球からは見えないのに、クレーターの内部にひそみ、さらに横穴まで掘るとは。

穴の直径は三〇〇メートルほどある。竜たちが四頭ならんで通過できるほど大きい。

青竜が思念を送るより早く、黒竜《こくりゅう》は真空中に音をたてるような勢いで横穴へはいりこんでいく。別の選択肢があるとも思えず、青竜はそれを黙認した。

四頭の竜がはいった横穴は、月面とおなじ岩石と砂のつらなりだった。奥は底知れない闇だが、竜たちの眼には薄明るいトンネルが見える。と、背後で何か動く気配がして、星明りがさえぎられた。岩盤が扉のように左右からスライドして、ぴたりと合わさったのだ。

背後で横穴が閉ざされ、四頭の竜は、横穴に閉じこめられる形になった。

(あわてる必要はない。想定の範囲内だ。いざとなれば引き返して蓋《ふた》を破壊するだけのこと。かまわず前進するぞ)

(了解!)

竜たちは前進を開始する。白竜、紅竜《こうりゅう》、黒竜、青竜の順で、月の地中を奥へ奥へと。まがりくねった下りの通路が、竜たちをのみこんでいくようだ。

月の半径は一七三八キロ。もう何キロ来ただろう。まだまだ、ほんの入口をくぐりぬけたに過ぎない。

(分岐点があるぞ!)

(どうします、兄さん?)

(引き返したってしかたない。右へ行ってみよう)

論理的根拠はないが、家長の決定である。

「招かれざる客」か、「飛んで火に入る月のドラゴン」か、竜さま御一行は右のトンネルへはいり、くねりながら空中を前進していく。

何キロ進んだか、先頭の白竜が空中で停止して報告する。

（また分岐点だ）

（右？　左？　どちらにします？）

（左！）

青竜は即決する。何ら根拠はないが、まちがったら引き返すだけのことだ。やはり白竜が先頭を往《い》き、紅竜、黒竜、青竜の順で左へ進む。

通路はしだいに狭くなっていくようだ。竜たちは圧迫感をおぼえはじめた。竜体が岩壁に触れると、石や砂が舞い落ちる。低重力だから、スローモーションを思わせる動きだ。

竜たちは暗黒の中でも目が見えるが、モノトーンに近い光景は、はてしなくつづくかに見えて、ハイキング気分ではなかった。

（つぎはどっち？）

（左！）

そのような思念波のやりとりに、とっくに飽きてきたころ、とにかくも前進をつづけていた黒竜が停止した。横あいから紅竜がのぞきこむ。前面には岩壁が立ちはだかり、人ひとりが何とかはいれるほどの小さな穴が見える。

紅竜が思念波を発した。

(だめです、竜体のままでは、ここから先へは進めません)

(そのようだな)

青竜はすこし考えた。紅竜は小さな穴をのぞきこもうとしたが、頭がつかえてしまって不可能だった。

(人身にもどるしかありませんね)

(しかし、人身にもどって、真空の中で生きられるか？)

気軽に試《ため》すわけにはいかない。

(前面の岩壁をくずして突き進むか。引き返して、べつの通路をさがすか。それにしても、何の妨害もないのがおかしいな)

黒竜は、兄たちの「会話」をおとなしく聴いている。白竜もめずらしく、だまりこんでいたが、内心いらついているのはまちがいない。

青竜が何か言おうとした寸前、いきなり白竜が動いた。

(何も通路どおりに進む義理はないんだ。こうやって……)

白竜が長大な尾を振りかざす。岩壁に強烈な一撃が加えられ、無音のうちに大小の岩石が飛散した。

(迷路なんて、厚くもない壁で仕切られてるだけだから、壁を破ってしまえば、べつの通路に出られるさ)

(終君の決断力には感心しますね)

(へえ、めずらしいな、ほめてくれるの)

(めずらしくありませんよ、皮肉ですから。掘っても掘っても岩だったらどうします?)

(いや、見てみろ)

青竜の思念波に、弟たちはしたがう。すると、くずれた岩壁の向こうから、白い光が洩《も》れてきたではないか。猛然と、竜たちは岩壁を掘りくずしにかかった。みるみる崩壊したあとにあらわれたのは半透明の壁だ。

(よくやった、終)

青竜は巨体をその壁にたたきつけた。

超強化ガラスの全面にヒビがはいり、空中に蜘蛛《くも》の巣が張られたように見えた。青竜はたてつづけに体あたりをくらわせ、粉々にした。

暴風が咆え猛った。大量の空気が一気に流出してくる。

II

（兄さん、押しもどされちゃう）

（終、風をおこして対抗できるか）

（やってみる）

白竜が竜として本来の力を発揮しようとしたときである。

不意に暴風がやんだ。

竜たちの背後で、空気の大流出が遮断されたのだ。振り返ってみると、半透明のシャッターが出現して、竜たちの退路を断ったのだった。黒竜が飛びつこうとするのを、青竜が制止する。白竜が舌打ちした。

（汚ないやつらだなあ）

（非常シャッターがおろされたんですね）

（やっぱりな。透明シャッターが一重であるわけないと思っていた。エアロックになっていて当然だ）

（ここから先は空気があるんだね）

竜たちの世界に音がもどってくる。ウロコのこすれあう音、石や砂が落ちる音。

（先へ進もう。空気のあるほうが、我々にとっても、たぶん有利だ）

（そうしましょう。それにしても、終君）

（お、いくらでもほめて。大功《おおてがら》だろ）

（大まぐれでしたね）

（ちぇっ、負け惜しみ言ってやんの）

（ほら、いくぞ）

青竜に指示されて、今度は白竜、黒竜、紅竜の順で内部にはいっていく。目的地の、すくなくとも一端にたどりついたことは、たしかだった。そして彼らをうんざりさせたことに、前方にまた壁が出現した。調べてみると、ガラスではなく、かつてアメリカで体験した吸水樹脂でできていた。

空気がある、ということは、白竜の武器である風と音が使える、ということだ。白竜は張りきって前方へ躍り出た。

白竜の口から、ソニック・ビームが吐き出される。強烈な超音波の槍《やり》が、吸水樹脂の壁に突き刺さり、大きくえぐった。

壁は大きく割れ、樹脂が飛散する。

（これだけ拡《ひろ》げりゃ、通れるだろ？）

（よくやった）

(皮肉じゃないよな)

(ちがうちがう)

(早くはいろうよ)

言うが早いか、黒竜が、兄のつくった穴に飛びこんだ。

(あっ、ずるいぞ、お前、おれを出しぬいて)

すぐに白竜があとを追う。兄の竜たちは、後方の安全を確認してからはいっていく。壁の厚さは三メートルほどだった。白竜にとっては、「かるいかるい」というところだろう。

紅竜が思念波を発した。

(何回まがったか、おぼえてますか?)

(おぼえてないな)

(一四回です。帰路《かえり》はどうしましょうか?)

(目的地に着いてから考えりゃいいだろ)

ともすれば鎌首をもたげようとするいらだちを、青竜はおさえこんだ。この不毛な衛星に何者がひそんでいるか、まだ正解は出てこない。だが、狡猾《こうかつ》で、あきれるほど用心深い輩《やから》だということは、ここまでで充分わかる。

竜たちは空気のある通路を進んでいく。今度は紅竜が先頭に立ち、いきなり敵があられても、ただちに炎を吐きかけることができるような体勢で進んでいく。

紅竜の記憶では一七回めになる角を曲がると、視界が一変した。長い長い長い通路がついに終わって、大広間らしき空間に出たのだ。紅竜は上下左右を見わたしたが、機械類らしきものは見あたらなかった。誰何《すいか》してくる者もおらず、無人の大空間は寂《せき》として静まりかえっている。

（兄さん……）

（うん、まちがいなく人工のものだ）

いまさらながら、竜たちは、啞然《あぜん》として前方を見やった。

（これって、三〇〇〇年前につくられたの？）

（とても信じられないな）

それは神話や伝説にふさわしいような光景だった。大理石としか思えない床がひろがり、左右には巨大な像がはるか彼方まで列《なら》んでいる。正面にあるらしきドアはトランプのカードより小さく見えた。

（まっしぐらに突進するだけさ）

単純明快な結論を出して、白竜は前方へ躍り出た。優美というより鋭気に満ちたポーズで——つぎの瞬間、その全身にいなずまが走り、バチンと何かを強く弾《はじ》くような音がした。白竜は宙で一転し、ひびきをたてて床に落下する。

他の竜たちが、あわてて近づいた。

（大丈夫か!?）

（平気平気——といいたいけど、ちょっと目がまわった）

（高電圧のバリアーだな）

（突破するの？）

黒竜の思念による質問に、白竜は行動で応えようとした。もう一度バリアーめがけて突進すべく、体勢をととのえる途中で、青竜が制止する。

（ちょっと待て、猪突猛進《ちょとつもうしん》もほどほどにな）

前進した青竜が、何秒かの間、青い瞳を閉じる。と、左右からバリアーを形成するため出力していた装置が、壁から引きぬかれはじめた。青竜が重力制御の念力を発動したのだ。

やがてバリアーの出力装置は、左右とも完全に引き抜かれて床に落ち、敗北のうめきとともに床にころがった。重力を制御する案配が微妙だったため、単に巨大空母を持ちあげるときよりも時間がかかったが、とにかくバリアーは無力化され、竜たちは内部に進入することができた。

（ここから先は、竜体でいる必要はなさそうだな）

（竜体を解いて人身にもどりますか？）

（そうしよう）

（というより、それしかないだろ）

それでは、というわけで、青竜は紅竜、白竜、黒竜をうながし、巨大な牛頭人身の神像の蔭《かげ》に集めた。長い頸《くび》をあげ、振りおろす。たちまち光とも煙ともつかぬ輝きが竜たちをつつみこみ、縮小して飛散すると、竜堂家の四人兄弟は人身にもどってい た。裸のまま顔を見あわせ、ややこわばった笑みを浮かべる。始が指示し、おのおのバッグを開いて服を取り出した。

「早く服を着ろ」

「だれか、のぞいてるんじゃないかなあ」

終が眉のあたりに手をかざして四方を見まわす。始がバッグを開けて衣服を取り出しながら応じた。

「当然、監視カメラぐらい、どこかにあるだろう。裸をのぞかれたくなかったら、さっさとしろ」

「はーい」

のんびりした返答に反比例して、たちどころに終は服を着終えた。ただし、いったん着終えてから、あちこち微調整が必要だったが。

「豊橋の量販店で買った服を、月の地底で着るなんて、何かフシギな気分だなあ」

「服のほうでも、そう思ってるでしょうよ」

余のほうは、大調整が必要だった。身長一五二センチなのに、服は成人のSサイズだから、腕も脚も丈《たけ》があまってしまう。始がてつだってやって、袖もズボン裾《すそ》も何重にも折りたたみ、どうやら動けるようになった。

「おー、いい感じだぜ」

終は着心地に満足したようで、ウォーキングシューズをはいた足で床をたたいた。それから、助走もせず、かるく腰とヒザをまげただけで床を蹴る。

「軽い軽い」

終は二〇メートルほどの高さにまでジャンプし、空中で五、六度回転して床に舞いおりてみせる。

「これこのとおり」

「わかったわかった」

「わかってくれたら見物料を……」

「図に乗るな」

無機的な光景の中を、四人は歩み出す。前列は左が続《つづく》、右が終。後列は左が余、右が始《はじめ》という組みあわせで、神殿らしき地下広間を進んだ。これが地球上に存在すれば、考古学者たちが涙を流して狂喜するだろう。大小無数の大理石や青銅の像。大理石の床をのぞいて、壁から天井まで埋めつくす壁画、天井画。壁から大理石の腕が伸びて、さかさになった円錐《えんすい》形のトーチをにぎり、照明らしき白い炎をあげている。それは飾りらしく、天井全体が蛍光色にかがやいて照明となっていた。

続が兄に問いかける。

「いっこうに攻撃してきませんね」

「いくらでも機会はあったはずだが、ちょっとおかしいな」

余が兄に言葉をかさねた。

「待ち伏せもないね」

歩みながら、終が腹をさすった。

「どうでもいいや、おれ、腹へったあ」

「わかった、食事にしよう」

あっさりと長兄が認めたので、終はかえっておどろいた。

「え、いいの？」

「お前にピイチクさえずられるよりは、食べ物で口をふさいだほうが賢明だ、と判断しただけだ」

「ああ、おれってシアワセ者、賢明な兄を持って」

「それ以上ムダ口をたたくと、取り消すぞ」

「お、おどかしっこなし」

四人は巨像の傍で車座になってバッグを開いた。ハイキング気分にはほど遠いが、ひと息つく必要があった。

「終、いっぺんに食ってしまうと、後がなくなるぞ」

「うー」

「うなってもダメです。食ってしまっても、みんなが分けてくれるだろう、なんて甘い考えは捨てなさい」

チョコバーを、ひと息に呑《の》みこんで、終は抗議の表情をつくる。

「おれ、厚意は受けるけど、こっちからおねだりするようなマネはしませーん」

「はいはい、そうですか」

続は弟をいなしておいて、兄を見やった。始はシリアルバーをかじりながら、さまざまな像を熱心に見つめている。つぎに一行の前にあらわれるのが図書館ではないことを、続は心から祈った。始を信頼しているが、兄が図書館や博物館を偏愛しているのも知っていたから。

III

食事を終えて、一行はふたたび歩みはじめた。

「さっきから障壁はいくらでもあるが、生物の姿がまるで見えない」

「どこかから、我々の姿を監視しているのでしょうか」

「それは当然のことだな」

「ほら、来たよ！」

人面虎身の巨像の蔭《かげ》から五、六機のドローンが、もつれあうように姿をあらわした。竜堂兄弟の所在を認めたか、ヴィーンと無機的な音をたてて接近してくる。目に見える敵が久々にあらわれたのだ。

「終、腹ごなしの運動をしてくるか」

「うん」

「ぼくも行きましょうか」

「兄貴たちは見物してな」

終は、かるく言いすてて、床を二、三度スキップした。兄弟たちは後方にさがって、三男坊の動きを妨害しないよう注意しながら、見物にまわる。

竜堂《りゅうどう》終は闘技の天才である。もともと、やたらと強かったのだが、柔道、剣道、空手、合気道、少林拳、ボクシング、キックボクシング、レスリング……と、ひととおり基礎は学んだ。奥義を得たわけでもないのに、一週間もたたずに先輩たちはおろか師範まで、初心者の少年にKOされるようになった。敬遠されるようになって、終も気まずくなり、辞めてしまう。そのくりかえしである。

しかし、辞めてしまってジ・エンドではないのが、竜堂家の三男坊である。どの部にもクラブにも属さず、対外試合のときだけ、たのまれて助っ人にいく。アルバイト代をもらうわけにはいかないから、カツ丼やチャーシューメンを現物支給してもらった。

そのことを知ったとき、長兄は苦笑しただけで、とがめはしなかった。ただ、

「団体戦はともかく、個人戦には出るなよ」

とだけは言った。終も兄の意図を了解して、言いつけを守った。もともと個人的な名誉になど興味はないのである。名誉で腹がいっぱいになるか、というところだ。

「ほんとに地下プロレスとかないのかなあ、兄貴」

「何でそんなことを尋《き》く？」

「いや、覆面レスラーなら正体もばれないし、バイト代もらってもいいかと思って」

「却下！」

そんな会話をかわしたこともあったくらいだ。

いまや人身にもどって、六倍の跳躍力を得た終は、ひとりで五機のドローンと渡りあうことになって、喜色満面、あざやかに空中戦を開始した。床を蹴って左の壁に跳

びつき、右の壁へと跳ぶ途中で一機のドローンを蹴りくだく。鳥頭人身の巨像につかまって、また一機のドローンに跳びかかり、手刀でたたき落とす。一分とかからず、五機のドローンは大理石の床に散乱して単なる金属の残骸と化した。

何もなかったように、終が着地した。

「月の内部で、こんなことがおきてるなんて、人に話しても信用しないだろうなあ」

「信用してもらう必要はないさ。かえって、つごうがいい」

「そうだね、でも……」

終は通路の天井を見あげて、溜息をついた。

「もっとおだやかで静かな生活を送りたいって、ゼイタクな望みなのかなあ」

「安全で安心なら退屈するくせに、柄《がら》にもないことをいうもんじゃありませんよ」

「ガラじゃなくてタマシイの問題だって」

「それがまたガラにないですね」

次男坊と三男坊の、場ちがいな口論を中断させたのは、長男の言動だった。鳥頭人身の像の傍《そば》に立ち、寄りそう末っ子の肩を抱いて、鋭く声を出す。

「また来るぞ！」

不快な野獣のうなり声がひびいてきた。四人が身がまえたとき、人面鳥体の巨像の蔭から、狼とも山犬ともつかぬ影が躍り出てきた。一頭や二頭ではない。つぎからつぎへ、たちまち群れをなして駆け寄ってくる。

「今度は野狗子《やくし》か」

「月にもいたんだね」

というか、月こそが野狗子の巣だろう。そんなことを議論している場合でもないので、四人兄弟は兇暴な怪物たちを相手に、大立ちまわりを演じることになった。重力が六分の一という状況に、まっさきに順応した終が、闘いでも先頭に立つ。天井近くまで跳躍し、上から野狗子におそいかかった。ただ、本人の思ったほどにはスピードが出ない。宙で一転して、一頭の背中に蹴りをくらわせたが、野狗子は悲鳴をあげて床にころがっただけだ。

「終！　重力が六分の一というのは、打撃力も六分の一になる、ということだぞ。降下のスピードもおなじことだ」

「ちぇっ、そうか」

それでも四人は三分のうちに五〇頭以上の野狗子を床に這《は》わせた。

「いまのところ、想定内の攻撃ばかりですね」

「だけど、しつこいったらありゃしない」

「おや、終君、めずらしいですね、弱音ですか」

「弱音なんかじゃないけどさ、こうたてつづけに来られたんじゃ、メシ食ってる暇がないだろ」

「さっき食べたばかりでしょう⁉」

「また来るよ！」

余の指《さ》しめす通路の角から、黒影の群れがあふれ出てきた。今度は飛天夜叉《ひてんやしゃ》である。

「おなじみさんが、よくまあ、つぎからつぎへと出てくるな」

「友情を育《はぐく》めないのが残念ですね」

軽口をたたきながら、なぐり、蹴り、翼をへし折る。まだ竜堂兄弟には余裕があった。だが、斃《たお》しても斃しても、敵は押し寄せてくる。野狗子より、はるかに数が多く、しぶとい。それでも何とか全頭を斃して、四人兄弟は息をととのえた。

「つまらないなあ」

贅沢《ぜいたく》なことを終は口にした。彼が闘っている敵は、数においては不足がないが、質が低く、闘技の愉《たの》しみを与えてくれない。何となく、弱い者いじめをしているような気分すらする。

「本拠地を守る兵士が、こんなに弱くていいのかよ」

「弱いほうが楽でいいでしょ」

「いや、続、終のいうことにも一理あるぞ」

「どういうことです？」

「考えすぎだとは思うが……」

野狗子も飛天夜叉も、とうに竜堂兄弟が直面してきた敵である。数はそろっているが、四人に対して通用しないことは証明ずみのはずだ。あたらしい武器や見知らぬ怪物を出動させないのはなぜだろう。

斃した敵を見おろしながら、続が肩をすくめた。

「ぼくは、ランバート・クラーク級の大物がうじゃうじゃ出てくるかと思ってたんですが、ちがいましたね」

「こんなのを、つぎつぎと出してきたってムダだよね」

「何だかR・P・G《ロール・プレイング・ゲーム》みたいだな」

「それです、終君」

「え？」

次男坊が長男坊を見やった。

「兄さん」

「ああ、だれだか知らないが、おれたちを駒にして遊んでやがる」

「飛天夜叉や野狗子は、捨て駒というわけですね」

「と思うが、それにしても……」

投げやりに見えるな、と、始は思う。これが牛種の真の実力か？　つぎからつぎへと下級兵士をくり出すことによって、竜堂兄弟をうんざりさせ、油断をさそい、しかけておいた陥穽《かんせい》に落としこむつもりだろうか。吸いこむ空気に何か未知の毒素がふくまれているのではないか、という可能性まで、始の脳裏をかすめた。

「こんなちっぽけな衛星の奥に、こそこそ隠れて、何が宇宙の支配者だよ。せこいったらありゃしない」

何のかのいっても、終は元気である。大声で牛種に悪口をあびせ、いつでも闘えるという体勢をとっていた。

続は斬りつけるような鋭い物騒な視線を、四方八方に突き刺している。これまた、瞬時に、危機に即応できる形だ。余は、というと、長兄に背中をあずける形で、やはりファイティング・ポーズをとっている。

長兄は、考えこむときの癖で腕組みをしているが、いざというときの即応能力は、弟たちに劣るものではない。彼の感じた違和感は、不審へ変わり、疑惑に成長しつつあった。どんな敵が出てきても闘う覚悟はとうにできているが、その主敵が出てこないのだ。

体勢をくずさぬまま、終が発言した。

「みんな逃げ出しちゃったんじゃないの？」

「おれたちを恐れてか？」

始は眉をしかめた。敵が本拠地から逃げ出す、という発想は、始にはなかった。

「終君の食欲を恐れて、ということはありえますね。食べられちゃかなわないですから」

続の毒舌にも冴えがない。失調の感覚が、彼らをとらえつつあった。なぜ、せめてランバート・クラーク級の大物が出てこない？

「続」

「はい、兄さん」

「仮《かり》に終のいうとおり、牛種《やつら》が逃げ出したとして、どこへ赴《い》くと思う？」

「……さあ、見当もつきません」

始は両手をひろげた。

「ここで議論してても、しかたない。まだ先がある。行こう」

弟たちはうなずいて長兄にしたがった。今度は始が先頭で、余、続、終の順で、つぎの扉へ向かう。

月に来たのは失敗だったかもしれない。地上に居すわって、敵が来るのをつぎつぎと迎え撃つほうが効率的だったのではないか。あまりくよくよ考える性質《たち》ではないはずだが、始の心境の一部に迷いが生《しょう》じた。

「まあ、月では民間人を巻きこむ心配はありませんし、文化財もないでしょうからね。京都とちが……」

言いさして、続は口をつぐんだ。始にとっては、月の地底は宝庫だ、と気づいたからである。たとえ牛種の物であっても、文化財は文化財だ、と考えているにちがいない。しかし始は、それに関しては一言も発せず、黙々と足を運ぶばかりだった。

Ⅳ

敢然として敵地に乗りこんで来たのに、四人兄弟は拍子ぬけといった状態だった。一方で、油断したら何ごとが生《しょう》じるかわからないから、緊張を解くわけにはいかない。

長兄が足をとめた。

「そこのドアは開《あ》かないか？」

「ロックされてるよ」

「それじゃ力ずくでいくしかないな」

力ずくでドアは開いた。終が右足をあげてドアにたたきつけたのだ。ドアは抗議の叫びをあげて吹き飛んだ。

始より先に、続がドアの向こう側をのぞきこむ。彼が安堵《ホッと》したことに、視界にひろがったのは、図書館でも美術館でもなかった。神話や伝説よりSFアニメーションにふさわしい光景で、スクリーン、モニター、操作卓《コンソール》の類《たぐい》がはてしなくつづき、機能的なデザインの椅子が並び、立体映像をうつし出すようなデスクもある。

「火星探検の指令室みたいだな」

終が感想を述べた。

「ねえ、始兄貴、あと何十年かすれば、月で月面オリンピックが開かれる、と思わない？」

「さて、どうかな」

終は低重力での運動能力に自信を持ったらしい。

「一九六九年に、人類が月に着陸したとき、すぐれた科学者やSF作家たちが、『一〇年か二〇年後には火星だ』と信じたものだそうだ」

「だけど未《いま》だに火星へは行けてないよね」

末っ子が残念そうに足もとの床を蹴る。

「なあに、おれたちが生きている間には行けるさ」

終が根拠のない楽観論で返す。

「火星に行って、何をするんです？」

「火星人になる」

「はいはい、火星でシアワセに暮らしてくださいね」

「続兄貴にも土地わけてやるよ」

終は一笑すると、かるく跳躍した。操作卓《コンソール》のひとつに跳び乗り、スイッチやボタン、ダイヤルの類をのぞきこんだと思うと、べつの操作卓に飛びうつって、計器類を点検するが、もちろん理解できているわけではない。

「おい、終、そうピョンピョン跳ねまわるな。いつから兎《うさぎ》と改名したんだ？」

「重力が六分の一だからね」

言わずもがなのことを言いながら、終は天井に手が触れるまで跳躍し、回転しつつ降りてくる途中で、モニターのひとつを蹴破り、剽悍なエネルギーを発散させる。摂取したエネルギーは消費せねばならぬ、というのが、三男坊の哲学（？）である。

「すごいや、終兄さん」

「どういたしまして。あ、非公開だから料金はいりませんよ。おれって太っ腹だなあ」

「人間の度量は食う量に比例するってか？　そろそろ降りてこい」

「はーい」

終はおとなしく長兄の命令にしたがう。始としては、終の行動に対する敵の反応を知りたい気もあったのだが、何ごとも生《しょう》じなかった。

末っ子が、何か思いついたように、三六センチも高い長兄を見あげた。

「ね、月面の探査とか地底の探検とかはあったけど、月の内部の探検は、ぼくたちが最初でしょ？」

「そのとおりだが、残念ながら記録には残らないぞ」

「そうかあ……」

残念そうに、余はまた床を蹴った。

「お前、自分で壁にでも書いときゃいいじゃないか。〝竜堂余参上〟って」

末っ子はすぐ上の兄を見あげた。今度は一五センチ差だ。

「終兄さんは書かないの？」

「おれはもう、そんなことするほど子どもじゃないの」

「そういばるのが子どもの証拠です」

「すこしこの部屋を調べてみるぞ」

長兄の一言で、弟たちは舌を動かすのをやめて、それぞれ興味が持てそうな場所へと散った。

「エレベーターがあるよ！」

余が叫んだ。たしかに、右前方一〇メートルほどの壁面に、エレベーターとおぼしき左右開きの扉があった。

「使いますか、兄さん」

「やめとこう、自分たちからネズミ捕りに飛びこむようなもんだ」

「何か危険があるっての？」

「上下左右から針が突き出てくるかもな」

長兄の言葉を脳裏で映像化してみて、終は頭《かぶり》を振った。ドラゴンの串刺しなど、とてもおいしそうには思えない。

始は一方の壁に向けて列んだ操作卓《コンソール》を見てまわった。いくつかの記号や文字に気がつく。記号は、未だ解読されぬインダス文字を思わせる――だが、あてずっぽうである。文字のほうは、あきらかに古代中国の甲骨《こうこつ》文字に似ていたが、さすがにこれは年齢の割に博識の始でも読めなかった。

「兄さん、やっぱり牛種《やつら》はここを棄《す》てていったんじゃないでしょうか」

「何もかも棄てていったのか、この大規模な設備を？」

始は腕を組んだ。続があらためて四方を見まわす。

「使用できないよう、破壊していったわけでもなさそうですね」

「どうせ、おれたちにはあつかえない、って思ったんじゃないの？」

「たしかに、おれにはあつかえそうもないな」

何気なく始は言ったのだが、弟たちは、とっさに反応にこまった。

(兄さんにもできそうですよ、なんて言うのも失礼だし……)

(兄貴だってできるさ、なんて言ったら、あとがこわいや)

(始兄さんとおなじ、ぼくにもできない、何も言えないや)

当の始は、弟たちを困惑させたことなどつゆ知らず、操作卓《コンソール》に近づき、席《シート》に放り出されていたヘルメットを手にとって、しげしげと眺《なが》めた。何本かのコードが機械類につながれている。

「このヘルメットを通して、脳波で操作していたのかな。だとしたら、おれにも使えるかもしれない……」

三人の弟は、血なまぐさい死体の山をよけたり跳《と》びこえたりしながら、長兄のもとにあつまった。次男坊が申し出る。

「ぼくがやりますよ、兄さん」

「危険かもしれんぞ。だから……」

「だから、ぼくにやらせてください。まだ総大将の出る幕じゃありませんよ」

「総大将って、おおげさな」

「いいからいいから」

続は、すばやく兄の手からヘルメットを奪いとった。とはいえ、あまりにも鄭重《ていちょう》で流麗な動作だったから、始は一瞬、ヘルメットがかってに続の手に移動した、と感じたくらいだ。

「さて、どうなりますかね」

「続兄さん、何を考えるの？」

「そうですね」

続は視線と指を動かし、やがて一点にすえた。

「あそこに、もったいぶった感じのドアがあるでしょう？　あれを開《あ》けてみましょう」

他の三人が見ると、エレベーターらしき扉から五メートルほど離れて小さな扉がひっそりと、半ば隠れるようにある。

「いいですか、兄さん？」

「わかった、やってみてくれ。危ないと見たら、すぐヘルメットをぬがせるからな」

「お願いします」

続は椅子にすわりなおし、ヘルメットを慎重にかぶった。ヘルメットのサイズは続の頭部よりひとまわり大きく、彼の顔は上半分が隠れてしまう。ふたりの弟が、くすくす笑った。続自身おかしくなって、顔をほころばせる。

「何ともないな、続？」

気づかう始の声も、笑みをふくんでいる。

「何ともありませんけど、ヘルメットが固定しませんね。まあ、いいです。まずいことになりそうでしたら、すぐぬげますから」

「そうか」

「じゃ、やってみますよ」

続はおもむろに思念を集中させた。

「ひらけゴマ！」

叫んだのは終だった。

第四章　宇宙大将軍

I

小早川奈津子《こばやかわなつこ》は怒りくるっていた。彼女の手下、いや、京都幕府の御家人になったはずのドラゴン・ブラザーズが、いつのまにか行方をくらましていたからである。彼らの付録である蜃海《しんかい》、虹川《にじかわ》、水池《みずち》の三人組の姿も、いつのまにやら消えていた。小早川奈津子の怒りは富士山の噴火より熱く、東海大地震より烈《はげ》しかった。

「おのれ、タツノオトシゴども！　敵であったものを恕《ゆる》し、住所不定・職業不明の輩《やから》を御家人としてやったのに、裏切って逃げ出すとは、何とあさましい。彼奴《きやつ》らに正義の刃でもって天誅《てんちゅう》を下さずんば、何の面目《めんぼく》あって泉下《あのよ》のお父さまに見《まみ》えん」

怒号しつつフライパンで宙を切り裂き、逃げおくれた反社会勢力の男たちを慄《ふる》えあがらせた。

警察の包囲がつづき、残りすくなくなった食料をもりもりたいらげ、キャビアの缶を半ダースもあけて「御座所」になった貴賓室《きひん》にもどると、意外な人物が三人待っていた。蜃海、水池、虹川である。

「やや、其方《そのほう》どもは、タツノオトシゴどもの手下ではないか。どの面《つら》さげて、ワラワの前にもどってまいった!?」

「はっ、いささかの事情がございまして」

と、蜃海がもっともらしく低頭する。内心はともかく、水池と虹川もそれに倣《なら》う。

「問答無用！　逆臣には正義の鉄鎚《てっつい》あるのみじゃ。そこへなおれ。順番に、首をチョッキンチョッキンして、三条河原《さんじょうがわら》にさらしてくれようず」

「あいや、しばらく。大将軍さまに申しあげたき儀がございまする」

「何じゃ、最期の言なら許してやるが」

「私どもは、けっして裏切ったのではございません。大将軍さまのおんため、生命《いのち》をも惜しまぬ覚悟は不変でございます」

「ふん、口ではどうとでもいえる。証拠があるなら見せてみよ」

「私どもがそろってここにいること、それが何よりの証拠でございます。大将軍さまを裏切ったら、そのまま逃げうせておりましょう。なぜ、わざわざもどってまいりましょうか」

「むむ……では、なぜ一時的にでも姿を消したのじゃ？」

「幕府一〇〇〇年の大計を図《はか》り、調査に出かけておりました」

「何、一〇〇〇年の大計とな」

　このとき小早川奈津子は、警察に完全包囲された幕府に、どうやって三人がもどって来られたか、問い質《ただ》すべきであったろう。だが、こそこそ逃げ出したのだから、どうせこそこそもどってきたのだろう、としか考えず、蜃海の台詞《せりふ》に興味を惹《ひ》かれてしまった。

　そこは現代の日本と時の流れがちがう場所であった。やわらかな芝生の上に、水池真彦《まさひこ》と虹川耕平《こうへい》が寝ころんでいる。頭上には桃の巨木が枝をひろげ、淡いピンクの花が咲き誇っていた。涼風の中で、水池が半身をおこす。

「あー、いかん、こんなに平和で清浄でオダヤカなところに長居したら、おれはダメになってしまう」

「まだダメになってないと思ってたのか」

　虹川の皮肉を無視して、水池は、問い返した。

「地上のことが気にならんか」

「ならんことはないが、気にしたってしようがない。もう三〇〇年も昔のことだ」

「何いってる、たった三日前だろう」

「仙界《こちら》の一日は、地上の一〇〇年。そう教えてさしあげたでしょ？」

不意に若い女性の声がしたので、ふたりは振り向いた。気配も感じさせず、彼らの背後にたたずんでいたのは瑤姫《ようき》だ。

ふたりは立ちあがって、頭をさげた。瑤姫は礼を返し、手を振って立ち去る。とくに用があったわけではないらしい。後姿を見送って、水池が溜息をついた。

「いやー、さすが茉理《まつり》ちゃんの姉さんだけあって美人だ。気風《きっぷ》もいいし、惚《ほ》れるわ」

「お前が惚れるのは自由だが、あちらさんが相手にしないだろうなあ」

「そうとはかぎらん。タデ食う虫も好きずきっていうじゃないか」

「自分でタデといってりゃ世話ないな」

そこへ、道服《どうぶく》を着こんだ蜃海が姿を見せた。彼は仙界へ来て以来、昼と夜とを問わず、書閣めぐりをつづけている。虹川と水池の道服姿を見て、一言、

「似あわんなあ」

「お前さんもな」

「水池は仙女たちのところで遊んでいると思ってたが」

「とてもとても、畏《おそ》れ多くて手も口も出せねえよ」

三人は桃花の下にすわりなおした。

「竜堂《りゅうどう》ブラザーズは月か……」

「いまごろ牛種《ぎゅうしゅ》とやらのラスボスと闘っているだろうよ」

「援軍にいってやりたいな」

「かえって足を引っぱるだけだよ」

「同感」

蜃海と虹川に反対されて、水池は残念そうに足もとの草をむしった。虹川は遠方に視線を送る。淡いピンクの花が列をなし、のどかな碧空《あおぞら》から小鳥の鳴き声が降ってくる。澄みわたった空気には甘い芳香さえただよっているようだ。

「ところで、上畑医師《うえはたセンセ》はこれからどうするつもりなんだ」

「薬草とか薬石の研究を紹介されて夢中になってるよ。ありゃもう、現代の日本に帰る気はないな」

「そりゃけっこう、一〇〇年も修行すれば、仙人になれるだろう」

「一生分の危険を味わったと言ってたしな」

「たしかにな。で、おれたちはどうなんだ？」

水池の、自問半分の台詞に、他のふたりは即答せず、しばし沈黙の刻《とき》が流れた。それぞれが自問している。

「おれは平凡な警視総監になるはずだったのにな」

「警視総監のどこが平凡だよ」

虹川と水池のやりとりに、蜃海が口をはさむ。

「とにかく、地上のことには、相応の決着をつけねばならんと思うんだ」

「小早川奈津子を野放しにしたままだからなあ」

「おれたちに責任があるのか」

「ないとはいえんだろう」

水池が異議をとなえる。

「あんな怪女に責任を持てる人間なんていいるわけがないぜ。あるなら鎌倉《かまくら》の御前だろ」

「もう死んでるがな」

「よけいな遺産を置いていったもんだ」

三人はそれぞれ胸中に小早川奈津子の勇姿を想い描いて、げんなりした。数秒の沈黙の後、蜃海が虹川に問いかける。

「お前さん、警察にもどれるか」

「無理だね」

「水池はどうだ、自衛隊に帰れるか」

「帰れるわけないだろ。そう言うお前さんはどうなんだ？　のこのこ新聞社に帰れるのか」

蜃海は頭をかいた。

「帰れても帰りたくないな。できれば小さな新聞を自分ひとりでも発行したい」

「ネットでか？」

「紙だ」

胸を張って、蜃海は断言した。

「新聞紙という単語を日本語からなくしたくないんでな」

「ほう、りっぱな志だな」

「からかうなよ」

さらに会話をかわした後、三人は結論を出した。仙界からの許可を得て、一時、現代の日本に帰ってみよう、というのだ。三人とも平和よりトラブルを好む性質《たち》であることは、弁解しようがなかった。

「待てよ、仙界の一日は地上の一〇〇年なんだろ？」

虹川が確認した。

「おれたちは三日間、仙界《ここ》にいた。ということは、地上では三〇〇年経《た》っているはずだ。いまさらもどっても、三〇〇年後の日本で何をすればいい？」

水池が肩をすくめた。

「日本という国が存続しているかどうかもわからんな」

「おれたち、浦島太郎《うらしまたろう》か」

芸のないぼやきかたをして、虹川が腕を組んだとき、三人の背後から、かろやかな足音がした。今度は三人に知らせるよう足音を立ててきた瑤姫である。

「心配しないで。辰艎《しんこう》があるから」

蜃海が表情を変えた。

「ああ、始《はじめ》君から話を聞いたことがある。時の河を渡る船だ」

「タイムマシンか！」

「それに乗って三〇〇年前に行けばいいのよ。任意の日時にもどれるわ」

「つごうよくできてる。さすが仙界」

「ほめてるの？　けなしてるの？」

「ありがたく思っています」

と、蜃海がたくみにフォローする。瑤姫は三人の顔を順番にながめると、いたずらっぽい笑みを浮かべた。

「まあいいわ。あなたがたがそうしたいのだったら、辰艎で三〇〇年前の日本へ送ってさしあげます。歴史に干渉することになるけど、充分に修正可能な範囲内ですものね。どうなさる？」

三人は、たがいの表情を探りあったが、基本的にトラブル好きの本性は隠しようもない。

「お願いします！」

と応じた声は、みごとなハーモニーをつくった。

II

いつのまにやら、京都幕府は観光名所になってしまった。京都駅で新幹線を降りた外国人たちが、徒歩で列をなして北へ向かう。三分も歩けば、機動隊に包囲され、「危険　立入禁止」の札を突きつけられてしまうのだが、張りめぐらされたロープの周囲で、スマホをかざしたり、TVカメラに向かってVサインを出したり、大騒ぎである。

「撮影禁止！　帰ってください」

「ほら、帰った帰った」

警官たちの神経も、ささくれる一方である。

「情報を開示しろ！」

「そうだそうだ、中で何がおこってるんだ？」

「押すなよ！　警官横暴！」

「そっちこそ、公務執行妨害だ！」

興奮したやりとりがかわされる。

幕府の中では、征夷大将軍《せいいたいしょうぐん》・小早川奈津子が、甲冑《かっちゅう》姿で人間椅子に腰をすえていた。三人の「御家人」を四つんばいにさせて、その上に巨大な尻を乗せている。兇悪《きょうあく》な反社会勢力の男たちだろうが、汗を流してうめいている姿が、同情を誘った。

「をっほほほ、一〇〇〇年の大計とやらを奉じて、自分たちの意思で帰ってきたのかえ。殊勝なこと。それに免じて、生命だけは助けてあげるぞえ」

「ははっ、ありがたきシアワセ」

「をっほほほ、礼をいうにはおよばぬ。死んだほうがマシと思うかもしれぬからのう」

小早川奈津子が、分厚い舌で唇をなめまわした。

「あいや、しばしお待ちを」

演技《しばい》がかった動作で、蜃海が右の掌《てのひら》を突き出す。水池と虹川は、その左右で、防御と逃走、どちらにもすぐ移れるよう、さりげなく姿勢をととのえる。小早川奈津子は、うさんくさげな目つきで三人をながめやった。

「何じゃ、この期《ご》におよんで申し立てることがあるのかえ」

「はい、喜んでいただけるかと」

蜃海が手を揉《も》んでみせる。

「ワラワは征夷大将軍なるぞ。舌先三寸でごまかせると思うてか」

「征夷大将軍なんて小さい小さい。世の中には、もっと偉大な称号があるんですよ」

「何、もっと偉大な称号？　それは何かえ？」

「〝宇宙大将軍〟です」

虹川と水池は顔を見あわせ、小早川奈津子は軽蔑《けいべつ》の鼻息を立てた。

「何じゃ、そんなもの、存在するわけがない。子ども向けアニメの悪役の名前がせいぜいであろうがな。くだらぬ」

「とんでもない。歴史上の事実です。六世紀、梁《りょう》の世に、侯景《こうけい》という男が皇帝を死なせ、宇宙大将軍と名乗りました。虚言《うそ》だと思うなら、『梁書・巻五十六・侯景伝』をお読みください」

具体的な人名や書名を出されて、小早川奈津子は考えこむようすになった。すかさず蜃海が押しに出る。

「いかがです、これ以上、偉大な称号はございませんぞ」

「うむ、しかし、宇宙大将軍として、何をすればよいのじゃ」

「日本の西半分を独立させるのでございます」

「何じゃ、半分だけかえ」

「富士山の大噴火で、東日本は甚大な被害をこうむりました。それに引きかえ、西日本は無傷でございます。復興の重荷を棄《す》てて、かがやける未来の国家を建設すべきでありあります」

「一理あるのう」

ねえよ、と、水池は心の中でつぶやいた。蜃海は熱心に、怪女をすかしつづける。

「富山《とやま》と新潟《にいがた》、岐阜《ぎふ》と長野、愛知と静岡、この六県の県境を国境といたします。そしてその西側を『大和国《やまと》』と称し、独立を宣言するのです」

「しかし、それでは、富士山は東のものになってしまうではないか。ワラワの夢である『富士・愛のまほろば』は、いかがなるのじゃ？　代案があるのかえ？」

めんどうくさいおばさんだな、と思っても、蜃海の舌はとまらない。

「残念ながら富士山は、噴火によって、美しい姿を失ってしまいました。新世界の建設者は、旧《ふる》きにとらわれてはなりません。『愛のまほろば』は、別に絶景の地を選んでお建てなさってはいかがでしょう？」

「うむ、悪くはないのう」

「いずれ東日本が復興すれば、これを併合し、もうひとつのまほろばを造営なさればよろしいかと存じます」

「その場所は、そなたが選ぶのかえ？」

「それは大将軍さまの御心のままに」

「うむ、存外ケンキョであるな。よしよし、そなたらの帰参を許そう。今後も忠勤にはげめよ」

「ははっ」

三人が平伏すると、宇宙大将軍の称号をつけ加えた怪女は、人間椅子から立ちあがり、足音も高らかに玄関のほうへと歩んでいく。

「ふー、やれやれ、何とかなった」

「おれ、蜃海《おまえ》のほうが怖くなったワ。よくまあ、あの怪女相手にペラペラと」

虹川につづいて水池が、核心を突いた。

「おい、その宇宙大将軍てやつは、天下統一できたのか？」

「できるわけないだろ。弑逆者《しいぎゃく》として追いつめられ、殺された。まあ明智《あけち》光秀《みつひで》ってところだな」

「不吉じゃないか」

「不吉だよ。だから進呈したのさ」

蜃海は、ふたりの悪友を見返した。

「そろそろ事をおさめる方向に行かんとな。ほんとに日本が分裂したら、苦しむのは民間人だ」

「策士だか善人だか、わからんやつだな」

虹川が苦笑する。水池は室内を見わたして、隅に拡声器を見つけると、手にして窓辺に近づいた。外のようすを見ると、ざっと五〇〇人ていどの機動隊が展開していた。パトカーに「大阪《おおさか》府警」とか「滋賀《しが》県警」などと記してある。どうやら近隣の府県から機動隊が応援に来たようだ。

「あー、自衛隊および機動隊の諸君」

水池は窓をあけ、拡声器を通じて呼びかけた。

「ムダな攻撃はやめて、おとなしく基地に帰りなさい。ムコの市民を相手に、戦車なんぞ出動させたら、どこかの独裁国家とおなじです。君たちのご両親は、泣いていますよ」

地上で京都府警本部長が眉をしかめた。

「何者かね、あのふざけた男は？」

「わかりませんが、幕府の幹部か何かでしょう」

「幕府などと呼ぶのはやめたまえ。相手のペースに乗せられるだけだ」

「は……」

京都府警本部長は、好きこのんで近隣の府県に応援を要請したわけではない。警備部長に進言され、しぶしぶ、しょうことなしに頭を下げたのである。事態がここまで来たら京都府警だけの手にはおえない、と、近畿《きんき》管区警察局長が判断していた。

一方、応援に来た大阪府警の機動隊は、やる気充分である。

「何が征夷大将軍や。女ひとりに手こずっている京都府警がどうかしとるんや。大阪府警《われわれ》はそうはいかんで。三分で決着《かた》つけたる」

機動隊長は大きな口にふさわしい大声で、部下たちを叱咤した。「おう！」という、たのもしい反応が返ってくる。

「ようし、それでこそ大阪男児や。京都府警に、ええとこ見せたれや」

「おう！」

「作戦はこうや。なに、作戦というほどのもんやない。テロリストどもの親玉を外へ誘い出し、包囲して確保するだけのことや。まずビルに催涙弾をぶちこむぞ」

こうして一斉攻撃がはじまった。機動隊員のうち二〇人ほどが、ことさら正面玄関から近づく。うち五人がハンマーをふるって、強化ガラスの玄関ドアを殴りつける。ガラスに蜘蛛《くも》の巣状のヒビがはいった。

「よし、その調子だ」

隊長が声を張りあげたときである。

「をーっほほほほほほほほほほほほ！」

　この奇怪な笑声は、京都府警の警官たちは聞き慣れているが、慣れているからといって恐怖感が減るわけではない。まして、大阪府警や滋賀県警の警官たちが、未知の戦慄をおぼえるのも当然といえた。

「な、何や、あの声は。猛獣でもおるのか」

「そんなことは聞いとらんぞ」

「あっ、あれは何だ!?」

　何本かの指が、ビルの玄関を指《さ》す。その数百倍の視線が集中した先に、奇怪な物体があった。古い甲冑につつまれ、両手に巨大なフライパンと金属バットをにぎった大柄な人間である。ひしめきあう警官隊にひるむ色も見せず、雷声をとどろかせた。

「ここは神聖不可侵の京都幕府なるぞ。汝《うぬ》らは何じょうもって征夷大将軍の御稜威《みいつ》にしたがわざるや、答えよ、非国民ども！」

「誰が非国民だ。こちらは大阪府警だ」

　パトカーの拡声器がどなりかえす。

「をーっほほほほほ！　今日こそ大阪府警最後の日。ゴキブリも姿を見せねばたたかれまいに。オロカというもアワレなるかな。いでや、まとめてたたきつぶし、挽肉《ひきにく》ダンゴにしてくれようぞ！」

パトカー内で拡声器のマイクをにぎっていた大阪府警の警備部長は逆上した。

「世迷言《よまいごと》はやめろ」

「おや、えらそうなことをいうゴキブリがいるではないの。ゴキブリにしてはあっぱれ、よろしい、その心意気に免じ、堂々たる一騎打ちで勝負をつけてやろうぞ」

「い、一騎打ちだと」

大阪府警の警備部長は、思わずひるんだ。

III

「返事はどうしたのかえ、大阪府警のドテカボチャ」

「ふ、ふざけるな。何が一騎打ちだ。お前は武力内乱罪で逮捕される身なんだぞ。いまのうちに裁判所の被告席でどう弁明するか考えておけ」

逆上寸前となった警備部長は、いさましく号令をかけた。

「それっ、同時にかかれ！」

うおお、と、咆哮じみた喊声があがり、機動隊員たちが小早川奈津子めがけて殺到する。ジュラルミンの盾《たて》が光の波となって揺れる。

「をーっほほほほ！　女相手の一騎打ちもできぬ臆病者の大将よの。その部下に勇者など、いるはずもないわ。数だけを恃《たの》むドブネズミの群れなど、宇宙大将軍が小指の先で吹きとばしてくれようず！」

「おのれ、言わせておけば――」

臆病者よばわりされて、警備部長の理性の糸は完全に切れてしまった。敵味方が入り乱れれば、狙撃できない。参事官が傍《そば》から説得したが、耳にはいらなくなっていた。

「いけ、やれ、やっつけろ！」

機動隊員たちの背中に号令をたたきつける。

「をーっほほほほほほほほほほほほほほ！」

興奮の嵐を鼻孔から噴き出しながら、征夷大将軍あらため宇宙大将軍の小早川奈津子は、敵中に突入していった。

「かかれ、かかれえ！」

警察側の拡声器も熱く叫びたてる。特殊警棒が乱舞し、重い靴音がとどろく。走りはじめたとたん、宇宙大将軍の哄笑《こうしょう》に耳を強打されて倒れる機動隊員。倒れた身体につまずいて、もんどりうつ隊員もいる。たちまち秩序は失われ、大混乱となった。

フライパンと金属バットが日光を受けてかがやくところ、悲鳴があがり、血飛沫《ちしぶき》がはね、人体が宙を飛ぶ。

竜堂兄弟なら、相手が警察となれば多少なりと手かげんするのだが、宇宙大将軍にそんな配慮はない。ヘルメットをたたき割られた機動隊員が鼻血を噴いて引っくりかえると、宇宙大将軍の重い足がその腹を踏みつけ、今度は口から血が吐き出される。

宇宙大将軍は腹をゆすって哄笑した。

「をーっほほほほほ！　口ほどにもない」

その勇姿を、三人組はビルの上階の窓から眺めている。

「勝ち誇ってるな」

「まったく人間とは思えない強さだぜ」

虹川と水池が、歎声《たんせい》をあげて顔を見あわせる。

「待てよ……」

もと新聞記者が小首をかしげた。

「どうした、蜃海？」

「あの怪女は人間ばなれして強い」

「何をいまさら」

「どうしてあんなに強いんだ？」

「どうしてって……」

彼らはこれまで、小早川奈津子の超人的な勇猛さを自明のこととしていたから、あらためて疑問を呈《てい》されると、当惑せざるをえなかった。まったく、どうして小早川奈津子はあれほど強いのか。

「まだおそれいらないか、テロリストめ！」

小早川奈津子にしてみれば、敵が攻めてくるから応戦しているだけのことである。おそれいるはずがない。

「をっほほほ、犬も二度たたかれれば懲《こ》りる、と申すが、犬にも劣る奴輩《やつばら》じゃの。降参して、ワラワの奴隷になれば、幕府の御家人として使うてくれようものを、何を好んで咆《ほ》えかかるやら。ああ、道理の通らぬ濁世《じょくせ》を、ひとり歩む孤独な乙女。それがこのワラワなのね」

「だれが乙女か！　このバケモノが、美しい日本語を汚すな」

機動隊長は、興奮のあまり指揮車の車上から身を乗り出した。

つぎの瞬間、彼は車上に引っくりかえっている。ブウンと音をたてて、飛来した金属バットが、彼の顔面を直撃したのだ。鼻と口から血を噴いて、隊長は横転した。左右の部下たちがあわてて助けおこしたが、彼は赤い顔で気絶していた。

幕府ビルの玄関からひとりの男が駆け出す。

「降参するから、助けてくれえ！」

反社会勢力の男が、必死で叫んだ。これ以上、宇宙大将軍の麾下《きか》にいるより、警察につかまったほうがマシと思いさだめたのだ。その考えは以前から持っていたのだが、実行にうつすのが遅かった。

「をーっほほほほ！　裏切り者は地獄へ一直線に飛んでお行き。羽がなくとも飛ばせてあげようぞ」

巨大フライパンが、うなりをあげた。小早川奈津子の掌《てのひら》も同様に動く。左右同時に男の頭部にたたきつけられる。いやな音がして、はさまれた頭部は縦長にひしゃげた。

大阪府警の機動隊員たちは声をうしなった。まともな神経の持ち主なら、そうであろう。なかには腰がくだけてへたりこむ者もいた。

「な、何たるバケモノだ……」

大阪府警の警備部長は恐怖をあらわにうめいた。指揮官をうしなった大阪府警の機動隊は、一歩ひき、二歩しりぞき、宇宙大将軍が高々と笑いながら歩を進めると、誰からともなく悲鳴をあげて逃げ出した。

大阪府警の機動隊が、ほぼ潰滅《かいめつ》してしまうと、警察側の戦力は、半減してしまった。近畿管区警察局長は、年齢の割には充分に豊かな半白の頭髪をかきむしった。京都幕府事件は、とうに、笑ってすまされる段階をすぎている。これをよく収拾できるか否《いな》かが、彼の人生の分岐点であった。収拾できれば、警察庁長官への道が拓《ひら》ける。

その先は首相補佐官か国会議員か巨大企業への天下り……いずれにせよ、明るく輝く老後が待っている、はずであった。だが、ここで、幕府などと自称するテロリストどもに屈したら、出世の道は閉ざされてしまうのは明らかである。

局長は、ひとまず京都府警本部にもどった。幕府ビルの包囲は機動隊にまかせ、現場の指揮は京都府警の警備部長にゆだねて、京都府警本部長の部屋にはいる。ソファーに腰をおろすと、うなるような声をあげた。

「幕府のやつらを眠らせるな、食わせるな。持久戦になれば、こっちのものだ」

これだけ損害を受けたあげくに、作戦変更か。最初からそうしておけば、よかったものを——京都府警本部長はそう思ったが、口に出してはこう言っただけである。

「よいお考えだと思います」

「そうだろう？　とにかく警察庁《サッチョー》のほうが、まるで機能しておらんからな。地方や地域でがんばらんと、日本の治安は守れん」

近畿管区警察局長はハンカチを取り出し、やたらと顔をぬぐった。

「そうだ、念のため、奈良《なら》県警と兵庫《ひょうご》県警にも機動隊を出させよう」

「すでに要請しておりますが」

「緊急事態だ、いそがせろ」

日本警察の上層部が話しあう間に、幕府ビルに立てこもったテロリストたちは大いに気勢をあげていた、わけではない。ますます元気なのは、征夷大将軍あらため宇宙大将軍ぐらいのもので、反社会勢力の男たちは催涙弾攻撃を受けて眼を赤く腫《は》らしながら、自分たちの悲運を呪っていた。逃げ出すか、投降するか、いっそ小早川奈津子に対して造反をおこすか。考えてはみても、つい先ほど逃走に失敗した仲間の悲惨さを思うと、恐ろしくて動くに動けない。

「どいつもこいつも、不景気な面《つら》しやがって。これじゃ大和国建設どころじゃないな」

舌打ちしたのは、上階から降りてきた水池である。手には拳銃を持っていた。勝岡《かつおか》寛太《かんた》の部下から取りあげたマカロフである。

「おい、お前たちのボスはどこにいるんだ?」

肩をつかまれた男が、投げやりに応じた。

「さっき、あのバケモノに踏んづけられてた。あとのことは知らん。貴賓室にいるはずだ」

「踏み殺されたんじゃあるまいな」

水池、虹川、蜃海の三人は、貴賓室へ直行した。和服を着た中年の男が、カーペットの上でのびている。

勝岡寛太は生きていた。本気で小早川奈津子に踏みつけられたら内臓が破裂してい

たところだが、

「肋骨《ろっこつ》が三本折れただけですんでる。内臓に突き刺さってもいなかった。悪運の強いやつだな」

「病院へ運ぼう。死なれてもこまる」

虹川が提案した。

「こうなると、あわれなもんだ」

「祖父《じい》さんの権勢をカサに、関西の反社会勢力を牛耳《ぎゅうじ》っていた男だろ？　自業自得さ」

「で、どうやって病院へ運ぶんだ？」

「警察にまかせるしかないだろ」

そこで三人は、小早川奈津子の甥の身体を持ちあげて玄関まで運んだ。

「いまから負傷者を外に出す。攻撃しないでくれ」

蜃海が拡声器で呼びかけ、虹川と水池が勝岡の身体をドアの外へ運び出す。玄関の外に置くと、さっさとドアを閉めてしまった。

そのありさまを、太い円柱の蔭《かげ》に身をひそめて見つめていた人物がいる。

「わしも政治家人生の最後に選択を誤《あやま》ったかなあ」

京都幕府管領《かんれい》こと前首相であった。

IV

「何であやつを逃がしたのじゃ」

宇宙大将軍は不機嫌であった。キッチンで食料をあさっている間に、三人組が勝岡寛太を外へ出してしまったからである。

「もうあの男は何の役にも立ちませぬ」

蜃海が何のかのと理屈を並べたてて、宇宙大将軍をすかしにかかる。その間、幕府ビルの外では、放置された勝岡寛太のようすを、機動隊員たちがうかがっていた。結局、警備部長が断を下し、五人の決死隊が近づいて、彼の身体を運んでくることになった。

隊員のひとりが、勝岡寛太の左胸に耳を押しあてた。

「生きています」

「たしかだな?」

「はっきり鼓動が聴こえます。気絶しているだけです」

「わかった、報告して救急車を呼んでもらおう」

こうして宇宙大将軍の甥は一命をとりとめることができたのだが、救急車のサイレンを打ち消す哄笑がとどろきわたった。

「をーっほほほほほほほほほほほほほ！」

ヘルメットの下で、機動隊員たちの頭髪がさかだった。

「ぜ、全員、応戦用意！」

警備部長は、自分が仮病を使って救急車で逃げ出したいほどだったが、必死の覚悟でその場に踏みとどまった。といっても、機動隊員たちの列の後方であったが。

甲冑姿の巨体がビルから躍り出ると、隊員たちがどよめいた。

「出て来たぞ！」

「征夷大将軍だ」

「その呼び名は使うなって」

小早川奈津子の右手にはフライパン、左手にはチェーンソーがある。息をのむ機動隊一同に、高らかに呼びかけた。

「をっほほほ、ワラワは宇宙大将軍にして大和国主、小早川奈津子であるぞ。頭《ず》が高い、ひかえよひかえよ」

機動隊員たちは目をむいた。

「宇宙大将軍？」

「大和国主？」

小早川奈津子はふんぞりかえった。

「をっほほほ、ワラワは欲のない、気前のよい乙女。火山灰だらけの東日本など、能なしの現政権にくれてやるわさ」

「に、日本を分裂させるつもりか!?」

警備部長は動転した。オゴソカに宇宙大将軍は告げる。

「わかったら、京都府、大阪府、福岡《ふくおか》県の各知事を呼んでまいれ」

「呼んでどうする気だ？」

「知れたこと、都をさだめるのじゃ」

「み、都!?」

「京都、大阪、太宰府《だざいふ》が都の候補地であるによってな、いずこに決めるか、臣下どもの意見も聴いてつかわそうというのじゃ。をっほほほ、われながら名君よのう」

「どこまでふざければ気がすむんだ!? うぬ、逮捕したらただじゃすまんぞ！」

「女相手に一騎打ちもできぬ弱虫のくせして、よう咆《ほ》えるのう。腹が立つなら、ほれほれ、日本刀でも青竜刀でも持って、かかって来《き》やれ」

「……この、この魔女め、悪魔め、テロリストめ、言わせておけばどこまでも」

警備部長は荒い息を吐き出したが、パトカーから飛び出すのは自制した。うかつに車外に出れば、巨大フライパンが飛んでくるかもしれない。挑発に乗らず持久せよ、と命じるしかなかった。

蜃海はPC《パソコン》を駆使して、ネット、新聞、TV、週刊誌の各社に「京都幕府の最新情報」を流しまくった。虹川や水池にもてつだわせて。かくして、つぎのような情報が全国を駆けめぐることになる。

「日本、東西に分裂か!?」

「西日本は『大和国』と称し、その首都候補は、大阪、京都、太宰府」

「三府県知事、急遽《きゅうきょ》TV会談へ」

「内閣はどう出る？　無視か緊急事態宣言か」

「自衛隊、治安出動か」

「富士山噴火につづく非常事態」

笑劇《ファルス》は頂点を迎えたかに見えた。

大阪、京都、福岡、三府県の知事は、それぞれ記者会見した後、ほんとうにTV会談を開くことになった。最初は冷静に話しあって、京都幕府を無視するはずだったのだが、途中から変化した。宇宙大将軍の毒気が感染したのか、どこが大和国の首都にふさわしいか、と争論がはじまったのだ。

「『鳴くよウグイス平安遷都《へいあんせんと》』と、小学校で習いはりましたやろ?」

「七九四年のことでっしゃろ。けどな、孝徳《こうとく》天皇が大阪に難波宮《なにわのみや》を造営しはったんは、六五二年のことでっせ。こっちが古い。歴史上の事実でっせ」

「長保ちしませんでしたなあ」

「何やと」

「京都《うち》は何しろ一〇〇〇年をこえる歴史がおますさかいな、大阪はもとより、エセ首都の東京とも格がちがいます」

じつは「東京を日本の首都とする」という法律はない。明治維新のとき、新政府が天皇を江戸に「行幸」させ、そのまま、なしくずしに政治権力の中心地にしてしまったのだ。

不毛な京都府と大阪府の論争に、福岡県が割ってはいる。

「時代が旧《ふる》いというなら、わが県が一番ですぞ。何せ耶馬台国《やまたいこく》は九州にあったんですからな」

「学問的に確定しとらんでしょうが！」

「そうや、いや、耶馬台国があったんは近畿地方に決まりや」

「その前に後漢《ごかん》の光武帝《こうぶてい》が金印を……」

「ありゃ偽物やろ！」

「何だと、国宝に指定されたものを、偽物とは何ごとか」

ＴＶ会談でなければ、知事どうしのつかみあいになるところであった。

この奇妙な事態を収拾するのは、日本国政府であるはずだが、正直なところ、それどころではなかった。富士山の大噴火は、おちつきそうに見えては再発をくりかえし、三〇〇〇万人をこす人口をかかえる巨大都市圏の機能は、人々の努力もむなしく回復しない。火山灰で呼吸器を侵された人々が、つぎつぎと亡くなり、医療施設のベッドは満床、医療関係者の過労死もあいつぐというありさまで、政府の無為無策を非難する声も高まる一方だった。といって噴火をとめる手段もない。

「多摩川《たまがわ》の河口に火山灰が集積し、泥の巨大なかたまりとなって、川の水をせきとめております。ために、多摩川の河口で氾濫《はんらん》がおこり、東京都大田《おおた》区、川崎《かわさき》市川崎区の一帯が浸水しておりまして……」

「さっさと泥をとりのぞきなさい！」

「人手がたりません。陸上自衛隊《りくじ》の第一師団は、疲れきっております」

「東北《とうほく》・北海道《ほっかいどう》方面の自衛隊は？」

「とっくに動員しております。首相が決定なさったでしょう？」

国を守るといっても、このような場合、イージス艦やステルス戦闘機など何の役にも立たない。「灰かぶりの数兆円」と冷笑されるだけである。戦車だけは車体の前面に鉄製の防護板をつけて、瓦礫《がれき》や灰を除去する作業に従事していたが、灰に埋もれて動けなくなる事例が続出していた。

「首相、いかがいたしましょう」

「首相！」

「もうたくさんだ！」

富士山のつぎに爆発したのは首相だった。巨体を慄わせ、顔面を朱色に染め、両手を拳にかためている。補佐官や秘書官たちはうろたえた。とりあえず、必死でなだめる。

「首相、おちついてください」

「富士山を噴火させたのは、おれ、いや、私じゃないぞ。何で私が責められなきゃならんのだ！」

「それはあなたが首相だからです」

とは秘書官はいわず、ストレスの大きな塊と化した首相をなだめようとした。首相は六八歳だが、学生時代にはレスリングをやっており、腕力はそれほどおとろえていない。

「首相――」

言いかけた秘書官が、大きな手で張りとばされ、鼻血を噴き出して床にころがる。

「首相が錯乱した！」

「おちつかせろ！」

「おちつかせろ」とは「取りおさえろ」と同義語だった。秘書官や事務官たちが、首相の張り手や蹴りを受けて、四、五人ほど吹き飛び、床に横転したところへ、屈強な警護官《SP》たちが駆けつけた。四人がかりで首相の巨体をかこみ、やみくもに振りまわされる巨腕をかわしつつ、押さえこむ。首相は床にあおむけにされた。

「おちつかれましたか、首相!?」

布施《ふせ》の声に、首相は答えない。顔を見ると、肌が紫色になり、白眼をむき、口角から泡を噴いている。さすがに布施も愕然《ぎょっ》として、蒼ざめて立ちつくす秘書官たちをどなりつけた。

「医者を呼べ！　早く」

首相官邸の医官が三人、あわただしく駆けつけた。作業服の胸をはだけて聴診器をあてた医官の顔色が変わる。心臓マッサージをはじめる姿を見て、周囲の人々も顔色を変えた。

「御臨終です」

布施は唾《つば》の大きなかたまりを呑《の》みこんだ。

「何だって？」

「御臨終です。亡くなりました」

「そ……」

そんなバカな、と言いかけて、布施の舌が凍った。

「もともと血圧が高かったのですが、興奮の極致で、脳の血管が切れたようです」

遠くから医官の声がひびいてくる。布施は床にすわりこんだまま、しばらく動かなかった。

第五章　迷宮の奥の奥

I

何もおこらなかった。

竜堂《りゅうどう》兄弟の視線の先で、扉は微動だにせず、冷然と閉じられたままである。

「……だめみたいですね」

つぶやいて続《つづく》がヘルメットに手を伸ばす。それより迅速《はや》く、始《はじめ》の手がヘルメットを弟の頭からとりはずした。

「続、ヘルメットが頭に合わなかったろ？」

「ええ、ちょっと無理でしたかね」

「このヘルメットをかぶっていたやつは、頭蓋骨《ずがいこつ》の形が、おれたちとはちがうんだ。合わないはずだ」

「そうですよね、ぼくとしたことが軽率でした」

「わかればよろしい」

そう言ったのは始ではなく終《おわる》だったから、次男坊はじろりと三男坊をにらんだ。

「終君、いずれ君とは、ゆっくり話しあう必要がありそうですね」

「あ、いいよいいよ、兄貴、無理しないでさ」

不意に、始は、戦慄《ぞっと》した。彼はヘルメットが自分たちの頭に合わないだろう、という予想はしていた。だが、もっと悪いことになる可能性もあったのだ。ヘルメットをかぶったとたんに人工知能なりがはたらいて本来の所有者以外の者を排除すべく、頭部に攻撃が加えられる、という状況。結果は無事だったが、

(甘かった。続の頭が吹っ飛ぶ可能性だってあったんだ。続を制《と》めるべきだった。ヘルメットをかぶるなら、おれがかぶらなきゃならなかった……まだまだ未熟だなあ)

「続、悪かった」

「え、何です？」

次男坊はまばたきして兄を見やったが、一九年のつきあいである。兄の内心をおおむね察して微笑した。

「総大将は命令してればいいんですよ。ぼくの出番を減らさないでください」

始はうなずいた。それにしても広い、長い。

「通路だけで、何百キロ、何千キロになるか」

「三〇〇〇年かけて造ったのかしら？」

「新品同然だぜ」

「よっぽど優れた技術があったんでしょう」

三〇〇〇年前に完成された技術があったのか、三〇〇〇年の間に進歩や改良がどれほどあったのか、始には判断できなかった。ただ、現在なお地上では実現されていない技術のかずかずが、月の内部において実用化されていることは理解できる。

「人類はまだ牛種《ぎゅうしゅ》に追いついてないみたいですね」

続が兄に向かって述懐すると、始は肩をすくめて応じた。

「追いつく必要もなかろう。現在の技術でも、もてあましてるのに」

「原子力ですか」

「まあな。他にもいろいろあるが」

年長組の会話を聞いていた終が、口をはさんだ。

「というよかさ、人類の科学技術って、もしかして牛種が教えこんだんじゃないの？」

「そうなのかな」

と、余《あまる》が小首をかしげる。

「オカルト雑誌でしいれた知識ですか、終君」

「科学雑誌だよ。あのさ、地球の生命体は地球外からやってきたって説あるだろ？」

「ありますね」

「じゃ、地球外の生命体ってのは、どこで発生したのさ」

「それは……」

続は絶句する。始が笑った。

「基本的な疑問だな、それは。残念ながら、解答はまだないようだ」

四人は扉の前に立った。脳波で動かすことができないなら実力行使するまで、となれば当然のごとく、三男坊の出番である。いさんで前《すす》み出た終は、扉をかるくたたいた後、アゴをつまんですこし考え、長兄のほうを振り向いた。

「こわしてしまっていい？」

「いいぞ。二度と使えないようにしてしまえ」

「やった！」

歓声をあげた、つぎの瞬間、終の身体は床を蹴って宙高く跳《と》んでいた。長兄の指示を待ちかねていたのだ。

扉の中央部に蹴りを放つ。それだけの動作ではすませず、宙で一転、二転、三回めは両ひざをかかえて舞うと、両足をそろえて扉をキックした。扉は大きな悲鳴をあげて揺らぐ。だが壊れも倒れもしない。華麗に着地した終は、一撃で成功しなかったことに狼狽した。

「あれッ⁉」

弟を横目で見て、次男坊が、扉のすぐ前に立った。

「終君、君の体重も六分の一になってるんですよ、お忘れなく」

続のひと蹴りで、扉は後方へ倒れこみ、床を震動させた。その先には、これまでと区別のつかない平凡な空間がひろがっていた。

「だれもいないね、ここにも」

「おれ、牛種の兵士が何万もひしめいてると思ってたのになあ」

終が不平を鳴らす。力の計算をまちがったことに関するいまいましさもあるようだ。

「無人化されたフロアなんでしょうか」

「それにしては椅子がたくさんあるぞ」

「みんな、どこかへ出かけちゃったのかなあ」

「出かけたって、どこへだよ?」

続、始、余、終の順で発言しながらフロアを前《すす》んでいったが、何の反応も得られない。床に四人の靴音がひびくだけである。

「竜堂一家のお成りだぞー、出迎えてアイサツしろよー」

半分ヤケになったように、終が両手で口のまわりに輪をつくって呼びかけたが、沈黙がきわだつだけだった。

「そろって陰界《いんかい》へ逃げ出したわけでもなさそうですけど」

続の声に終が反応する。

「陰界ってのは？」

「死者の国ですよ」

「うへっ」

終が肩をすくめる。余が笑った。

「終兄さん、幽霊が苦手だもんね」

「苦手じゃない、嫌いなだけだ」

「勉強とおなじですか」

三男坊は、声ではなく身ぶりで、「あー、なげかわしい」と表現した。

「地球を三八万キロも離れて、しかもその地底深くという環境にいてさ、中野区にいるときと同じレベルの会話をしてるなんてさ、もったいないじゃないか」

「じゃ、どんな会話をしたいんだ？」

長兄の問いに、三男坊が答えていわく。

「たとえば、人類の運命とか宇宙の覇権とかさ、もっとスケールの大きな話だよ」

「スケールばかり考えてると、パフォーマンスに失敗するぞ。さっきみたいにな」

頭を抱える三男坊。末っ子が発言する。

「でも、ここまで順調に来てるよ」

「うん、しかしどうも、うまくいきすぎる。牛種の力とはこのていどのものか……？」

始は不審を禁じえなかった。まさか、竜堂兄弟が月に来るのを予想していなかった、ということはあるまい。むしろ、誘いこむつもりであったはずだ。いくらでも急襲の機会はあったはずだが……。

「自信満々で待ち受けてるんじゃないの？」

「もっと奥で、ですか？」

「このまま月を突きぬけちゃったら、どうするの？」

「そりゃ長旅になりそうだな」

「まずいぜ。食べ物が保《も》たない」

「あわてるには早すぎるぞ、終。食料庫に出くわすかもしれんからな」

「そうだ、食料庫を探そう」

「月に来た目的がずれてますよ、終君」

「食料の前に人だ」

言ってから、始は自分の発言にひっかかった。

「今まで会った連中は、野狗子《やくし》と飛天夜叉《ひてんやしゃ》だった。あやつってるらしいやつは、ひとりもいなかった」

「牛種の数って、じつは、すくないんでしょうか」

形のいいアゴに、続が手をあてる。

「ねえ、兄さん」

「何だ、余？」

「ぼくたち、竜種《りゅうしゅ》っていわれてるでしょ。でも、ぼくたち以外の竜種に遇《あ》ったこと、一度もないよ」

余の言葉に、兄たちは顔を見あわせた。

「たしかにそうだな」

「地球で闘った竜蛇《りゅうだ》は、あくまでもヘビでしたしね」

虚《きょ》を衝《つ》かれた形で、兄弟は考えこんでしまったが、考えて結論の出ることでもなかった。

II

自分たちは竜としてすこしは進歩しているのだろうか。最初に竜体になったときには、その間のことを、人身にもどってから、まったく記憶していなかった。だが、今回、月に来たときには、人身のときと同様に思考し、思念波で会話することができた。

「すこしは進歩してるんだろうな」

始はそう思うことにした。だが先は長い。

そもそも自分は人として生きたいのか、竜として生まれ変わりたいのか。それを決めないうちに、月へ来てしまった。さっさと牛種との決着をつけ、それから考えればいい。いまの段階ではそれで充分だ。考えこむ前に行動すべし——何かと終にお説教しているが、始にも若すぎるゆえの短気さがあった。

牛種のほうではどうなのだろう。竜堂兄弟が地球上での闘争に見きりをつけ、月にやって来たことに対して、驚愕《きょうがく》しているのか、してやったりと思っているのか。

始は広大な無人の空間を見わたす。

照明は点《つ》いているし、空気もある。月の内部空間を人間が居住可能にするシステムは稼働しているのだ。だが、肝腎《かんじん》の人間はひとりも姿を見せない。

「どうせ、どこからか、おれたちのようすをうかがってるに決まってるよ。監視カメラか何かでさ」

終のいうとおりだろう、と、始は思う。当然のことだ。だが、さて、当然のことにつづいて、やってくるのは何であろう。攻撃か、交渉か。

「終君、油断しないようにね」

「続兄貴こそ、足をすくわれるなよ」

会話をかわしながら前《すす》んでいくと、今度は分厚い緋色《ひいろ》のカーテンが出現した。

「いろいろあるな」

つぶやいた始が、自分の手でカーテンをつかみ、ためらいなく引き開《あ》けた。またしても、何ごとも生じない。だが、これまでなかったものが四人を迎えた。巨大なスクリーンだ。それをかこむように、いくつもの操作卓《コンソール》。

「地球が見えるよ！」

余の声どおり、兄弟たちの前方にひろがる宇宙空間には、黒い糸をまとった碧《あお》い惑星が宝石のように美しく浮かんでいた。ということは、竜堂兄弟が見ているのは月の表側からの光景ということになる。月の直径約三四八〇キロ。それを牛種が貫通したとは思えないから、地球を観察するためのシステムが設けられているということになるのだろう。

「考えてみれば、人類は、月の表側を探査しつくしたわけじゃない。どんなシステムが具《そな》えられているか、カムフラージュされていたら、まずわかりっこない」

「カメラがあることは、たしかですね」

「裏口もあるかもよ」

「でも、地球って、ほんとにきれいだねえ」

余が素直な感歎の声をあげる。兄たちは、うなずいて同感の意をしめした。大西洋を中央として、左に南北アメリカ、右にヨーロッパとアフリカ。日本は裏側にあって見えない。

碧い惑星をとりまく黒い細いロープが見える。

(どうやら、富士山の噴煙が地球を一周したらしい)

とすれば、これまで平穏無事だった西日本も、降灰や厚い雲に陽光をさえぎられ、低温化するかもしれない。茉理《まつり》や水池《みずち》、蜃海《しんかい》、虹川《にじかわ》らは無事でいるだろうか。おそらくは西王母《せいおうぼ》や瑤姫《ようき》をはじめとする仙界《せんかい》が、庇護《ひご》の手を差しのべてくれているだろうが……。

始はあわてて想像を振り落とした。月の、それも内部にいて、地球のことを思いわずらっている場合ではない。

続が終に話しかける。

「終君、君の目で、仙界がどこにあるか見えませんか」

「仙界？　あんまし気にくわないな。いや、西王母さまはいいけど、あの意地悪爺さんたちはいらないや」

終が怖いもの知らずの断定を下す。

「そう毛ぎらいしたものでもありませんよ。仙人になったら霞《かすみ》を食べて生きていけるから、どんなときにも空腹で苦しむことがない。終君にとっては理想的でしょう？」

「霞って、どんな味がするの？」

「うーん、そこまではわかりませんね」

この会話は、以前、中国の奥地でもおこなわれたのだが、当人たちは忘れている。その後に、あまりにも多くのことが起きた。

「それじゃ、味のわかっているものを食べようか」

「食事ですか、兄さん」

「あせってもしようがない。地球を観賞しながら、ひと休みとしよう」

「食事つきの、だよな」

終が念を押す。虚空《こくう》に碧玉《へきぎょく》を浮かべるスクリーンの前で、四人は、月に来て二度めのランチをひろげた。地球の絶景をながめながらの食事だが、どうもいまひとつ気分が盛りあがらない。

「どうも、いいように遊ばれてるみたいだな」

「よほど余裕があるんでしょうかね」

焦《あせ》りや不安を内攻させないための会話であったが、反応がないのが何とも不穏な空気を醸《かも》し出す。終さえ、日ごろの食事時よりおとなしい。

「終！」

「何？」

「もういちど壁に穴をあけてみるか？」

「やれとのおおせなら、やってもいいけど……」

「おや、めずらしく消極的ですね。さっきの失敗で、こりましたか」

「失敗？　冗談だろ、続兄貴の顔を立ててやったんだよ」

「そうですか、じゃ、もう顔を立てる必要はありませんよ。やってごらんなさい」

「終兄さんがやらないなら、ぼくがやるよ」

末っ子の申し出が、三男坊を刺激した。終は兄弟たちを見まわして不穏な笑みをつくると、助走もせずに床を蹴った。

大音響とともに、壁面の一部が破片の群となって四散する。壁面に直径一メートルほどの穴がうがたれ、その奥に何かの回路や回線が縦横に走っていた。終はひとつ口笛を吹くと、穴に手をつっこみ、一ダースほどのコードをまとめて引きぬいた。

「歓迎はせんぞ、竜王ども」

月へ来てはじめて、四人は、自分たち以外の者の声を聞いた。

どこから聞こえたのか。四人の視線が交叉し、一点に集中する。ようやく反応らしい反応があったのだ。

いつのまにやら、地球をバックに、スーツ姿の男が立っていた。人間の姿をしているが、額に生《は》えた二本の角が、そうではないことを示している。

「やっと牛種のお出ましか……幹部のようだが何者だ」

「相柳《そうりゅう》」と、返答は短い。

相柳は、四兄弟にロンドンで斃《たお》された共工《きょうこう》の部下であった。といっても、忠実な部下ではなく、つねに下克上《げこくじょう》をねらう存在であったが。いま、彼は、竜王の四兄弟を前にして、内心はともかく外見はたけだけしい殺気にあふれていた。

「ようやく出てきやがったな。怖くて隠れていやがったか」

終が挑発する。

「泣いてあやまったら赦《ゆる》してやってもいいぜ。もっとも兄貴たちがどういうか、保証はないけどな」

「のぼせるな、嘴《くちばし》の黄色いヒヨコめが」

相柳は吐きすてた。

「おれが出てきたのは、きさまらの来るのが、あまりに遅いからだ。痺《しび》れを切らして出てきてやったのよ」

「それはご苦労さま」

「のんきに食事などしおって、何のつもりだ。ここは人間の来るところではない。竜種のくせに人間の模倣《まね》などしおって」

なるほど。始は納得した。牛種においては、ただの人間は月に来るのを許されていないのだ。たとえ「四人姉妹《フォー・シスターズ》」の幹部たちであっても、「大君《タイクーン》」たちであっても。

「地球人どもには、未来永劫《みらいえいごう》、ここには足を踏み入れさせせぬ」

「ほほう、だが何十年かのうちに、アメリカか中国が月面に基地をつくるかもしれないぞ。最初は表面だけだろうが、そのうち科学探査や資源開発のために地表を掘りはじめる。発見されるのは時間の問題だ」

「そんなことはさせせぬ」

「UFOでも飛ばして妨害するのかよ」

口をはさんだ終を、相柳は侮辱するように見やった。

「そんな幼稚な行為《まね》はせぬ」

「それじゃ、どうするつもりだ」

「尋《き》いてどうする」

相柳は言質《げんち》をとらせる気はないようであった。始は数秒間、相柳の、特徴らしいもののない顔をながめてから、問いをかさねた。

「お前たちの主君は蚩尤《しゆう》ではないのか？」

「蚩尤？」

相柳の両眼に毒々しい嘲弄《ちょうろう》の光がやどる。

「あれは上位者ではあるが、主君ではない。そのていどのことも知らずに来たか」

「では主君に会わせてもらおう」

「身のほどを知れ、竜種の孺子《こぞう》」

声とともに吐きかけられてきた毒念を、始は首をかるく振って払いのけた。

「それなら、何のために出てきた？」

「知れたこと、きさまらをとらえて、ご主君の御前で処刑するためだ」

この放言に対して、続と終が一歩前み《すす》出るのを、始が制した。

「できもせぬことを高言するのは、やめておいたほうが無難だぞ。たとえ、我々をとらえても、竜種の報復にどう対処する気だ？」

「報復？」

相柳はことさらに冷笑した。

「そんなものをする者はおらぬ」

「なぜ、そう言い切れる？」

「こいつは笑える。知らぬのか、この世界に生き残っている竜種は……」

相柳が、気づいたように口を閉ざす。つぎの瞬間、無言で横へ跳んだ始が、操作卓《コンソール》の前の椅子を床から引きはがした。すさまじい膂力《りょりょく》。つかんだ椅子を、そのまま相柳へ向けて投げつける。

相柳の眼前で、めざましく火花がスパークした。何か不可視の力を受けて、椅子は破裂音とともに無数の破片と化した。

III

「こんなことだろうと思った」

不本意なようすを隠しきれない相柳に向かって、始は皮肉に告げた。

「おれたちが突っこんだら、バリアーにひっかかるというわけか。あいにくと、この半年あまりで、おれたちは戦いにすれてきたんでね。ご期待にそえなくて申しわけないが」

「やることがせこいや」

終が吐きすて、続が微妙に身体の重心を変える。

「ずいぶんと放言してくれましたね。口ほどの力があるなら、目に見えない柵の後ろに隠れていないで、前へ出てらっしゃい」

「そうだよ！　出てきたら、ぼくが一騎打ちするから！」

「余！」「余君！」「余！」

三つの声が、そろって末っ子を呼んだ。

「させて、お願い」

末っ子は兄たちに向かって手をあわせると、相柳に正面から向きなおった。おっとりした眼光が急速に鋭さと烈しさをます。

「ほう、末っ子から来るか。月ごと吹っ飛ばすつもりか」

「過大評価だな。おれたちにそんな力はないよ」

「ぬかせ！」

相柳が咆《ほ》え猛《たけ》った。

「きさまらを孺子とあなどっていたのはたしかだが、四人姉妹《フォー・シスターズ》、それに共工や欽䲹《きんぴ》までもが、きさまらにしてやられたのは事実。このまま放置してはおけぬ」

「お前の地位も揺らぐ、か？」

相柳は無言だが、ぎらつく双眼とゆがんだ口もとが、始の指摘を肯定していた。

「このまま放置しておけぬ、というなら、余の相手をしてもらおうか」

「ありがとう、始兄さん」

余は相柳を凝視しながら身がまえた。

「ぼくは子どもだ。でも、お前なんかに負けないからな。怖くないなら柵の外に出て来い！」

「いわせておけば……」

怒気を燃えたたせた相柳が、手をひと振りする。同時に、不可視の柵が消え去ったことを、竜堂兄弟はひとしく感じとった。相柳が五歩ほど前《すす》み出ると、もういちど手を振る。開かれた柵が、彼の背後でふたたび閉ざされるのが感じられた。

「このマイクロウェーブの柵に放りこんでやるぞ、ヒヨコめ」

「そのヒヨコに、お前は負けるんだ」

もはや相柳は舌を動かさなかった。すさまじい形相で余になぐりかかる。拳《こぶし》はコンクリートのかたまりを撃ち砕く勢いとスピードで余の顔面へと奔《はし》り――空を切り裂いた。身を沈めてかわす余。その右足が相柳の左ひざにヒットする。よろめいた相柳は、瞬時に立ちなおると、第二の拳を放った。余は反転してかわす。両者の位置が入れかわり、余は柵に向かって追いつめられた。続と終が思わず出ようとするのを始は制した。にやりと笑った相柳が拳を突きこんだ瞬間、余は宙に跳んだ。両手を相柳の肩につく。そこを支点として、相柳の頭上を一転して飛びこえると、両足でしたたかに敵の背中を蹴とばした。

相柳は頭から突っこんだ。マイクロウェーブの、見えない柵のなかへ。

ぎゃあ——

聴くに堪えない悲鳴があがる。

「見るな、余！」

「だいじょうぶ、さわらないで」

末っ子の勁《つよ》い声に、兄たちは手を出すのをひかえた。マイクロウェーブの柵のなかで、相柳の肉体がはじけ、四散する。赤い光が兄弟の顔に影をつくった。

血と粘液と肉片が、蒸気をあげながら床に散乱する。終でさえ食欲をうしなうような光景だった。余は大きく息を吐き出したが、視線をそらさず、自分の行為の結果を見とどけた。

そして、ほっと息を吐くと、両眼を閉ざして長兄の胸にもたれかかった。その肩を抱き、頭を長兄がなでる。

「よくやった、余、えらいぞ」

「たいしたものです」

「おれの教育がよかったんだな」

兄たちが安堵《あんど》の声をかけたとき、べつの声がとどろいた。

「相柳め、口ほどにもないやつ」

R・P・G《ロール・プレイング・ゲーム》のつぎの敵があらわれたようであった。

始が低く名を呼んだ。

「……蚩尤!?」

「三〇〇〇年ぶりだな、竜王ども」

まがまがしい威迫の声が、四人兄弟を緊張させる。声の主は、異形の姿を堂々とさらしていた。身長は三メートルはあろうか、牛頭人身、赤い両眼に牙、よそおいは古代中国の甲冑であった。

「眠りのなかに逃げこんでおったが、ようやく目をさましおったか」

「待たせたようで悪かったな。だが、逃げこんだつもりはない。時を待っただけだ」

じつのところ、始には不動の確信があるわけではない。知らないこと、知りたいことがいくらでもある。蚩尤の反応を探りながら、互角の立場に持っていきたいところだった。

「本拠地深くに踏みこまれてから、のこのこあらわれるとは、油断がすぎますね。三〇〇〇年の間、酒ばかり飲んでいたんですか」

続の舌鋒《ぜっぽう》を受けて、蚩尤は、赤い巨眼をむいた。

「月のようにちっぽけな衛星が、我々の本拠地だと、本気で思っておったのか。月は前哨《ぜんしょう》基地にすぎぬ。本拠地は遠くにある」

「冥王星《めいおうせい》あたり？」

終の問いかけは一笑《いっしょう》に付された。

「汝《なんじ》らの想像力は、そのていどか。話にならぬわ」

「じゃ、マゼラン星雲のへん？」

「ちがう」

「だったら、どこだよ」

「三千世界の……」

言いさして、蚩尤は口を閉ざした。両眼が赤い悪意の火をともす。

「教えてやる義理はないわ。知りたくば、おれを倒して、無理にでも尋き出せ」

「うわー、類型的」

終がわざとらしく頭髪をかきまわす。始は内心、苦笑を禁じえなかった。蚩尤としては、自分の立場を表現するためにしゃべる台詞《せりふ》は限られているにちがいない。

「天界《てんかい》とは月のことだ」

竜堂兄弟は、そう思いこんでいた。いや、仙界の住人たちもそう考えていたのではないか。だからこそ、始と弟たちは竜体として月まで宇宙の海を泳ぎ渡ってきた。それが前哨基地にすぎぬというのでは……。

「月は単なる前哨基地だ、というんだな」

挑戦的に終が台詞を投げつける。

「だとすれば、本物の天界につながる通路があるはずだよな」

三男坊に、次男坊が呼応する。

「終君は、めずらしくいいことを言いました。ぜひ教えてもらいましょう、兄さん」

「ちょっと待て」

始は慎重になった。単なる前哨基地とわかっていれば、わざわざ月に来たりせず、本拠地を直撃するという戦法を採《と》ることもできた。月に来た意味がなくなってしまうかもしれない。始が心の武装をととのえると、蚩尤が太い声を発した。

「で、いったい我々に何を望んでいるのだ？」

「それはこちらの台詞だ」

始が強い口調で返すと、終が身を乗り出して蚩尤をにらみつけた。

「今年の春先からこっち、よくまあ飽きもせず、おれたち一家に悪さをしかけてくれたよな。おれたちは静かに暮らしたいと思ってるのに！」

「最後の一言で説得力をうしないましたね、終君」

「何でだよ、おれホントに静かに暮らしたいと思ってるんだぞ」

長兄の胸から顔をあげて、余が笑う。

「始兄さんのお説教やら続兄さんのイヤミやらがない暮らしでしょ？」

「へえ、そうですか、終君」

強敵を前に、毒舌をかわす竜堂兄弟に対して、蚩尤が猜疑《さいぎ》の目を向けた。

Ⅳ

「汝ら、月まで来たからには、月《ここ》で雌雄《しゆう》を決すべき覚悟と意思があろう」

「残念ながら、そんなたいそうなものはない」

始は、そっけなく応じた。

「見てのとおり、兄弟ゲンカで手いっぱいだ。仲裁してくれればありがたいな」

「何をくだらぬことを。そんなことをするため、わざわざ月まで来たと申すか」

「じつのところ、うんざりしてるんだ。そうだろ、続？」

「ええ、迷路にやっと相柳があらわれたと思うと、つぎは蚩尤。順番でもあるんですか」

「安っぽいR・P・G《ロール・プレイング・ゲーム》じゃあるまいし、もうちょっと演出法を考えたら？」

「でないと、売れないよね」

それこそ順番に竜堂兄弟に言われて、蚩尤は地鳴りのごとく、うなり声をひびかせた。

「時と場所を考えろ、ふざけた孺子《こぞう》どもが。覚悟も決意もなく、お遊び気分でここまでやって来たのか」

始はまっすぐ蚩尤を見すえ、表情と声をあらためた。

「まちがえないでほしいな。事の起こりは、お前の手下が、おれの弟に手を出したことだ。あれ以降の攻撃がなかったら、おれたちは東京の一角で平和に暮らしていたさ」

「平和に、なあ」

蚩尤の声が嘲弄の色彩を濃くした。続の眉がゆるやかに、終の眉が勢いよく、それぞれ角度を変える。

「汝らの行く先々で、小さからぬ騒動をおこしておいて、平和とはよくぬかした」

「だからいったろう、先に手を出して、出しつづけてきたのは、お前らのほうだ」

「汝らがおとなしく、我らにしたがっておればすんだ話だ」

「ふざけんなよ!」

終がどなった。

「ふざけてなどおらぬわ。我々はこれ以上、月にいつづける気はない。ここを棄《す》てて、これから引きあげようとしておるところよ。じゃまをするな」

「三〇〇年、使いつづけていた基地を棄てるというのか!?」

「もう充分に費用と手間をかけた以上は使った。惜しくはないわ」

「費用と手間」という実務的な単語が、妙に違和感をもってひびいた。終が、ひとつせきばらいしてから、言葉の弾丸を投げつける。

「棄てる、なんて、カッコいいものじゃないだろ」

「何？」

「おれたちに負けて、あわてて逃げ出すんだろ？　カッコつけるなよ、牛ちゃん」

「牛ちゃん!?」

蚩尤の鉄の眉が動いた。終の兄弟たちが失笑する。蚩尤の顔が兇相に満たされた。腕の一本があがりかける。竜堂兄弟の足が、すばやく微妙に動く。だが、あがりかけた腕はおろされ、破局は延期された。

「そのような態度で、永遠に戦いつづけることができるかどうか、観物《みもの》だな」

「永遠？」

「そうだ。汝らがひとたび覚醒した以上、汝らの戦いは永遠につづく」

「迷惑な話だ」

「終わらせたければ、さっさと殺されるのだな」

「ことわる」

「では、戦え」

始は、わずかに両眼を細めた。こころもち両腕をひろげる。弟たちの激発を制するポーズだ。

「念のため、いちおう尋《き》くが、平和共存ということはありえないのだな？」

「兄さん！」「始兄貴！」「始兄さん！」

蚩尤が笑った。本人には心地よく、他人には不快な笑いである。

「弟どものほうが、覚悟ができておるようだな。汝らと平和共存などありえぬ。この期におよんでまだ寝言をほざくか、青竜王《せいりゆうおう》!?」

「尋いたまでだ」

いうより迅速《はや》く、始は背負っていたバッグを片手ではずすと、蚩尤の顔面めがけてたたきつけた。蚩尤は眼前でそれを払い落とす。

「き、きさま……」

「尋かなくても返事はわかっていたが、形式的に問うたまでだ。闘うというなら先手を取るだけのこと」

「さすが始兄貴！」

「わかったら、いけ！」

「御意！」

終の身体が宙に舞った。たったいま、弟のあざやかな闘技を見せつけられて、この上なくはりきっている。続もすばやく蚩尤に肉薄した。蚩尤が手をひと振りする。無の空間から長さ五メートルもありそうな巨大な戟《げき》が出現した。

「おれを相柳と同列に見るなよ。おれがその気になれば、地球を破壊することぐらい、容易なことぞ」

飛び出そうとする末っ子を抑《おさ》えながら、始はその豪語に応《こた》えた。

「お前たちに地球を破壊することはできない。なぜなら、お前たちの望みは、破壊ではなく支配だから」

「こざかしいことを。なぜそう断言できる？」

「四人姉妹《フォー・シスターズ》は人類五〇億人を抹殺しようとした。逆にいえば、一〇億人以上は生かしておくはずだった。生かしておく必要があったからだ、支配のために」

始が断言する。

「だからどうだというのだ、孺子」

蚩尤はうそぶいた。左右で飛びかかる機をうかがっている続と終を、巨大な戟で牽《けん》制《せい》しつつ、じわじわと始に近づく。両眼には熔岩がたぎっている。

「一〇億人以上が生き残るからといって、五〇億人が死ぬのを傍観《ぼうかん》するか？　それができるか、青竜王？　竜種は、いまや汝ら四人しか残っておらぬというのに！」

衝撃的な言葉を、底知れぬ悪意とともに、蚩尤は投げつけた。

「つまり、お前たちを殺せば、竜種そのものが絶滅するのだ」

蚩尤は太くごつごつした指で、竜堂兄弟をさしまわした。

「へえ、絶滅危惧種は始兄貴だけじゃなかったんだ」

思わず口にしてから、終は口をふさいだが、始のゲンコツは降ってこなかった。

「お前といっしょにするな。おれは二重に絶滅危惧種だからな。稀少価値がちがう」

「稀少価値っていうのかなあ、それ」

「終君はちょっと黙ってなさい」

蚩尤はわずかにいらだちの表情を浮かべる。自分の発言で、竜堂兄弟がショックを受けなかったように見えたからだ。彼はいきなり、ひと声咆哮すると、戟を床に突き立てた。同時に殺気のうねりが四人兄弟をつつむ。無人だった室内に甲冑が鳴りひびき、剣や矛《ほこ》で武装した人影、否、人間に似て非なる影がいくつも出現した。

「蚩尤兄弟は七二名、人の身体に牛の蹄《ひづめ》、四つの眼と六本の腕を持ち、頭部は銅で額は鉄。好んで鉄石を喰《くら》い、頭上に長い角を生《は》やす……」

『述遺記《じゅついき》』の記述を、始は思いおこした。記述どおりの怪物たちが、周囲にひしめいている。

「おやおや、そちらも兄弟で来ましたか」

「ひとりひとりが終兄さんぐらい食べるとしたら、たいへんなことになるね」

「ふん、数で来るようなやつらに負けるもんかよ。いつでも挑戦は受けて立つぜ」

始は沈黙して考えをめぐらせた。蚩尤の兄弟たちは、牛種にとって中核戦力のはずだ。実力行使で最後のカードといってもよい。数にものをいわせるにしても、野狗子《やくし》や飛天夜叉と同列に見るわけにはいかなかった。

逆にいえば、いま始たち四人は、敵の中核にせまっている、ということになる。長いハイキングは終わりが近いようであった。

「手かげんするな！」

始は弟たちに指示した。

「こいつらは強い。手かげんなんぞしてたら、やられるぞ」

不必要な指示だったかもしれない。弟たちは戦闘意欲全開だった。続が左へ、終が右へ跳んで構えをとる。余が、どちらへ跳ぶか一瞬、考えていると、長兄の指示が下った。

「余、おれの傍《そば》を離れるな」

「えー、始兄さん、ぼくだって――」

「そうじゃない、お前におれの背中をあずけたいんだ」

「あっ、うん、わかった！」

嬉々《きき》として、余は長兄の背後にまわる。

蚩尤のほうも兄弟たちに指示を下していた。

「こやつら、人身のままでは竜種本来の力を発揮できんのだ。まとめて押しつぶせ！」

双方ともに緻密《ちみつ》な戦術などない。銃器の類《たぐい》も用いず、原始的な乱闘に突入した。

数からいえば、一対一八ということになるが、一八人が同時にかかって来るということはありえない。長兄にいわせれば「ケンカずれ」した竜堂兄弟は、自分たちが少数であることを逆に利用した。

たまりにたまったストレスが爆発し、エネルギーの暴風が吹き荒れる。小柄な余が、敵のひとりの腕をつかんで振りまわすと、三、四の巨体がなぎはらわれ、非音楽的なひびきをたてて横転した。続の長い脚が、たてつづけに旋風をおこし、三人のひざを蹴りくだく。終はひとりの角をつかむと、自分自身を回転させ、あたるをさいわい蹴り倒す。始はオーソドックスに、攻撃を受けては二倍にして返すという方式をつらぬいている。

突然、声が降りそそいだ。

「もうよい、蚩尤」

蚩尤とは比較を絶する、威厳に満ちた荘重な声は、蚩尤を呼びすてにしただけでなく、竜堂兄弟の全身を打った。

乱闘の狂騒は、一瞬で静寂にとってかわられた。四〇人以上を算《かぞ》える蚩尤の兄弟たちが床を埋めて倒れ、蚩尤自身と三〇人前後の兄弟たちは、荒い呼吸をととのえながらひざまずく。竜堂家の四人兄弟だけが立っていた。兄弟は長男の周囲に集まって、つぎの事態にそなえた。始の左に続、右に終、背後に余が、それぞれの方角に向いて、視界いっぱいに警戒の矢を放つ。

「ここだ」

声は空中からひびいた。竜堂兄弟の頭上から。四人は跳《と》び分かれ、高い天井の近くを見あげた。始はすばやく蚩尤たちを強い視線でなぎはらう。だが、この機に乗《じょう》じて四人を攻撃しようとする気配は看《み》てとれない。ひたすら畏怖と恐縮の雰囲気が伝わってくるだけだ。

四人の視線の先に、黒いものが出現した。ガスのかたまりのようにも見え、空中に開いた穴のようにも見える。それは徐々に拡大し、それにつれて一定の形状をとりはじめた。蚩尤たちが頭をさげてひれ伏す。

始が、彼に似あわず、あえぐような声を出した。

「……炎帝神農氏《えんていしんのうし》！」

弟たちの視線が、長兄に集中した。

第六章　脱出はしたものの

I

炎帝神農氏《えんていしんのうし》。

中国古代の神話に登場する聖王であり、いわゆる「三皇五帝」のひとりに算《かぞ》えられる。中国文化の源とされ、農業、医薬、音楽、易学、商業を人間に教えたとされる。日本でも医者や薬屋の守護神とされてきた。冬至の日にカボチャを食べたりユズ湯にはいったりするのは、その伝統である。

偉大な神であり、「文化英雄」なのだ。だが始《はじめ》が緊張したのは、炎帝の容姿であった。古典にはこう書かれている――「炎帝は牛頭人身」と。その点については、かつて始は続と話しあったことがある。そのときは、聖王たる炎帝が牛種《ぎゅうしゅ》の長であるとは想像もできなかった。

しかし、いま見る現実は……。

「予は太古の世に降臨した。そこには原始的な人間が粗末な武器で野獣を狩っているだけであった」

鋼を思わせる、硬く冷たく無機的な声。

「予は彼らに農業を教え、医学を識《し》らしめ、易を学ばせた。かくして、大河の畔《ほとり》に人間たちは集《つど》い住みはじめた……」

「あなたは文明の父だ」

かろうじて始は声を押し出す。

「文明ができると、それにともなって何ができる？」

鋼の声の問いかけに、続《つづく》が声をかすれさせて答える。

「……国？」

「さよう、国ができると、つぎは何ごとが生じる？」

「格差！」

「戦争！」

終《おわる》と余《あまる》が答える。言うに言われぬ圧迫感が押し寄せて、弟たちは長兄の周囲に身を寄せあった。

「どちらも正しい。そうじゃ、文明が興《おこ》れば国が創られ、内に格差、外に戦争が生まれた。予がめぐり歩いた多くの世界で、すべてそうなった。ひとつの例外もなく……」

「この世界も？」

終が問いかけると、蚩尤《しゆう》が、咆《ほ》えるように応じた。

「歴史を学ばなかったか、孺子《こぞう》」

「うるさいな、いちいち孺子と呼ぶなよ、牛ちゃん」

終の声は大きくはなかったが、じつは全身の力をこめていた。でなければ、声を出すこともかなわなかったであろう。

「ひとつの例外もなく、と言ったであろう」

「三〇〇〇年間、あなたはそれを傍観してらしたのですか？」

「傍観ではなく、観察とでも言おうか。人間どもが、おなじ人間を奴隷とし、隣りに住む集団と争いをはじめ、奪い、焼き、殺しあうのを予はながめてきた。今後どうなるか、興味を持ってな」

「この世界を実験台にした、ということじゃありませんか！」

続もまた全身の力をこめて声を発した。しばし黙然として、始は弟たちを見やり、炎帝を見つめる。冷たい汗が襟元《えりもと》を湿らせ、始の精神をゆさぶった。

「この世界の現状に、さぞご満足でしょうね。いや、ご不満かな。もうすぐ、あなたの手下たちが、五〇億人もの人間を殺すところだったのに、みじめに失敗したのですから」

「だまれ、孺子！」

蚩尤が咆えた。彼は片ひざを立て、太くたくましい指を竜堂《りゅうどう》兄弟に突きつけた。

「三〇〇〇年にわたって惰眠《だみん》をむさぼってきた汝《なんじ》らに、何をいう資格があるか」

「資格などない。ただ、不審に思うだけだ。制止《とめ》る力がおありなのに、なぜそうなさらなかったのか、と」

始が言い返すと、炎帝は意外な問いを発した。

「この宇宙ができて何年か知っておろうな」

「一三八億年……だったと思う」

記憶をさぐって始が答える。

「宇宙ができる前に、そこには何が存在した？」

追及されているようだ。

「〝無〟だ」

「ほほう、では〝無〟はいつから存在した？」

返答を、炎帝は待たなかった。

「質問を変えよう。この宇宙は膨張しているとか限りがあるとか学者どもは申すが、では、その外側には何が存在するのだ？」

宇宙物理学の初歩を、学びなおさせられているような気がした。終はそっと半歩さがった。解答者に指名されたりしたら、よけいな恥をかいてしまう。

始が慎重に答えた。

「我々には、まだわからない」

「ふむ、では三千世界《さんぜんせかい》、または三千大世界《さんぜんだいせかい》というものは存じておるか」

「宇宙のことだと思うが……」

「正確ではないな」

炎帝は説明をはじめた。

「日、月、須弥山《しゅみせん》、四天下《してんげ》、四王天《しおうてん》、三十三天《さんじゅうさんてん》、夜摩天《やまてん》、兜率天《とそってん》、楽変化天《らくへんげてん》、他化自在天《たけじざいてん》、梵世天《ぼんせてん》、人界、仙界、天界、陰界……これらをふくめて『一世界《いっせかい》』と呼ぶ」

竜堂兄弟は、啞然として聞くばかりだ。

「これを一〇〇〇個あつめたものを『小千世界《しょうせんせかい》』と称し、『小千世界』を一〇〇〇あつめて『中千世界《ちゅうせんせかい》』とする。さらにそれを一〇〇〇あつめて『三千大世界』と……」

あきれたように、終が叫んだ。

「まだつづくのかよ！」

無礼のきわみだが、炎帝は咎《とが》めなかった。

「これでいちおう終わりだ。『一世界』を仮に宇宙とすると、『三千大世界』は、いくつの宇宙になる?」

蚩尤が薄笑いを浮かべている。それを不快に感じながら、暗算がおこなわれた。

「一〇億!」

終と余が同時に叫んだ。始と続が声を出さなかったのは、もちろん暗算ができなかったからではなく、答えにおどろいたからだ。

「この宇宙が一〇億個だと……」

「三千世界」の三千というのは、「一〇〇〇が三つ」、というのではなく、「一〇〇〇の三乗」という意味だったのである。

「予はその三千世界の何処《いずこ》にも赴くことができ、また渡ってきた」

「まいったな。三千世界の三千というのは、三〇〇〇個のことだと思ってました」

「一〇〇〇の三乗だったとはなあ」

年長組がささやきあうのを見て、末っ子が率直な問いを発した。

「じゃあ三千世界の外には何があるの?」

だれも答えなかった。だれに対して発せられた問いか、はっきりしなかったこともあるが、それに答えられる者はいなかったであろう。おそらく炎帝もふくめて。

炎帝が、べつのことを言った。

「予は、これまでも、これからも、三千大世界を旅してまわるであろう」

「では、あなたは、どこの世界からやってきたのだ？」

「さて、どこであったか……」

始の問いに、炎帝は目を細めた。

「五〇〇〇近い世界をめぐってきたが、それでも中千世界のごく一部にすぎぬ。まして一〇億ともなれば……」

ひとつの世界に一〇万年いたとしても、五億年である。この炎帝はいつどこで誕生し、絶大な能力と不死を獲《え》たのか。

「なぜ、そのようなことを我々にお話しになる？」

始が問いをかさね、炎帝が答える。

「そなたらが月《ここ》までやって来たからだ。この世界ではじめてな。表面に旗を立てるだけでなく、内部までやって来た。その労に、すこしだけ報いてつかわそうと思うたまでよ」

鋼の声が傲然《ごうぜん》とひびいた。

II

「これから予は、べつの世界に赴く」

かるく息をのんで、始は質《ただ》した。

「どこへ？」

「さあ、わからぬ。わかるのは、べつの世界ということだけだ」

炎帝神農氏の表情は彫像のように動かず、声は鋼のひびき。血肉を具《そな》えた存在であることを拒絶しているように思える。

「予は物質の次元においては全能に近いが、一〇億もの世界のすべてを知っているわけではない。否、ほんの一部しか知らぬ。そして幸か不幸か、予より強い敵に出会ったことがない。予など、そのていどの存在だ」

鋼の声に、ごく微小な砂粒が混入したように、始には感じられた。

「そして予は未開の世界へ乗りこみ、種を選んで文明を教え育《はぐく》み、それが意に添わなければ亡ぼす。それからつぎの世界へと遷《うつ》る。この世界では、いまその時機が来た、ということだ」

「亡ぼすために文明をお育てになるのか？」

唖然として始が質すと、鋼の声が返ってきた。

「そう思いたければ思うがよい。春に種を蒔《ま》くのは、秋に実りを刈るためぞ。子豚に餌をやるのは、肥《ふと》らせて食うためぞ。走狗《そうく》を飼うのは、獲物を狩るためぞ。いずれも目的あってのこと。途中で意にかなわぬことあらば、変更することも中止することもあろう」

続が声に刃をこめた。

「そうやって四人姉妹《フォー・シスターズ》も育てたんですか？」

蚩尤がうなり声をあげた。

「もう三年もすれば彼らの計画が成就して、聖祖《せいそ》の御意にかなう世界が構築されたであろうものを」

「それは残念でしたね」

続はあでやかに冷笑した。

「あと三年、ぼくたちに手を出さないでおけば、五〇億人抹殺計画も成就したでしょうにね。今回は失敗して、すごすご逃げ出すわけですか？」

炎帝は動じなかった。

「ときには不成功もあってよい。刺激になる。すべてが予定どおりに運ぶのは、存外つまらぬものでな。不確定な因子のひとつふたつ混じったほうが、興趣をそそるというものだ」

「私たちは不確定な因子ですか」と始。

「汝らだけとはかぎらぬ」

あっさりと言って、炎帝は、かるく重臣をかえりみた。

「そういえば、蚩尤よ、妙な女が、四人姉妹《フォー・シスターズ》の計画を妨害したと申すではないか」

「は、つい先ごろまで日本国を裏から支配していた船津忠巌《ふなづただよし》という人間の娘だと聞きおよんでおります」

竜堂兄弟は、咽喉《のど》もとまで出かかった不吉な固有名詞を、あやうくのみこんだ。たがいに顔を見あわせる。小早川奈津子《こばやかわなつこ》も有名になったものだが、当然かもしれない。竜種《りゅうしゅ》だって、彼女のために、散々な目にあわされたのだから。

「そ、そうなんだよ、すごく強い女なんだ。遇《あ》ったらびっくりするぜ」

「蚩尤より強いかもしれませんね」

「うん、きっと、もっと強いよ」

うなずきあう兄弟たちを見やって、炎帝は両眼に鈍い灰色の光をたたえる。兄弟の心を読んでいるのかもしれない。蚩尤のほうは怒気をあらわに咆えた。

「おれより強いだと？　そんな女が人界にいてたまるか」

「それがいるんだよな」

「まだ吐《ぬ》かすか。ではその女を、おれの前につれてこい。ひと口で陰界《あのよ》へ送りこんでくれるわ」

そうしてほしいのは山々だったが、続も終も余も、名案は思い浮かばなかった。だいたい、怪女の運命どころではない。目前の巨大な敵に対処するのが先だ。始は精神的な混乱を整理しつつ、問いをかさねた。

「つぎに赴く世界でも、おなじことを？」

「きさまらの知ったことか！」

「よい、蚩尤」

「は……」

鞠躬如《きっきゅうじょ》として、蚩尤は引きさがる。おどろくべき従順さが、炎帝の威をあらためて知らしめた。

「まったくおなじことはせぬ。状況の差というものがあるゆえな。まず、それを見さだめなくてはならぬ。そもそも、生物が存在しない世界においては、生物を産《う》み出し、進化させせねばならぬ。我ながら気の長いことよの」

炎帝の声に、今度は笑いの微粒子が混入したが、始は、その特異なユーモア感覚に同調できなかった。炎帝の威に屈せず、立っているだけで身心が消耗していくのを自覚する。いつのまにか余の手が始の袖をつかんでいたのに気づいた。

「そなたたちが人としてこの世界に安住すると申すなら、それでよい。予らは他の世界へ去るつもりだ。そなたらは勝手にするがよい」

炎帝は重臣をかるく見やった。

「蚩尤、わかったな。この者たちが、さからわぬかぎり見逃してやれ」

「御意にございまする」

続や終の頬が紅潮する。侮辱された、と感じとったのであった。

「聖祖の御慈悲をありがたく思うがよい、竜種の孺子ども。望みどおり、平和でのんきな生涯を送れるであろうぞ」

蚩尤が露骨にあざける。

「そして退屈を感じたときは、船津忠巌の手下どものような小悪党を成敗して、正義の味方面《づら》をすればよい。うらやましい生活よの」

終が左右の拳をにぎりしめる。言い返してやれないのがくやしいが、手も足も出ないという感じだった。弟たちの不安や敗北感を、いま始はどうしてやることもできなかった。自分の無力を歎きながら、だが始は、それをいっさい外に出さなかった。

炎帝神農氏をにらみつけながら、始は思った――自分たちがこの超怪物に挑戦するのは一〇〇年早い、と。否、一〇〇〇年か、それ以上か。

待てよ、挑戦する必要があるのか。

次元の壁を破って異世界へ去るというのなら、去らせればよいのではないか。それで、この世界＝宇宙における牛種《ぎゅうしゅ》の支配は終わる。竜堂兄弟も、住所はさだまらねど、平穏な生活をひっそりと送ることができるはずである。そうして何が悪い？　牛種の後を追って一〇億もの異世界をめぐる永遠の旅人になるのか。蚩尤が言ったように、永劫の戦いをつづけるのか。

始は何度も考えたことがあった。この世界に自分たちの居場所はないのではないか、と。その考えが正しいのか否か、いまだにわからない。牛種が他の宇宙から来た、というのなら、竜種はどうなのか。地球誕生以来、この世に存在したのか。それとも、遠くから来て遠くへ去っていくのか……。

炎帝が声をひびかせた。

「それでは、蚩尤よ、後はゆだねたぞ」

「御意にございまする」

「お待ちなさい！」

続の声が、ムチのように鋭く空気を打ったが、炎帝は一顧だにしなかった。その巨体は、出現したときと逆の過程をたどって、まず輪郭がぼやけ、質感が薄れていき、ほどなく空間からまったく消え去った。

「兄さん」

続が指示を求めるように兄を見やったが、始は無言のまま頭《かぶり》を振ったのみ。表情を読むこともできない。終も余も、なす術《すべ》なく立ちつくす。

うやうやしく低頭して主君を送り出した蚩尤が、牙《きば》をむいて竜堂兄弟に向きなおった。

「どうだ、孺子ども、手も足も出なんだであろう」

牙の間から嘲弄《ちょうろう》の声が噴き出す。

「ご苦労であったことよな。わざわざ月までやって来て、何ひとつ得ることなく帰ってゆくとは」

終が眉をあげた。本来の気力がもどってきた。

「兄弟の半分以上をやられたくせして、えらそうなことを言うなよ。お前ていどのやつが一の子分面《づら》をしてるようじゃ、炎帝陛下の格が落ちるぞ」

「この口巧者な孺子め！　いまに泣きわめかせてくれるぞ」

「エーンエーン、こわいよう」

「ふざけるな！」

蚩尤は、終の、いかにもわざとらしい泣きまねに怒気を発したが、呼吸をしずめて、憎々しげに、囚《とら》われの四人を見わたした。

「さすがに長兄だけあって、青竜王《せいりゅうおう》だけは察しておったらしいな。聖祖がこの部屋におわす間、汝らの超常の力が封じられておったことを。弟どもとちがって騒ぎもせなんだわ」

はっとした弟たちの視線を受けて、始は、ゆっくり口を開いた。

「蚩尤よ、お前とあの御方とでは格がちがう。もちろん、我々ともだ。そのことを自分の口から言った以上、反撃は覚悟しているのだろうな」

蚩尤は一瞬、鼻白んだようだが、基本的に、傲然たる態度はくずさない。

「汝らは、それぞれに超常の力を持っておるが……」

「ああ、たとえば終は一〇人分食べても肥《ふと》らない」

長兄の言葉に、三男坊はかるくよろめいた。

「そ、それがおれの能力かよ、あんまりだ」

「相撲の力士以外、あらゆる人々がうらやましく思う能力ですよ。自信を持ちなさい」

「自信はあるけど——いや、そうじゃなくて、風をおこし、竜巻を呼び……」

そこまでで終は口を閉ざした。

III

倒れていた蚩尤の兄弟たちが、つぎつぎと起きあがってきていた。さすがに、飛天《ひてん》夜叉《やしゃ》などにくらべると、頑丈にできている。

「それらの超能力《ちから》を、人身のまま、あやつることができねば、一人前とはいえぬわ。覚醒したと申しても、まだまだ寝ぼけておるようだの」

「うん、よく言われる」

うなずく余の頭を、終がこづく。

「そこは怒るところだろ！　バカにされてるんだぞ」

「そうかな」

余が長兄の顔を見あげた。その頭に、始が手を置いた。

「いや、怒る必要はない。笑ってやれ。やつはお前を恐れている」

相手が蚩尤なら何とか戦う術《すべ》も図《はか》る術もある。賭ける価値があるかもしれない。

「不老不死は覚醒からはじまる。汝らは覚醒と同時に不老不死となる。成長も老化もなく、そのときの年齢と容姿のまま、永劫の刻《とき》を生きるのだ」

落胆の声が、余の口からあがった。

「じゃあ、ぼくはこれ以上、背が伸びないの？」

彼は背の高い兄たちにあこがれている。始の一八八センチはともかく、成人すれば続の一八〇センチに追いつけるかもしれないと期待していた。

「気にするな、余、背が高ければいいってもんじゃない」

「始兄貴がいうと、説得力があるなあ」

にくまれ口をたたきながら、終は敵のようすをうかがう。だが、まだ完全に精神的な失調が快復しておらず、隙《すき》を見出せない。

「もっと気にすべきことがありますよ、兄さん」

「何だ？」

不審そうに問うた始が、続の視線を受けて、「あっ」と声をあげた。

「そうか、うっかりしていた。そうなることはわかっていたのにな」

「何だよ、兄貴」

「身長にも関係あることですよ」

「あっ、そうだね」

余も気づいて、大きくうなずく。蚩尤が、不気味な笑みを浮かべ、兄弟たちに何かささやいた。続が終に説明する。

「年齢《とし》もとらない、身長も伸びない、そんな一家が、一ヵ所に長く住めると思いますか」

　終が絶句する。

「おれと続は、まあいいとして……」

　十五歳の終と十三歳の余が成長しないのは、人界では異常なことだ。おなじ家に長くは住めない。せいぜい二、三年というところだろう。住所を転々とするしかなく、その意味で彼らに安住の地はない。

　蚩尤が笑声をあげた。

「くだらぬことを心配するには、およばぬぞ。おれが解決してやる」

　続が問いかけた。

「どうする気です？」

「汝らを月の核《コア》に閉じこめ、月ごと吹き飛ばしてくれるのだ！」

「おもしろいアイデアですが、成功率が問題ですね」

「汝らが思いわずらう必要はない」

　蚩尤が一歩しりぞくと、空気が微動した。

　竜堂兄弟の周囲に、不可視の柵が出現した。直径三メートルほどのマイクロウェーブの柵。先ほど相柳《そうりゅう》が身体を爆発させたものだ。

　竜体であれば、マイクロウェーブなど恐れはしないが、人身のままだと、どうなるか。おそらく再生できるのではないか、と始は思うが、一〇〇パーセントの自信はない。だが、たいした問題ではない。

「蚩尤！」

始は呼びかけた。

「お前の主君は、おれたちを放っておくよう命じたはずだ。主命を無視するのか」

「ほう、聖祖のご慈悲にすがるか。聖祖はご寛大にあらせられるが、おれはそうではない。きさまらがさからったと言上すればすむこと」

蚩尤は手をあげ、兄弟たちをうながした。

「何ごとが生《しょう》じるか、そこで待っておるがよい。おれたちは先に赴く」

とりのこされた竜堂兄弟は、不可視の柵のなかで視線をかわした。さっそく三男坊が提言する。

「何ぐずぐずしてるんだよ。こんなところにすわりこんでないで、さっさと逃げ出そうぜ」

「もちろん逃げ出すさ」

「まあ、終君、あわてる必要はありませんよ」

「終兄さん、食べ物まだ残ってるよ」

「そうか、立つ鳥あとを濁してはいけないな」

「こういうときだけは、すぐにコトワザが出てくるんですね」

「いやあ、そう言われると、てれるな」

もう続は終には何も言わず、身体ごと兄に向きなおった。

「一〇億の世界のことを考えているんですか、兄さん」

始は、ややあいまいにうなずいた。

「どんな世界があると思う?」

終が即答した。

「実力テストのない世界」

「お前なあ」

「一〇億分の一以下の確率ですね、それは」

「いーや、探せばきっとどこかに存在する」

あとは、つぎからつぎへと出てくる。

「人類が滅亡した世界」

「そもそも人類が発生しなかった世界」

「いや、人類が宇宙帝国を築いてる世界」

そう言ったのは終だが、彼は現在、「宇宙大将軍が存在する世界」に住んでいる。

本人のあずかり知らぬことではあるが。

始は弟たちに指示して、思念波を飛ばさせた。蚩尤たちの動向を探りたかったのだ。弟たちはすぐ指示にしたがい、始自身も思念波を飛ばしたが、いずれの方向でも壁にぶつかった。蚩尤もさるもので、妨害波を乱射しているらしい。始は、いったんやめさせることにした。どんな世界があるか、についてまた話がはじまる。

「いやだけど、ナチス・ドイツが戦争に勝って地球を支配した世界」

「それは、ほんとにいやだな」

始の言葉に、終が応じる。

「そうでもないよ、おれ、レジスタンスになって、ヒットラーのやつをボコボコにしてやるから」

「その前に何千万人殺されるか、わからんぞ」

「そうか、じゃ、ヒットラーが何もしないうちにかたづける」

「何もしない無実の人間を殺すんですか」

「続兄貴、よくそう意地悪なこと考えるなあ」

しだいに、弟たちが調子を取りもどしてきたのを見て、始は安堵《ホッと》した。蚩尤のみならず、炎帝神農氏に対しても、負けん気がせりあがってくるのを感じた。余が問いかけてきた。

「でも、ほんとに一〇億も世界があるの？」

「インフレーション宇宙論では、この宇宙の他にも無数の宇宙が存在するんじゃなかったかな」

「それにしても一〇億かあ」

「感歎してますね、終君」

「いや、おれ、一〇億の宇宙より、ひと切れのアップルパイがいい。我ながら無欲だなあ」

「それは無欲じゃなく、スケールが小さいというんです」

他人が見たら、この状況で何をのんきに語りあっているのか、と、あきれたにちがいない。だが、これらの軽口をたたきあうことで、竜堂兄弟は日常感覚を回復させつつあった。

「炎帝は自分をどう定義してるんでしょう」

「ひとり殺せば犯罪者、一〇〇万人殺せば英雄、一〇億人殺せば神だからな」

「神、ですか」

「ノアの大洪水をおこして、人類をほぼ皆殺しにしたのは神だぞ」

「そうですね。そして自分に従順な者だけは救う」

「牛種のやりくちだろ、それ」

終の指摘を、始は首肯《しゆこう》した。

「四人姉妹《フォー・シスターズ》の五〇億人抹殺計画に通じるものがある。なるほどな、一貫してるわけだ」

「兄さん、炎帝はつぎの世界でも、似たようなことをする気でしょうか？　言葉をにごしていましたけど」

「たぶんな」

「そんなことして、何がおもしろいの」

末っ子が、不思議そうに兄たちをながめやる。長兄も次兄も沈黙していたが、三男坊が口を開いた。

「あの炎帝ってやつさ、自分で言ってたじゃん、自分より強い者に遇ったことがないって」

「言ってましたね」

「だったらさ、自分より強い者に遇うまで、おなじことをくりかえすんじゃないか？」

「ありえるな」

「だまって見てていいのかよ」

「だまって見ているつもりはない」

始は声を押し出した。会話の裡《うち》に、彼の決意はかたまっている。

終が、いささか行儀わるく舌打ちした。

「だいたい、天帝《てんてい》だか玉皇大帝《ぎょくこうたいてい》だかが、いちばん責任が重いだろ。おれたちにも仙界にもさんざん迷惑かけてさ、自分はどこかに隠れてるなんて」

余が意見を述べた。

「自分で隠れてるんじゃなくて、どこかに閉じこめられてるのかもしれないよ」

弟の言葉に、終は舌打ちした。

「だれに閉じこめられてるっていうんだよ」

「え、それは……」

「だいたい天帝って、いちばん強いんだろ？　だから天帝を張ってるんだろ？　それが何でおめおめと閉じこめられてるんだ？　おれ、理解できない」

一気に言い放って腕を組む。兄たちから、「口をつつしめ」と叱られると思ったが、そうはならなかった。始と続が無言で三男坊を見つめたので、終はしだいにきまり悪くなって、組んだ腕をほどいた。

「終」

「な、何だよ」

「君は案外かしこいですね」

「案外とは何だ、失礼な」

終はむくれたが、意外でもあった。悔《くや》しまぎれに玉帝を非難しただけのつもりが、何やら兄たちに刺激をあたえたようなのだ。

IV

竜堂始の意識に、東海青竜王敖広《とうかいせいりゅうおうごうこう》の意識がいきおいよく流れこんでくる。これまで仙界や天界で困惑させられていたさまざまなできごとが、整然と列をつくってきた。否、列は最初から存在していたのに、盲点となっていたのだ。先入観が盲点をつくっていた。それが竜堂終こと西海白竜王敖閏《せいかいはくりゅうおうごうじゅん》の放言で、一挙に砕かれた。発言した当人は、めんくらっているようだが。

始は弟たちを見まわした。

「よし、そろそろ出るぞ」

「御意！」

四つの拳が同時に空気を裂いた。床を打つ。

前後をかこむマイクロウェーブの柵など、最初から問題にしていない。床を破って下層へ降りることは自明だったので、長兄が指示する必要もなかった。ハイパーチタン鋼でできた床は、竜王たちの打撃に三度まで耐えたが、四度めに悲鳴をあげてひび割れ、五度めに砕けた。穴があいた。

「終、おりろ」

長兄の命令を受けて、三男坊はいさんで穴のなかへ飛びおりた。

そこには思いがけない空間があった。メカニカルルームでも格納庫でもない。人間の居室であった。装飾は中国の唐か宋時代のもので、朱塗りの円柱にささえられている。円卓に椅子、書棚に花台、厚い毛氈《もうせん》、離れて牀《ベッド》が並んでおり、終の目には北京《ペキン》か香港《ホンコン》あたりの飯店《ホテル》の部屋のように見えた。そして三つの人影——兵士ではない。

終が、おどろきの声をあげる。

「女の人たちだぜ！」

終には美女の形容など精《くわ》しくできないが、三人とも若く美しいことは、たしかだった。衣服も髪形も伝統的な中国のものだ。ひとりの美女が、とまどう終に、すずやかな声をかけてきた。

「あなたがたは？」

「ええと……」

終につづいておりてきた兄弟たちをながめて、美女が自分で答えた。

「四海竜王のご兄弟がたですね」

「そうです」

「わたしどもは、西王母《せいおうぼ》の娘です。華林《かりん》、媚闌《めいらん》、青娥《せいが》と申します」

「あっ」

始は声をあげてしまった。西王母の娘六人のうち、上の三人が「客人」という名のもと、天宮にとどめおかれている、と、聞いていたではないか。

「人質になっておられたのですね。いま、お救いします」

「謝謝、おそれいります、四海竜王の方々」

「ご存じだったのですか？」

華林が微笑した。

「三〇〇〇年後に、竜王がたが救出してくださるから、それを待つよう、母に言われておりました」

余が感歎の声をあげた。

「よくまあ三〇〇〇年も我慢できたねえ」

「仙界の感覚では三〇日ですのよ」

「あ、そうか」

「虐待されていたわけでもありません。でも、不自由でストレスがたまりました。一《いち》日千秋《じつせんしゆう》の思いで、お待ちしておりましたわ」

古典的中華美女の口から「ストレス」などという西洋語が出てくるのは、いささか妙な感じだったが、いまはそんなことはどうでもよい。

「では急ぎましょう。よろしければ、お背負いします」

「ありがたいけど、ご心配なく。封印が解けたからには、走れますから」

こうして四兄弟と三姉妹は、部屋から駆け出した。終と余が先頭を走り、三姉妹がつづき、始と続が最後尾を守る。すこし走ったところで、次男坊が兄にささやいた。

「いやはや、お淑《しと》やかそうに見えても、さすがは茉理《まつり》ちゃんや瑤姫《ようき》さんのお姉さんたちですね」

「失礼だぞ、続」

「ぼくは賞《ほ》めてるんですよ」

「そう聞こえないのが、お前の不徳だなあ」

「反省してます」

「どうだか」

七人の行手《ゆくて》にひろがる光景は一変していた。無機的なメカの列が、蛍光色の照明の下にならんでいる。そして人気《ひとけ》はまったくない。

かろやかに走りながら、華林が、違和感を表明した。

「わたしたちがつれてこられたときには、いたるところに牛種の兵や文官がひしめいておりました」

「炎帝は、すべての臣下をひきいて異世界へ赴くつもりでしょうか、兄さん」

「聖王——魔王かもしれんが、ああいう巨大な存在の考えることは凡人には測りがたいな」

終が振り向いて質《ただ》す。

「逃げ出そうとは思わなかったの？」

「能力を封印されておりましたから」

「いまは封印は解けてるんですね」

とは続の問いだ。媚闌が答える。

「そうです。つまり、わたしたちを封印していた力が、どこかへ去ったのです」

突然、床が波打った。どこかで破砕音がとどろき、頭上から破片が降りそそぐ。余は顔をあげて、天井に大きな亀裂が生じるのを見た。みるみるそれが拡大する。

「天井全体が落ちてくるよ！」

余は叫んだ。

「本気で月ごと、つぶす気か!?」

牛種の真意が、始にはすぐには理解できなかった。竜種を絶滅させるため。それはわかる。だが、仙界の人質である西王母の三姉妹まで巻きぞえにしてよいのか。まさか蚩尤の粗暴な独断ではあるまい。

「牛種《やつら》は本気で月を棄てる気だ。どこか、べつの場所に新天地を求めて……」

「なぜでしょう？」

「なぜって？」

「負けたわけでもないのに、どうして逃げ出すんでしょう」

「逃げるつもりではないいんだろう」

轟音《ごうおん》と粉塵《ふんじん》。竜堂兄弟は西王母の娘である三人の仙女を守って、横へ跳んだ。

「息をとめて！」

月の重力が地球の六分の一だからこそ、そして彼ら彼女たちだからこそ、無惨な圧死をまぬがれることができた。それでも、粉塵を吸って、何人かがせきこむ。

「こっちへ！」

終が煙の薄い方角へと、兄弟たちをみちびく。三人の仙女がそれにつづいた。視界のいたるところで、天井が崩落し、壁が裂け、床が割れ、メカ類が吹き飛び、火花がスパークし、破砕音がとどろき、煙が立ちこめる。五官が飽和状態におちいる寸前、だれかの声がひびいた。

「あぶない！」

同時に、またも天井が一同の頭上に落下する。

光が炸裂した。世界が銀白色にかがやき、正視できない閃光のかたまりのなかに、四つの巨大な影が出現する。

「竜王顕現《けんげん》！」

仙女たちが叫ぶ。すさまじいエネルギーの乱流のなかで、西王母の娘たちは、それぞれの身体を結界《サイコシールド》でつつみ、乱舞する破片から自分たちを守った。

風が吹きはじめた。たちまち強風となり、暴風と化して、おそいかかってくる。

「乗ってください！」

青竜の思念波に応じて、華林が青竜の背に、媚蘭は紅竜に、青娥は白竜に、それぞれ飛び乗る。というより、舞いあがり、目的の場所に舞いおりる。その間にも、暴風は一瞬ごとに強くなり、四頭の竜と三人の仙女を運んでいく。

これは白竜がおこした風ではない。空気のある場所から真空地帯へと空気が流出していくのだ。いわば空気の洪水である。

(風にさからうな！　このまま流されていけば、いやでも外に出る)

青竜の指示にしたがって、竜たちは風の奔流に身をゆだねた。大小さまざまな物体がぶつかってくるが、竜と化した身体を傷つけることはなく、仙女たちの結界を破ることもできない。通路がせまくなって通過できない場所は、背中にだれも乗せていない黒竜が、身体や尾をたたきつけて破壊していく。

前方の視界が、急に開けた。

四頭の竜は、もつれあうようにクレーターへ飛び出した。急上昇して月面上空へ舞いあがる。眼下に月面の地表がひろがり、頭上には満天の星が群れつどう。

月面で異変が生じた。

クレーター全体が一瞬ふくらみ、しぼむように沈みこんだ。すべてが無音のうちに始まって終わった。スペクタクル・シーンには音響が必要だ、ということを見せつけるような光景である。後日、地球人の宇宙飛行士がこの場所に到達しても、巨大だが比較的あさいクレーターを発見するだけであろう。

重要なことを失念していたことに気づいて、青竜はあわてた。どうも平常心をうしなっていたようだ。

(西王母さまのお嬢さまがた、呼吸はだいじょうぶですか)

(ご心配いりません。わたしたちの能力は回復しました。結界を張って、真空から身を守ることができます)

(それはよかった)

(すごいね、ぼくたちもそんなことができるのかしら)

余、すなわち黒竜が感心すると、仙女たちは笑顔をつくった。

(お気の毒ですけど、あなたがたが人身のままですべての能力を使えるようになるためには、仙界での修行が必要です)

（修行かあ）

あまり白竜の好きな名詞ではない。

（どれくらいの期間？）

（仙界の時間で三年というところでしょうか）

あわただしく白竜が人界の時間に換算するのを、青竜は——人間の表情になおせば

——苦笑して見やったが、彼の耳に、突然、声が飛びこんできた。

（始さん！）

思いもかけない声、同時に、まちがえようのない声だった。正確には、声とおなじ

波長の思念波だが。

（茉理ちゃん、いま、どこにいるんだ!?）

（仙界よ）

（他にだれか？）

（蜃海《しんかい》さん、虹川《にじかわ》さん、水池《みずち》さん、みんないないわ。あ、瑤姫——姉さんが）

（茉理ちゃんの上のお姉さんたちは、我々が救い出したよ）

（よかった）

（それにしても、何があったんだ？）

（牛種の軍団が仙界を急襲したの）

第七章　仙界にて

I

茉理《まつり》の声に、始《はじめ》こと青竜《せいりゅう》が答えるより早く、その背上《はいじょう》で華林《かりん》が大きく袖を払った。

「妹妹《いもうと》の思念、わたしも受けとりました」

暗黒の宇宙空間に、あらたな光点がひとつ生まれたように見えた。それは竜たちの前方でしだいに拡大し、竜の巨体が通過できるほど大きな白光の円となった。

「仙界《せんかい》へ直通する亜空間の通路を開きました。ただちに通って、仙界へ直行してくださいますよう」

「そんな能力をお持ちとは」

「炎帝《えんてい》がいないからこそです。さあ、お早く。長くは保《も》ちません」

華林の、ものやわらかい声に緊張がこもる。青竜はうなずくと、弟たちに、通路に飛びこむよう指示した。背上に誰も乗せていない黒竜《こくりゅう》が先頭を切る。つづいて白竜《はくりゅう》、さらに紅竜《こうりゅう》とつづき、最後に青竜と、結果的に兄弟順と逆になった。青竜の尾が通過した直後に、通路が閉じる。

風景が一変した。

暗黒の画布《キャンバス》に珠玉をちりばめたような空間が、明るい碧空に化する。小さな雲が天の一角に群れている。その下に、広い緑の野がひろがり、川が流れ、湖水や森が散在している。

「あ、瑤姫《ようき》！」

華林が声をあげ、妹たちが袖を振る。見れば、鐘をさかさにしたような形の物体が急速に接近してくる。それは仙界の飛行物体「宝鼎《ほうてい》」で、乗っているのは西王母《せいおうぼ》の四女・瑤姫であった。華林たち三人の妹になる。

「お姉さまがた！」

「妹妹《メイメイ》、ひさしぶりね」

「竜王がた、謝謝！」

「どういたしまして」

人間ならぬ者たちの間で、人間っぽい会話がかわされる。つい先ほどまで月の内部にいたことを思うと、近未来ＳＦアクションの世界から、道教的な説話の世界へと転移したようだ。

崑崙《クンロン》を中心として、仙界は四方万里にひろがっている。この場合、万里とは五〇〇〇キロ強と思えばよい。崑崙は水より比重の軽い弱水《じゃくすい》の大湖水にかこまれた台地状の島で、西王母の宮殿がある。周囲は広大な沃野に丘陵や山地が混在し、森や農地がひろがり、村々があって、人間と仙人たちが共存している。はるか彼方に万年雪をいただく山嶺が見える。

西王母の宮殿めがけて、青・紅・白・黒の四竜は、ゆっくりと舞いおりていった。宮殿は、すずやかな林と、虹色の花園と、緑したたる芝生にかこまれ、城壁らしきものは見あたらず、形ばかりの生垣がつらなっている。平和を絵に描いたような光景だが、降下するにつれ、異音が小さくひびいてきた。

弱水のほとりで土煙らしきものがあがり、人が入りみだれている。ときおり赤い点のようなものがちらつく。その頭上を飛びこえて宮殿の上空に達すると、仙界の服をまとった仙女たちが竜たちを見あげて袖を振っている。その数、一〇〇〇人ほどか。

「始さあん！」

叫びながら、ひとりの仙女が跳びはねている。

白竜と黒竜が、そろって叫んだ。

「茉理ちゃんだ！」

「他の仙女たちと服装がおなじでも、すぐわかりますね」

「宮殿の左側の内院《なかにわ》に降りてください、竜王がた」

華林の求めで、竜たちはその方向へ降りていった。と、その内院には多くの松の樹が生《は》えていることがわかったが、西王母の娘三人は身体を浮かせて松の梢《こずえ》に飛びうつったのである。

「竜王がた、人身におもどりください」

青竜は弟たちに指示した。竜身のままでは地面に降りることができない。彼らは白煙で身をつつんで人身にもどった。松の樹の梢から幹や枝をつたって地上に降り立ったが、さてこまったことになった。女仙たちの本拠地のただなかで、彼らは裸なのだ。

松林の外から女仙たちが駆けてくる。

「甲冑《かっちゅう》はこちらにございます」

「甲冑より先に、服をくれよ」

終が深刻な叫びをあげる。着替えの服をいれたバッグは、月の内部に置いてきてしまったので、人身にもどると、また裸になるしかない。西王母の宮殿には通常、女性しかいないので、エチケットの問題は不可避である。

「ご心配いりません」

華林が笑って、四人に背を向けると、両手の指を組みあわせて手印を結び、口早に呪をとなえた。竜堂兄弟の周囲に銀白色の霧がわきおこって、彼らの全身をつつみこむ。それが散って消えると、四人の身体は、それぞれを象徴する色の戦袍《せんぽう》と甲冑を着こんでいた。

「やあ、こいつはいいや。いちいち裸にならずにすむ。その呪文、教えて」

「その前に戦いだ」

「それそれ、武器もほしい」

終が手を伸ばすと、その周囲が白くかがやいて、両刃の長剣が彼の手中に出現した。

「やあ、こいつは形も重さも、ちょうど手ごろだ。で、敵はどこにいるの?」

「その前に、母にお会いください」

松林の向こうに赤いものがちらつくのを横目に、竜王たちは華林たちにしたがった。

赤く飛散するのは、血ではない。生体エネルギーの微粒子が特定の波長の光だけを反射して、赤く光るのだ。斬られれば、赤い粒子のかたまりとなり、一瞬で四散する。したがって死体は残らない。

西王母の宮殿を訪れるのは、人間の記憶としては二度めである。

「西王母さまの御前で武器を持つな」

長兄に言われて、三男坊はせっかく気に入った剣を女仙のひとりにあずけた。着たばかりの服についてもいない埃《ほこり》を何となく払い、長兄と次兄につづいて客院にはいる。女仙たちの列の間を前《すす》んでいくと、正面の階《きざはし》の上に、中年だが若々しく美しい貴婦人の姿があった。

「西王母さま！」

「青竜王、よく来てくれましたね」

西王母の温かい声が、竜堂《りゅうどう》兄弟を迎える。彼らが居ずまいを正してひざまずくと、華林たちの声がはずんだ。

「母さま！」

「そなたたちも無事で何より。竜王がたに御礼は申しあげましたか？」

「もちろんでございます」

ひざまずいた四海竜王《しかいりゅうおう》は、左右の手指を組んで、うやうやしく一礼した。

「東海《とうかい》青竜王・敖広《ごうこう》、お召しによって御前に参上いたしました」

「南海《なんかい》紅竜王・敖紹《ごうしょう》、おなじく参上いたしました」

「西海《せいかい》白竜王・敖閏《ごうじゅん》、参上いたしました」

「北海《ほっかい》黒竜王・敖炎《ごうえん》、参上いたしました」

こんな台詞《せりふ》が何の苦もなく、すらすらと出て来るのが、終《おわる》には不思議である。ガラにもないなあ、という気分もするのだが、ここは神妙にしてないとな。そう思っていると、ぱたぱたと布沓《ぬのぐつ》の軽快な音がして、明るい緑の色彩が飛びこんできた。思わず青竜王が腰を浮かす。

「茉理ちゃん！」

「始さあん！」

西王母の六女は、息をはずませ、白い頰を紅潮させて始に飛びついた。母や姉たちの顔がほころびる。

「続《つづく》さん、終くん、余《あまる》くん、みんな無事ね、よかったあ」

「ぼくたちのことは、かまわなくてけっこうですよ」

続が笑って言うと、終が応じて、

「そうそう、おれたちが闘ってる間に、始兄貴とふたりでお茶でも飲んでなよ」

「ほんと、そうしたほうがいいよ」

と、末っ子は大まじめである。

「ばか、そろって戯言《ざれごと》をいうな」

始が叱りつけたが、手は茉理の手をとったままだ。はっと気づいて手を離したときには、客院の雰囲気は、以前よりずっとやわらいでいた。

「いかがでしたか、青竜王、あなたの求める相手に会って？」

「手も足も出ませんでした」

正直に、始は語った。続が一瞬、兄と西王母との間に、視線を走らせる。「あなたの求める相手」という西王母の表現に、ひっかかるものを感じたからである。

「彼の姿が消えてからも、しばらく、その場から動けませんでした。くだらない会話をかわして、心身をほぐす時間をつくり、それからようやく動き出して、公主《ひめ》さまがたをお救いいたしました」

始のほうでも、あえて「求める相手」の実名を出さないようにしている。西王母は、

「わたしからも御礼を申しあげますよ」

「おそれいります」

「母さま、くわしいお話は後にして……」

ひかえていた瑤姫が口を出した。まず侵攻してきた牛種《ぎゅうしゅ》を追い払ってもらおう、と。ただちに事は決した。

「しかし、この庭園を血で汚すのは、おそれおおいなあ」

「気にしなくていいわ」

瑤姫が、かるく笑った。

「仙界の戦いでは、血は流れない。ご存じでしょう？」

「そうでした」

始はうなずく。右手でにぎって地に立てた方天戟《ほうてんげき》は全長二メートルをこし、槍のようにとがった刃の左右に三日月形の刃がついていて、これを「月牙《げつが》」と呼ぶ。始の長身によく似あう。

その姿を見た茉理は、「始さん、すてきだな」と思ったが、口には出さなかった。実戦を前にして軽率な発言はひかえよう、と決めている。できれば始とともに闘いたいのだが、瑤姫に「まだあなたは足手まといよ」と断定され、忍耐力の試練のさなかなのである。

II

瑤姫が背中の剣を、すらりと抜き放つ。彼女の右手から燦然たる光芒が放たれる。

「……飛双燕《ひそうえん》」

あこがれをこめて、茉理がつぶやく。自分も早く武装帯剣《たいけん》して姉のように仙界のために闘いたい。だが、仙界における茉理は、西王母の六女・太真王夫人《たいしんおうふじん》として、鳥類をみちびかねばならぬ存在である。人界で茉理は、危機を何度となく鳥たちに救われた。それは無意識の超常能力によるもので、自覚的意識的なものではない。だから、仙界に来た茉理は、西王母の娘、崑崙の鳥の女王として、自覚的に鳥と語りあい、意識的に鳥をあやつるための修行をしなくてはならないのである。

まっさきに終が客院を飛び出した。仙女から七星宝剣《しちせいほうけん》を返してもらい、ひと振りすると、喜々として走っていく。

「こら、どこへいく!?」

あわてて青竜王が声をかけたので、いったん停止した。始は瑶姫に質《ただ》した。

「赤城王《せきじょうおう》――二郎真君《じろうしんくん》は?」

天界で青竜王と並び称される勇将の名を聞くと、瑶姫の眉が、かるくくもった。

「まだ来ていない。すくなくとも報告はないわ。唐《とう》の太宗《たいそう》の御宇《みよ》に赴《い》ったきり、もどってないみたいね」

赤城王は玉帝《ぎょくてい》の甥である。玉帝と炎帝とが同一人物かもしれない、という青竜王たちの疑惑が正しければ、炎帝の甥ということになり、侵攻軍のなかにいても不思議ではない。

「もし敵のなかにいたら……」

終が七星宝剣を顔の前に立ててみせる。

「おれが、まっぷたつにしてやるよ」

「あなどるな。やつは強いぞ」

「わかってるって。ところでさ、攻めて来てる牛種の軍、だれが大将なの？」

「蚩尤《しゆう》よ」

「蚩尤!? あんがい、すばしっこいやつだな」

終が感心する。竜王たちよりすこし早く月を離れただけのはずなのに、もう一転して仙界に攻めよせるとは、たしかにすばやい。

「敖家九四万の兵は何処《どこ》に？」

これは続の問いだ。敖家、すなわち竜王たちは九四万の大兵力を擁していたはずである。

「兵を発起すれば、よいのでしょうか」

「その場所がない。『絶風《ぜっぷう》』の艦橋で四人そろって儀式をおこなわないとな」

「めんどうなことですね。まあ、そうしておかないと、やつらは怖くてたまらないでしょう」

「やつら？」

始の問いかけに、続は笑って答えず、自分の武器である細身の長剣を、たしかめるように見つめた。

瑶姫の指揮する六〇〇人の娘子軍《じょうしぐん》——女性部隊が、剣や弓を手に駆けていく。

「いよいよだな、余、女の人たちに負けるなよ」

べつに終は娘子軍にライバル意識を持っているわけではないが、そう言って弟をはげました。

余が空を指さした。

「仙人たちが闘ってるよ!」

見ると、空中に何百もの雲が浮かび、激しく往来している。雲の半数は白く、半数は黒い。白い雲には仙界の仙人たちが乗り、黒い雲には牛種の兵が乗っているようだ。

「わかりやすくていいですね」

次男坊の声に、三男坊が応じる。

「何だか手ぬるいなあ」

「仙人たちの最大の武器は、幻術《イリュージョン》だからな。血なまぐさい闘いにはならないさ」

雲と雲との間には電光が奔《はし》り、水や火が飛びかっている。よく見ると、あざやかな花々や、人形《ひとがた》の色紙も宙を飛んでいた。

「式神《しきがみ》を使ってるな」

「闘ってる当人たちには、武装した兵士に見えるんでしょうね」

「鬼兵《きへい》というやつだな」

弟たちを追いながら、兄たちも言葉をかわす。つい先ほどまでの月の内部での闘いとは、かなり色あいが異《こと》なる。

「あ、松永《まつなが》君！」

叫んだのは余こと黒竜王だ。雑種の仔犬が、ちぎれるように尻尾を振りながら、余へと駆け寄ってくる。

「お前は、ここにいるんだね。それで、お前のご主人さまは？」

「赤城王は姿を見せないそうですよ」

続の声は、はなはだ非好意的だ。

「何をたくらんでいるか知りませんが、姿を見せたら、ぼくがお相手してあげましょう。いろいろと聴き出してやりますよ」

「続、決めてかかるなよ」

「はい、なるべく、そうします」

そうする気はなさそうだな、と、始は思ったが、それ以上は何も言わなかった。まったく、赤城王は、敵か味方か、計《はか》り知れない。すくなくとも松永君が余に敵意を持っているとは思えないが。

余につづいて、こんどは終が旧知の者に出くわした。

「おー、六仙《ろくせん》じゃないか」

「白竜王さまー」

胡仙《キツネ》、黄仙《イタチ》、白仙《ハリネズミ》、柳仙《ヘビ》、灰仙《ネズミ》、黒仙《クロネコ》の六匹が終めがけて駆け寄ってくる。柳仙だけは足がないので、流れるように這《は》ってきた。この六匹は、もともと中国北部に棲んでいた地仙《ちせん》で、白竜王が行方不明の青竜王を捜して宋《そう》の時代に降り立ったとき、彼にしたがって行動した。もともと格の低い地仙なので、仙界に棲《す》む資格はないのだが、竜王の従者として暮らすことを認められている。

「一〇〇〇年ぶりだな。でも、年齢《とし》をくったようには見えないな」

「白竜王さま、お忘れですか、人界の一〇〇〇年は、天界や仙界のたった一〇日間ですよ」

「ああ、そうだったな」

そこへ余が走ってきた。松永君を抱いたままだ。松永君は形こそ仔犬だが、六仙より格上の天狗《てんこう》なので、仙界に棲む資格がある。

「六仙、元気だったかい。こっちへおいで」

余の声にも遠慮して、松永君に頭をさげる動作が可笑《おか》しい。

「トビマロ、元気でいたか」

こんど終に名を呼ばれたのは、人を乗せるほど大きな、翼のある蛇で、「騰蛇《とうだ》」と称される仙獣である。竜堂兄弟は地上でこの空飛ぶ大蛇に、ずいぶん世話になった。

「終のやつ、動物たちの総大将みたいだな」

「全然、違和感ありませんね。まあ、似たようなレベルですから」

始は方天戟を地に立て、続は細身の剣をかまえて、空を見あげた。青く明るい天の一角に、黒い雲のかたまりがあらわれ、四方八方に伸縮しながら、拡大しつつ接近してくる。

「どうやらお出ましのようですね」

続がつぶやき、始がうなずく。終は六仙に声をかけた。

「今日は、おれはいいから、弟を守ってやってくれ」

「黒竜王さまですね」

「そうだ、たよりにしてるぞ」

「おまかせください！」

胡仙が高く尻尾をかかげる。他の五仙も身をくねらせたり、尻尾を振ったりして返答し、黒竜王にしたがって走り去った。

「胡仙のやつ、口だけは達者だからなあ。ま、いないよりはマシか」

白竜王は弟と六仙を見送ると、いったん背負った七星宝剣をふたたび引き抜いた。刃に映った自分の顔に不敵な微笑を向けると、いきおいよく、軽々と走り出した。数歩の疾走で、牛種の兵の一団と、まっこうから衝突する。

「剣を使うまでもないや」

地を蹴って宙を飛ぶと、喚声とともに突き出される槍や大刀を、五、六本まとめて蹴り折る。地に舞い降りると、振りおろされる刀を間一髪でかわし、右足をあげて刀の持ち主を蹴り倒した。

紅竜王が兄に語りかける。

「牛種が総力をあげて来襲したとは思えませんね」

「ああ、総力をあげて来たら、こんなもんじゃすむまい」

青竜王が、かるく眉をしかめた。

「第一、あの異様な圧迫感がない。おそらく炎帝は来ていないんだ」

それが意味することを、青竜王は考えざるをえない。炎帝は月で竜堂兄弟に宣告したように、すでに異世界へ去ってしまったのだろうか。だとしたら何のために、兵を仙界へ送りこんできたのか。何か時間かせぎでもするつもりだろうか。それとも、自分の行動のじゃまになる仙界だけには、置きみやげとして多少の損害をあたえていくつもりか。それとも……。

牛種の大軍のなかで、ひっきりなしに赤い粒子の煙があがり、敵の列が乱れる。白竜王と黒竜王が奮闘しているありさまが想像できた。

「続、そろそろいくか」

「ええ、このていどのやつら、人身で充分です」

続こと紅竜王が、細身の剣の尖端近くに指をあて、大きく剣身をたわめてみせた。ほとんど剣身が半円形になる。指をはずすと、剣身はしなやかに宙を裂いて直線状にもどった。

「峨眉新月剣《がびしんげつけん》ですね」

「名を知っていたのか」

「いま脳裏に浮かんできました」

これも、完全に竜王として覚醒する途上の一端なのであろう。斬るよりも突き刺すための武器であるらしい。

「優雅な武器だな」

「どのみち『兵ハ兇器ナリ』ですよ」

「ではいこうか」

ふたりの竜王は、そろって躍り出した。

Ⅲ

始が方天戟を一閃《いっせん》させる。めくるめく光芒が肩の上を奔りぬけると、蚩尤の兄弟の首が胴から離れ、赤い粒子をまきちらしながら宙を飛び去った。首をうしなった胴は、六本の腕に武器を持ったまま五、六歩走り、音をたてて地に横転する。

周囲の牛兵たちが怒りと悲しみの叫びをあげる。蚩尤の兄弟は七二人、ひとりが二〇〇人ほどの牛兵を指揮しているらしい。

「とすると、全部で一万四、五千というところか。まあ全滅させるまでのことはあるまい」

正確にいうと、天界や仙界の兵は死ぬことはない。赤い粒子となって四散し、いずれは復活する。ただし、復活までの期間は傷によって異《こと》なり、仙界の時間で一年から一〇〇〇年におよぶ。

「雑兵は相手にするな。蚩尤の兄弟を討てば、兵どもは逃げ散る」

青竜王は弟たちに指示したが、遠くで勇戦している白竜王の周囲では、赤い雲が濃く拡大するばかりだ。

「あやつのおかげで、戦法の立てようもないわ」

青竜王は苦笑した。甲冑をまとうと、それらしい口調になってしまう自分に対しても、可笑《おか》しみを感じる。青竜王と竜堂始と、どちらが真の姿で、どちらが仮の姿なのであろう。彼自身の好むところは、歴史フリークで活字中毒の竜堂始のほうなのだが、好ききらいを言える立場ではないことは、さんざん思い知らされた。いまは青竜王としての役割をはたすしかない。

青竜王はさらに方天戟をふるった。刃を使うのは極力、蚩尤の兄弟だけにして、牛兵たちはなるべく柄で打ち払うにとどめる。それでも、打ち払われた牛兵たちは、苦《く》悶《もん》の叫びをあげて横転していく。

兄の近くで紅竜王も華麗な剣さばきを見せている。峨眉新月剣は雷光のごとく突き出され、相手の身から引きぬかれる。ごく小さな穴から赤い粒子がほとばしり、致命傷を受けた相手は声もなく地にころがる。

「死なせてやるのが慈悲かもしれませんよ、兄さん」

紅竜王が手を休めずに言う。

「どうせ、こいつら、生き残っても帰るところがないんですから」

思いきり冷酷無情な表情と声である。比類ない美貌であるだけに、かえって敵は戦《せん》慄《りつ》して、赤い粒子をまきちらしながら後退する。

「そいつは西王母さまのご裁定にまかせよう。ところで、余は無事だろうな」

(平気だよ！)

元気いっぱい、末っ子の思念が返ってきて、長兄は安堵《ホッと》する。突然ふとい声がとどろいた。

「たった四、五人の敵に何を苦しんでおるか。押しつつんで踏みつぶせ、突き刺せ！」

　蚩尤の兄弟のひとりだった。紅竜王が笑う。

「おや、逃げないのですか」

「なぜ逃げる必要がある」

「あなたたちは棄《す》てられたのですよ」

「何だと」

「異世界に赴く炎帝に、置き去りにされたのです。わかりませんか」

「な、何をいうか。我らは、きさまたちを討ちとったあと、聖祖のみあとを追うことになっておるのだ」

「わからないなら、それまでのこと。一〇〇〇年の眠りにおつきなさい」

　紅竜王の細い剣が、しなやかに弧を描くと、赤い粒子が濃い霧となって立ちこめる。咽喉《のど》を突きぬかれた蚩尤の兄弟は、ふたつの手で傷口をおさえ、他の四つの手で宙をかきむしりながら、地をひびかせて倒れこんだ。と同時にひときわ濃く、赤い雲が立ちこめ、それが晴れたとき、蚩尤の兄弟の姿は消えている。

「おのれ、竜種《りゅうしゅ》の青二才ども！」

　憤怒と憎悪の声とともに、あらたな蚩尤の兄弟が躍り出た。くり出される矛《ほこ》を、青竜王の方天戟がたたき落とし、返す一撃で腕を斬り飛ばす。敵は屈せず、べつの手に、銀色の大きな環《わ》をかかげて一投した。

「満月飛圏《まんげつひけん》……！」

円形をした片刃の武器だ。投げれば宙を飛んで手もとにもどってくるが、その途中、外側の刃で敵の首をかき切ってくる。つかみそこねれば、持ち主の手指が切断されてしまう。物騒なこと、この上ない。

青竜王と紅竜王は、身を沈めて危険をかわし、油断なく身がまえた。高笑いした蚩尤の兄弟が、手もとにもどってきた満月飛圏をふたたび投じようとする。その瞬間、空気がうなって、長い棒のような物体が飛来した。蚩尤の兄弟の後頭部をしたたか直撃する。蚩尤の兄弟は武器をとり落として地にくずおれた。

「兄さんたち、だいじょうぶ!?」

「やあ、すまん、余。終を知ってるか」

「蚩尤本人と一騎打ちしてるよ」

「おや、功績《てがら》を奪《と》られそうですね」

白竜王こと終が、蚩尤本人と刃をまじえていたのは、先ほどの松林のなかだった。周囲には人影がすくない。

「思い出したぞ！」

白竜王は剣尖《けんせん》を蚩尤に突きつけた。

「蚩尤よ、きさまは三〇〇〇年前、この七星宝剣でまっぷたつに斬られたはずだ。大哥がいうから逃がしてやったが、ずうずうしく攻めてくるとはな。ちと甘かったようだ」

「汝の自己評価は正しいぞ。甘い甘い、そうも甘くて、よくこれまで一一七代もつづいたものよな」

「心がけがよかったからさ」

「ふん、だがそれも一一七代めで終わりぞ！」

蚩尤の偃月刀《えんげつとう》が、風を裂いておそいかかってきた。白竜王は宙へ跳んで、そのすさまじい斬撃をかわす。それだけではない。彼がかろやかに片足で着地したのは、何と、蚩尤の頭の上であった。この侮辱に蚩尤は逆上した。手にした偃月刀を自分の頭上めがけて薙《な》ぐ。寸前、白竜王は蚩尤の頭を蹴って宙で一転し、地に飛びおりていた。

「ええい、青竜王か紅竜王を出せ。汝ごとき孺子《こぞう》、斬っても名誉にならぬわ」

「あいにくと、兄たちは多忙だ。お前なんぞにかまってる暇はないんだよ」

白竜王の右手に、七星宝剣が光る。刃の側面に浮き彫りにされた北斗七星が、純白の光彩を放った。

青竜王は方天戟で旋風を巻きおこしている。右に払い、左に薙ぎ、まっこうから斬りおろし、流星のごとく突き出す。彼が身体を動かすたびに、赤い粒子が雲をつくり、牛種の兵が数を減らしていく。

「悪いことは言わん、逃げろ」

そう敵に告げはしたが、攻撃してくる者には容赦しない。うなりをあげた方天戟が、牛兵の巨体の中心を突きとおすと、そのまま高く持ちあげて空中へ放り出す。牛兵は赤い粒子をまきちらしながら、味方のなかへ墜《お》ちていく。それを遠望して、白竜王が口笛を吹いた。

「やあ、兄貴もはでにやってるなあ」

怒号とともに蚩尤が斬ってかかる。

「錚《ジャキン》！」

刃と刃が激突して、金属的なひびきが鼓膜をつらぬく。偃月刀が水平に宙を薙ぐ。またも白竜王は宙に舞ったが、こんどはそれだけではすまなかった。一閃した七星宝剣は、蚩尤の腕を二本、宙高く斬り飛ばしていた。

「お前は腕が多すぎるからな。すこし減らしてやったぞ。感謝しろよな」

白竜王は、ことさらに憎まれ口をたたく。六本の腕のうち二本をうしなっても、蚩尤の戦闘力は、さほど落ちない。むしろ多すぎる腕の数が適正化されたようなものである。皮肉な意味においては、実際、蚩尤は白竜王に感謝すべきかもしれなかった。

だが、傷を受けたことはたしかだ。蚩尤は憤怒と憎悪の咆哮をあげると、高々と跳躍した。宙に浮かんでいた雲のひとつに跳び乗る。

「蚩尤ッ！　お前だけは逃《のが》さぬ！」

白竜王の叫びは、彼自身の跳躍に追いこされた。彼は、蚩尤の乗った雲に、自分自身も跳び乗ったのである。

蚩尤が雲に乗ったのは、ただ逃走するだけのためではない。白竜王はそう見ていた。やつは時間をかせごうとしている。斬り落とされた腕も再生するかもしれない。なにしろ、一度は白竜王に両断されたのに、平然として再登場してきたのだから。

「決着をつけてやるからな」

雲を踏んで、白竜王は剣をかまえた。


戦闘は終結に近づいていた。仙界側の圧勝である。

青竜王は、何百人を斃《たお》したか知れぬ方天戟を立て、西王母の宮殿の屋根から、戦場を見おろしていた。もはや地上に牛種の姿はほとんどないが、「兄さん」と呼ばれて、はっと振り向く。

「……ああ、続か」

「どうしたんですか」

「いや、お前が何だか変な目つきでおれを見てるからさ」

「どう変なんです？」

始は青の上を指でかいた。

「何というか、ダメ亭主に溜息をついてる世話女房という感じ、かな」

続が笑った。

「それは茉理ちゃんだけに許される視線ですよ。ぼくは育ての親に、そんな視線は向けません」

そう言う続の峨眉新月剣も、どれだけの牛種を赤い粒子の雲に変えたか知れない。

ふたりの若い竜王は、屋根の上に並び立って地上を見おろした。

「思えば、おれたちは知らず知らず思いあがっていたなあ」

「思いあがっていたのは敵のほうですよ、兄さん。牛種《やつら》は、ぼくたち兄弟を支配しようと本気でたくらんでいたんですからね」

「おれのほうも、自力だけで、やつらを打倒できるつもりだった。だけど、西王母さまのご助力がなければ、どうなっていたか……」

「兄さんは自省心過剰ですよ」

「そうかな」

「言いかたに注意が必要ですけど、ぼくたちに助ける価値があったからこそ、西王母さまもぼくたちを助けてくださったんですよ」

IV

続が言葉を選んでいるのを知って、始は苦笑した。

「すまんな、いろいろ気を遣《つか》わせて」

「またそういうことを。当然だと思っていてくださいよ」

そこへ風が鈴を鳴らすような声がした。

「青竜王さま、紅竜王さま、西王母さまがお招きです」

美しいが、緊張した声である。青竜王と紅竜王は振り向いた。

視線の先、やはり屋根の上に立っていたのは、明るい緑色の羽衣をまとった女仙である。

「何だ、茉理ちゃんか。だれかと思った」

「わたしは西王母の第六女・太真王夫人……」

いいさして、茉理は笑い出してしまった。

「……あはは、やっぱりダメね。場所にふさわしい言葉づかいをしようと思ったけど、やっぱりガラじゃないわ」

青竜王こと始と、紅竜王こと続は顔を見あわせ、太真王夫人こと茉理と三人で、しばらく笑いあった。

「ま、礼儀は守るよう努《つと》めましょう。いきましょうか、兄さん」

「ちょっと待て、終と余は？」

「無事だそうよ。あとで来ると思うわ」

不吉な胸騒ぎもしなかったので、始は続や茉理とともに屋根をおり、あらためて西王母の宮殿にはいった。武器を仙女にあずけ、三人で客院にはいる。西王母は竜王たちを温かく迎え、慰労と謝礼の辞を述べると、媚闌《めいらん》と青娥《せいが》に指示して、茶菓の用意をさせた。突然、紅竜王が口を開いた。

「西王母さまにうかがいたき儀がございます」

「何でしょう」

「天帝の正体は、炎帝神農氏《しんのうし》ですね」

「…………」

「ふたりは同一人物でしょう？　いや、あんな超のつく怪物、人物などと呼ぶのは違和感がありますが、そう考えると、これまでの事実に納得がいきます」

西王母は、傍にひかえる九天玄女《きゅうてんげんじょ》のほうを見てから答えた。

「おそらく、紅竜王のいうとおりでしょう」

「おそらく、ですか」

「ええ、完全に然《しか》りとは申せないのです」

西王母がふたたび九天玄女を見やり、女王国の美しい怜悧《れいり》な宰相《さいしょう》が口を開いた。

「お許しを得て申しあげます。竜王がたが眠りにつくより旧《ふる》い三〇〇〇年の間、天帝はつねに御顔をかくし、ほとんど声のみで臣下に接しておられました。疑いはございます。ですが、確答はなしえないのです」

こんどは青竜王が問いかけた。

「蚩尤は言いました——生き残っている竜種はお前たちだけだ、と。これは事実でしょうか、虚言でしょうか」

西王母は静かに応じる。

「あなたたちが三〇〇〇年間、眠りについている間に、さまざまな変化がありました。わたしたちも、そのすべてを把握できてはいません」

「ご存じのことだけでも教えていただけませんか」

太真王夫人こと茉理は、知らず知らず両手をにぎって母を見つめている。

「敖家の軍九四万は、天帝おんみずからが、おあずかりになりました。以後、全員が三〇〇〇年の眠りについた旨《むね》、公表されました。それ以上のことはわからないのです」

「天帝とは、いわゆる神のことだと諒解《りょうかい》してよろしいのでしょうか」

「それは神の定義にもよります」

と、九天玄女が答えた。

「神が万物を創造したというなら、何が神を創造したのか？」

江戸時代の末期、日本の武士《サムライ》がアメリカの宣教師に対して発した問いだ。その時代、すでに「万物を創造した唯一絶対の神」という存在は破綻《はたん》していたといってよい。

こんどは西王母が問う。

「青竜王は、全能の神の存在を信じますか？」

「信じません」

はっきりと始は答えた。彼の中では、とうに答えの出ていた問題である。

「全宇宙を律する法則や原理を、まとめて『神』と称するのであれば、認めることができます。また、人間の良心を疑人化した神、天地万物に宿るさまざまな霊を神と称するのは受けいれます。なにしろ私の弟は、貧乏神を信じると公言しておりまして……」

いきなり話のレベルが下がって、一同の間に苦笑や微笑がひろがった。

「それで充分です。では……どこからお話ししましょうか」

そこへ、大きなボーイソプラノの声が伝わってきた。

「始兄さん、続兄さあん！」

それは明らかに、黒竜王こと余の声だった。兄たちが振り向くと、末っ子は自分の身体より大きな武器をかかえて走ってくる。六仙は外にひかえているのだろう。武器の名は長錘《ちょうすい》。柄の長さだけで一七〇センチをこえ、先端に直径二〇センチほどの鉄球がついている。強力な殴打用の武器だ。

余はその武器を床に放り出すと、長兄に飛びついた。「ひかえろ、西王母さまの御前だぞ」と言いながらも、顔をほころばせて、始は末っ子を抱きあげた。

「余、ケガはないな」

「もちろんだよ、兄さんたちも」

「当然だ。で、終はどうした？」

「え、いっしょじゃないの？」

余は大きな目をみはる。始はあわてて末っ子を床におろし、あらためて西王母への礼をさせ、終の所在について教示を願った。

目撃者が何人かいて、白竜王と蚩尤は雲上で激闘していたが、途中、空中で突然、姿が消えた、という。時空の間隙《かんげき》に落ちこんだのだ。

「兄さんが赤城王と闘ったときとおなじですね」

「あのとき、おれは一〇〇〇年以上往古《むかし》の中国に墜《お》ちた。叔卿《しゆくけい》が墜ちた場所と時間によっては、やっかいなことになるぞ」


雲の中を墜ちながら、白竜王と蚩尤は、激闘をやめない。上になり下になり、ついては離れ、刃をかわしあう。火花が散り、刃音がひびく。何十合か、それ以上か。勝負は、はてしない。

「すこしは強くなったなあ、蚩尤！」

白竜王は前回の闘いで、蚩尤を一刀両断しているから、余裕がある。くるりと位相《いそう》が反転して、灰色の大地が急接近してきた。ふたりは距離をとり、大地に激突する寸前で、一転して足から降り立った。

たちまち足もとから、雲ではない灰色の気体が立ちのぼる。

「ここはどこだ!?」

蚩尤は咆えた。弱い雨のように、天から塵《ちり》が降りつづいている。それが火山灰であることを、白竜王は察知した。だとすると――白竜王こと終は、周囲を見まわして、灰をかぶったプレートを発見した。

「NAVAL AIR FACILITY ATSUGI」

終は合点した。

「そうか、ここは厚木《あつぎ》のアメリカ軍基地だ――でも、おれってよくよくアメリカ軍基地に縁があるなあ」

かつて竜身と化してアメリカ軍横田《よこた》基地を壊滅させた終である。思わぬ形で人界の現代日本にもどってきて、苦笑せざるをえなかった。ほんのすこし位相がずれていれば、京都に墜ちていたかもしれない。

終は灰を振り落としていきおいよく立ちあがった。

「ここなら周囲に何の遠慮もいらないや。とどめを刺してやるぞ、蚩尤！」

「寝言は寝てから言え！」

蚩尤も立ちあがる。終より鈍重な動きだが隙を見せないのは、さすがというべきか。ただ、いまいる場所は見当がつかないようだ。

「ここはどこだ？」

「おれに勝ったら教えてやるよ」

「のぼせるな、孺子《こぞう》！」

両者は灰を蹴って跳《と》び分かれた。どうやら滑走路のようだ。火山灰のために使用されない長大な滑走路。まったく、闘う以外に使いようがない。

七星宝剣をひらめかせて、白竜王が突進する。四本の巨腕に四種の武器をかまえて、蚩尤が迎えうつ。

「錚《ジャキン》！」「錚《ジャキン》！」

金属音が降灰のなか、たてつづけに彼らの耳をつらぬく。異形の怪物と、甲冑をまとった少年の姿は、だれも見ていないはずであった。だが、いたのだ。停機したままの輸送機の蔭から、息をのんで決闘を見守る者たちが。昆虫人間のような姿の彼らは、灰よけのフルフェイス・ヘルメットを着用したアメリカ兵たちであった。

彼らの背後から、命令が飛んだ。

「何をボサッとしてる、撃ち殺せ！」

アメリカ兵たちは仰天した。命令を下した士官らしい人物を、おずおずと見やる。

「で、ですが、ひとりは子どもです」

「それがどうした。アフガンにもイラクにも、ガキのゲリラはおったぞ」

この基地に、「軍属」と称する奇怪な一団をつれこんできたダンフォース少佐であった。

第八章　灰は降る

I

在日アメリカ軍の厚木基地では、奇怪な事態をむかえていた。空中から突如、ふたりの人物が出現し、火山灰の降りそそぐ基地内で闘いをはじめたのだ。

「ふたりではなく、ひとりと一体だ」

という報告もあった。一方が京劇《ペキン・オペラ》風の甲冑を着こんだ少年であるのに対し、もう一方は昔の秘境冒険映画に登場しそうなモンスターであったからだ。

「どちらにせよ、侵入者にはちがいない」

基地首脳部はごく順当な判断を下したが、対応については意見が分かれた。

「身柄を確保せよ」

「問答無用だ、射殺しろ」

アメリカ軍の意向などおかまいなしに、白竜王《はくりゅうおう》こと竜堂終《りゅうどうおわる》と蚩尤《しゆう》は、武器をふるって闘いつづけている。まだ両者とも疲れを知らず、スピードもパワーもおとろえない。蚩尤の四本の巨腕は、めくるめく速さで偃月刀《えんげつとう》や戦斧《せんぷ》をくり出したが、ことごとく終にかわされた。もちろん終も激しく斬撃を返したが、受けとめられ、はね返される。灰は上から降るだけでなく、足もとからも舞いあがって、両者を辟易《へきえき》させた。

アメリカ軍の兵士たちは、混乱し、困惑して、茫然と見守るばかりである。

ダンフォース少佐が怒号した。

「あのガキは少年の皮をかぶったモンスターだ。殺せ、早く殺せ！」

背中や肩を突き飛ばされた二、三名の兵士が、うろたえ気味に自動小銃を発砲した。また数名が、それに倣《なら》う。レーザー照準器がそなえられていても、濃い灰のため効果が下がる。

銃声が連鎖したが、その寸前、闘う両者は跳んで移動していた。さらに連射がつづき、いくつか命中したが、少年の甲冑もモンスターの皮膚もつらぬくことができなかった。

「対戦車ライフルと重機関銃を持ってこい！　何としても殺せ。何をぐずぐずしておるんだ！」

ダンフォース少佐が、おどおどする兵士たちをにらみわたした。

「きさまら、抗命罪《こうめいざい》になりたいか」

両眼に悪意の炎がちらつく。

「不名誉除隊のあげく、恩給ももらえず、ホームレスになって、ニューヨークの地下鉄で乗客に小銭をせびる人生を送りたいか」

兵士たちがヘルメットごしに困惑の視線をかわした。

「きさまらの代わりは、いくらでもいるんだ。最新ハイテク兵器の時代に、きさまらなど敵の弾よけにしかならんが、それでもアメリカ市民権ほしさに軍隊入りする不法移民どもは算《かぞ》えきれん。クビになりたいか」

制止しようとしてダンフォース少佐に無視されたアボット中佐は、司令棟のなかへ駆けこんで、上官たちをつかまえ、危機をうったえた。

「ダンフォース少佐の独断専行は目にあまります」

アボット中佐は激しくうったえたが、上官の反応はかんばしくなかった。ダンフォース少佐にかかわりたくないのである。

「ダンフォースには、国家機密にもとづく特命が課せられているそうだ。彼を妨害せず、協力してやれ」

「ですが、子どもを射殺した、ということになれば、基地内の事案としても、同盟国民の反感を招きますぞ」

「…………」

「それでなくとも、基地周辺の住民が、すくなからず行方不明になっております」

上官は鼻を鳴らした。

「それがどうかしたのかね」

「は……？」

「住民の行方不明と、わが基地との間に、何の関係がある？　中佐、君はジャパンの反米極左の連中に洗脳されて、わが基地がジャパンの法律を無視している、とでも言いたいのか」

アボット中佐は胆をつぶした。そんなだいそれたことは考えていない。ダンフォース少佐が気にくわないだけのことである。彼は冷汗を流しながら弁明に努《つと》め、結果として時間を空費した。

「本国《ステーツ》へ連絡いたしますか？」

「バカ者、よけいな所業《まね》をするな！」

「イエス・サー……」

「まだ早い」

上官はうなり声をあげた。

「そんなことより、早く侵入者を排除したまえ！」

フルフェイスのヘルメットをかぶった重装備の下士官と兵士が五〇名、標準装備の兵士が八〇名、ようやく組織的に出動した。そのときすでに、装甲車三両と四輪駆動《4WD》車八台が、決闘者たちの巻きぞえをくって破壊されている。

いちおう拡声器で警告を発してから、アメリカ軍は攻撃を開始した。まず自動小銃の射撃からはじまり、終と蚩尤の周囲に着弾の火花が散る。だが、少年の姿だからか、終への銃撃は比較的すくなかった。

蚩尤に対しては、遠慮なく銃弾があびせられた。彼は見るからに人外のモンスターであるから、アメリカ兵たちにも、ためらいはない。しかも、撃っても撃っても倒れないから、銃撃は熾烈《しれつ》になる一方であった。

銃弾をかわしながら、そのありさまをながめていた白竜王こと竜堂終は、蚩尤が宿敵であることをつい忘れて、しみじみとつぶやいた。

「うーん、見た目ってだいじだよなあ。おれみたいな美少年だと、けっこう得するんだな。気がつかなかったけど」

冑《かぶと》ごしに、げんこつが降ってきた。

「何を戯言《ざれごと》をいってる！　まったく、よけいな騒ぎをおこして」

「いてえな」

げんこつの主のほうをにらんで、終は絶句した。仙界《せんかい》の甲冑に長身をつつんで、長にしていた。

兄の始《はじめ》が立っている。その左右には、次兄の続《つづく》と末弟の余《あまる》。いずれも仙界の武器を手

「な、何でみんなここに……」

「お前が蚩尤と闘いながら時空の間隙《かんげき》に落ちたから、捜しに来たんだ。一〇〇〇年前と逆のパターンだな」

「わざわざ、そろって来なくてもいいのに。蚩尤なんて、おれひとりで……」

「終君を放っておいて、元気に暴れまわっているようですね」

そう皮肉られて、降灰と銃煙とをすかし見ると、蚩尤が三人の兵士の乗ったジープを四本の腕で頭上高く持ちあげ、「うおお」とひと声、アメリカ兵の列に投げつけたところであった。

兵士たちは悲鳴をあげて跳びのき、ジープは地に激突した。三人の不運な兵士を道づれに、ジープはオレンジ色の炎をあげ、爆発したエンジンから黒煙を噴きあげる。跳びのいて生命びろいした兵士たちが、ヒステリックな喚声《かんせい》をあげながら銃を乱射する。蚩尤は歯牙《しが》にもかけず、終のほうへ向きなおった。

駆けつけたアボット中佐が、ベテランの下士官をどなりつける。竜堂兄弟を指さして、

「あの京劇《ペキン・オペラ》の俳優みたいな連中は、どこからわいて出たんだ!?」

「うろたえおって。灰にまぎれて侵入してきたんだろう」

「く、空中から突然……」

「あの恰好で、フェンスを越えたんですか？　いったい何の目的で？」

アボット中佐はどなった。

「私に尋《き》くな！　目的は反基地テロだろうが、そんなことはどうでもいい。不法侵入だ。つかまえろ！」

「射殺ではなく？」

「まず、生かしてとらえるんだ」

灰のなかからあらわれた侵入者たちは、アメリカ軍の事情を斟酌《しんしゃく》しなかった。咆哮をあげて蚩尤がせまってくると、四人四様に武器をかまえて迎撃した。三男坊より長男のほうが先に躍り出た。

青竜王《せいりゅうおう》こと始の方天戟《ほうてんげき》と、蚩尤の戦斧とが激突する。刃鳴りは雷鳴を思わせ、火花は灰のなかで華麗にきらめいた。両者の位置が入れかわり、第二撃の応酬が、さらにつぎの激突を生む。

「お、おい、とめなくていいのか」

「とめる!?　どうやって？」

「おれたちの出る幕なんてないぞ」

兵士たちが進退に迷っていると、冷たく冴《さ》えた声が彼らに応《こた》えた。

「そのとおりです。ジャマしないでください」

続の蛾眉新月剣《がびしんげつけん》が閃光の輪を描くと、一度に三丁の自動小銃が銃身を両断された。わっと悲鳴を放って、兵士たちはまたも跳びのく。

そんなことはおかまいなしに、戟と斧の激突は二十余合におよんだが、始が相手の猛撃を受け流しざま、下から上へ雷光一閃、斬撃を放った。

蚩尤の手が一本、戦斧をにぎったまま宙を飛んだ。灰の上に赤いものをまきちらしながらころがる。

「投降しろ、蚩尤！」

戟の刃を突きつけながら、始が一喝する。蚩尤は血笑《けっしょう》でむくいた。

「仙界の捕虜になる気などないわ。おれが投降をすすめたら、きさまはそれにしたがうか」

「なるほど、だが腕が三本ではバランスが悪かろう。もう一本、落としてやろうか」

「よけいなお世話だ。刻《とき》が立てば、また生《は》えてくるわ」

そのときまで、両者の死闘に見とれて、だれも気がつかなかった。ダンフォース少佐の管理下にあるホーンテッド・ハウスの扉が音もなく開いて、異形の影がいくつも降灰のなか、せまってくることを。

シャアという舌音《ぜつおん》に、はっとした兵士のひとりが振り向いて銃口を向ける。同時に影が躍りかかり、兵士が発砲するより早く、彼の右腕に牙をたてた。

II

「うわーッ、うわーッ……！」

右腕を喰いちぎられた兵士は、傷口から鮮血をまき散らしながら灰の上をころげまわった。僚友たちは愕然《がくぜん》と息をのんだ。

「み、味方を……」

アボット中佐のあえぎ声に、冷然と、ダンフォース少佐が応じる。

「そんなところにいるのが悪いのです」

べつの兵士が叫んだ。

「このままじゃ、おれたちのほうが、皆殺しにされるぞ」

「自由の戦士《ウォーリア・オブ・フリーダム》は人血の匂いに惹《ひ》かれるのだ。死にたくなければ、さっさと侵入者どもを始末しろ」

ダンフォース少佐が、竜堂兄弟と蚩尤とをまとめて指さす。自己判断力をマヒさせ、命令を欲していた兵士たちが乱射をはじめた。

「終兄さん、あいつら、富士山の近くで見たよ」

「ああ、アメリカ軍と遇《あ》ったときだな。トカゲ形のやつらだ。気をつけろよ、余、あいつら、敵も味方も、みさかいないからな」

終が身がまえると同時に、トカゲ兵がおそいかかってきた。上から、左右から、前後から、声もなく、ただ殺意と血への渇望に突き動かされて。

終は竜は竜でも土竜《モグラ》ではなかったから、下へ逃げるわけにはいかなかった。彼がとっさに選んだのは跳躍である。上へ逃げたのではない。攻撃したのだ。

終がかぶっていた冑《かぶと》の角が、猛然たるいきおいで、空中のトカゲ兵の腹に突き刺さる。トカゲ兵はシューッと苦悶の舌音を発した。おかまいなしに終は宙で一転する。トカゲ兵の身体が血を噴きながら落下する。終は着地した。灰の上に、ではなく、べつのトカゲ兵の頭上に。そしてトカゲ兵が手をあげるより早く、その頭を蹴って、五メートルほど離れた地上に降り立った。

「蚩尤は？」

蚩尤はトカゲ兵の尻尾をつかむと、絶大な膂力《りょりょく》をふるって振りまわしていた。トカゲ兵たちは、公平に蚩尤をもおそったのだ。トカゲ兵たちに闘う方策はなく、ただ血に渇いて無差別に攻撃しているのだろうか。蚩尤が手を放すと、トカゲ兵は宙を飛んで落下した。

「すごいな」

「あれに似た光景を見たおぼえがあるぞ」

始は小首をかしげた。ゆっくり想い出している暇はなかった。トカゲ兵たちは終以外の竜堂兄弟にもおそいかかってきたからだ。

「どけ！」

通じるかどうかわからないが、一喝しておいて、始は右に左に方天戟をくり出した。青竜王たる者が容赦なく武器をふるえば、どういうことになるか、トカゲ兵たちは身をもって知ることになった。つらぬかれ、斬り裂かれていく。

余がすぐ上の兄に話しかけた。

「蚩尤って強いね」

「ま、何にしろ、小早川奈津子《こばやかわなつこ》より強くはないんじゃないの」

兄弟たちの視線を一身にあびて、終は、自分の失言をさとった。あわてて、七星宝剣《しちせいほうけん》を持っていない左手を振ってみせる。

「冗談、冗談。ユーモア、ユーモア。気にすることないって」

「この迷惑者が！　せっかく忘れていたものを、想い出させやがって」

長兄が理不尽な台詞《せりふ》を吐き、次兄は峨眉新月剣の柄で三男坊をこづいた。末っ子は溜息をつかんばかりの表情で肩をすくめる。

終はむくれた。

「ああ、みんなを不愉快にして、おれが悪かったよ。こうなりゃ、おれが蚩尤をやっつけて、責任をとってやるさ」

終はろくに助走もせず、飛燕《ひえん》のようにホーンテッド・ハウスの屋根に跳びあがった。彼の兄弟たちもそれに倣う。空中から蚩尤に攻撃をかけるべく、走り出そうとしたとき。

突然、揺れた。

視界が揺れ、大地が揺れ、ホーンテッド・ハウスの屋根が揺れる。屋根の上の四人兄弟は、たくみにバランスをとって転落をまぬがれた。

「うわあ！」

地上では、地震というものがめったにない国から来た兵士たちが、右へよろめき、左に転倒し、灰のなかであらたなパニックにおちいっていた。

「富士山がまた噴火した」

「まだそんなエネルギーが……」

かろうじて西とわかる方角へ目を向けると、一面の灰色の視界のやや上方に、くすんだオレンジ色の光のかたまりが見えた。その周囲に雷光が奔《はし》る。

「ちくしょう、また西風《ガッデム》だ。灰が降ってくるぞ！」

「ああ、やってられねえ、もうたくさんだ」

「本国《ステーツ》に帰りてえよ」

「立ちあがれ、列をととのえろ。きさまら、それでも軍人か！」

兵士たちを、下士官がどなりつける。

そのとき、はじめて空が鳴った。ドオンともゴゴともつかぬ異様な天の叫喚《きようかん》。富士山の火口から厚木基地まで、爆発音が達するまで、三分半に近い時間が必要だったのだ。

「た、退避しましょう」

「バカ者、何のための最新装備だ！」

叱咤する声も、悲鳴に近い。

もはや兵士たちは、優先順位を見失っていた。結局、それは上官たちの罪であったが、彼らにしてみれば、火山の災厄につい て罪のつぐないようがなかった。

最初から秩序や規律と関係ない者たちにとっては幸運だった。竜堂兄弟と蚩尤とトカゲ兵たちは、三つどもえの形で闘いつづけていた。もっとも害をこうむったのはトカゲ兵たちであったが、彼らのほうから闘いに割りこんできたのだから、しかたない。

余の長錘《ちようすい》の先端についた鉄球が、トカゲ兵の頭部を撃ちくだいた。

トカゲ兵は血と脳漿《のうしょう》と頭蓋骨の骨片とを周囲にまきちらしながら倒れ——なかった。頭部をうしなった胴体と手足と尾は、もともと頭などなかったかのように、動きまわり、暴れまわった。うなりを生じて回転した尻尾が、兵士の顔面を強打する。横転する兵士の顔から、折れた前歯と鼻血が飛散する。

「このトカゲ野郎！」

自動小銃が、軽機関銃が、狂乱の弾丸を吐きまくる。アメリカ軍の基地なのに、アメリカ兵たちは脇役に追いやられていた。逃げ出したいが、そうできない以上、眼前の「敵」をたたくしかない。

アボット中佐は、続に襟首をつかまれて引きずられていた。周囲を守っていた数名の兵士はすでに灰の上でのびている。

「さて、あなたは上級士官らしいが、すこし事情をうかがいたいですね。あのトカゲ兵はいったい何です？」

「すべてダンフォース少佐がひとりで、個人的にやったことだ。私は知らん、何も知らん！」

「そうかい」と終。

「ほんとうだ！」

実際ほんとうだったから、アボット中佐の声には真実味がこめられていた。竜堂兄弟が、どうやらほんとうらしい、と感じるていどには。

　本格的に灰が降りはじめた。視界が利《き》かない無彩色のキャンバスを、赤く青く火線が切り裂き、銃声や爆音に、怒号や悲鳴がまじる。厚木基地はもはや後方基地ではない。戦場そのものだった。

　アボット中佐は、八輪の巨大なトレーラーの蔭に引きずりこまれた。あいかわらず灰は降りつづき、降りつもり、車体に着弾する音がやまない。

　四人の「京劇俳優」が、アボット中佐を包囲した。四人とも若く、とくにふたりはほんの少年だった。また四人とも、タイプはちがうが秀麗な容貌をしている。ただし、顔に浮かんだ表情は、はなはだ非友好的だった。

　最年長の青年が口を開いた。へたな英語だった。

「あのトカゲ兵たちは、いったい何だ？　弟たちが富士山の近くで見たと言っている。あんなやつらを配属して、何をたくらんでる？」

「いったいだろう？　ダ、ダンフォース少佐が一存でやったことだ」

　アボット中佐はあえいだ。

「我々は何も知らん。知らされていなかったし、知ろうとすれば抹殺されていただろう。ダンフォースは本国《ステーツ》の上層部《おえらがた》と直結してたんだからな」

「四人姉妹《フォー・シスターズ》か」

始と続は顔を見あわせた。

その間、灰のなかの混戦は、血なまぐさい混乱へと低質化しつつあった。ついに対戦車ライフルが持ち出されたのだ。

「撃《ファイアー》て！」

対戦車ライフルの大口径弾が、死の雨となって蚩尤の巨体に降りそそぐ。その轟音《ごうおん》と煙は、降灰のスクリーンを破って、竜堂兄弟にも降りかかってきた。つぎは竜堂兄弟も直撃にみまわれるだろう。

「ストップ！」

終が声を張りあげた。

「こっちは堂々と一騎打ちをやってるんだ。じゃまするのはやめろ！」

なかなかりっぱな発言だったが、轟音にかき消されがちなうえ、英語ではなかったので、パニック寸前の兵士たちには理解してもらえなかった。

混乱のなかで、始が躍った。灰を舞いあげて地を蹴り、アメリカ兵の列を方天戟の柄で薙《な》ぎ倒すと、指揮者らしい士官の襟首をつかむ。ダンフォース少佐であった。

Ⅲ

「四人姉妹《フォー・シスターズ》の下っぱか。まだ『染血の夢《ブラッディ・ドリーム》』の残りかすを求めているのか」

ダンフォース少佐は、口のなかにはいりこんだ灰を唾とともに吐き出した。

「……きさま、何をどれだけ知っている？」

「四人姉妹《フォー・シスターズ》は、もう終わりだ。それだけで充分だ」

歯をむき出して、ダンフォース少佐は嘲笑《ちょうしょう》した。

「四人姉妹《フォー・シスターズ》は終わらん。低調になったかもしれんが、すぐに復活する。その前に終わるのは、きさまらのほうだ」

「さらにその前に終わるのは、あなたのほうですね」

冷然たる声とともに、ダンフォース少佐の頸《くび》に細い白刃があてられた。続は、相手の灰にまみれた顔のなかで狂熱にぎらつく双眼に、嫌悪の視線を向けた。

「この分だと、まだまだ各地で騒動がおこりそうですね、兄さん」

「ああ、四人姉妹《フォー・シスターズ》の下っぱが、親分たちが無力化したので、暴走をはじめたわけだな」

「何とでも言え、いまのうちだ」

ダンフォース少佐は、兵士たちをかえりみて、射殺しろ、と命じた。

兵士たちが、混乱しつつ命令にしたがおうとしたとき、四個の人影が四方へ跳んだ。たちまち兵士たちは、四人の青少年が生み出す暴風に巻きこまれた。

四人は兵士たちを殺したくなかったから、本格的に武器は使わない。始は方天戟の柄でなぐるだけ、終も剣の平《ひら》でたたくだけである。あとは手と足だけであったが、兵士たちは、ばたばたと灰の上に倒れ、ひっくりかえった。

「やたらと撃つな！　味方にあたる」

これはアボット中佐の声だが、ほとんど効果はなかった。続が、飛来する大口径の銃弾を剣でまっぷたつに切断する。その瞬間に、ダンフォース少佐は灰の上にころがって危険から逃《のが》れた。また拡声器の声がひびく。

「一匹でも基地の外に出すな！」

言うは易《やす》しだな、と、アボット中佐は思った。上層部の焦躁《しょうそう》はわかる。トカゲ兵が基地の外に出て、周辺の住民を殺戮《さつりく》したら、日米関係があやうくなる。姿を見られるだけでも充分まずい。

「射殺してもよろしいですか」

「射殺？　バカを言うな。あれ一匹に何百万ドルかかっていると思うのだ」

射殺するのは侵入者だけ、というのは、それなりに当然の指示ではあるが、トカゲ兵たちは、味方のはずのアメリカ兵におそいかかって、鋭い牙や長い爪で血をしぶかせる。あわてふためいて拳銃を引きぬこうとする、その手が切り裂かれて、兵士が横転する。すこし冷静さを保《たも》つ者は、建物や自動車のなかへ逃げこもうとする。その背中にトカゲ兵が飛びつき、引きずり倒す。

兵士たちは、だれと闘い、だれを撃てばいいか、わからなくなっていた。肝腎《かんじん》の侵入者たちがどこで暴れているかも判然としない。

「あいつら、ホーンテッド・ハウスにはいっていったようです」

「つれもどせ」

アボット中佐は呼吸をととのえた。

「もし抵抗したら、やむをえん、必要な措置をとれ」

「射殺」という言葉を使いたくないていどには、アボット中佐の冷静さは保《たも》たれていた。後日になって、「射殺命令を出した責任をとれ」と言われないためである。

アボット中佐は、すぐにでも宿舎に駆けもどりたかった――否、輸送機が動かせるものなら、飛び乗って、故郷のミネソタ州に帰りたかった。しかし、いくらかの勇気と、それ以外の何かが、彼の行動を決定した。好奇心であったかもしれない。こんなドサクサにまぎれでもしなければ、ホーンテッド・ハウスにはいることなど不可能である。

彼は二〇人ほどの下士官と兵をかきあつめて、不可侵の建物にはいった。突然、彼の指揮下に入れられた兵士たちは、きわめて消極的だったが、すくなくとも逃げようとはしなかった。

アボット中佐は兵士たちに、つぎつぎとドアを開《あ》けさせた。建物の不可侵性を過信してのことか、鍵《かぎ》のかかった部屋はひとつもなかった。四つめの部屋で彼が出くわしたのは、虚《うつ》ろな眼窩《がんか》で彼を見つめるドクロの山だった。

アボット中佐の声がかすれた。

「何だ、これは？」

「じ、人骨です」

「人骨はわかっとる！　何でこんなところに人骨があるんだ⁉」

「自分に尋かれても……」

ささやきあいながら、アボット中佐の一行は先へ進んだ。ハリウッドのB級アクションヨン映画に出演しているような気分に、だれもがなっていた。とすれば、いちばん先に死ぬのはだれだろう……。

答えはすぐに出た。最後尾にいたケントという上等兵が奇声を発した。仰天して振り向いた僚友たちは見た。錯乱したように両手を振りまわしながら、脚のほうからドアの蔭《かげ》に引きずりこまれるケントの姿を。ドアが内側から閉められる寸前、トカゲ兵の尻尾がちらついた。

「ダンフォースのやつめ、ここでいったい何をやっていやがった？」

どうせ、ろくでもない研究か実験か訓練かであろう。いずれにしても、ケントを放っておくわけにはいかない。

「ドアを開《あ》けろ！　鍵をこわしてもかまわん」

彼の許可で銃弾が撃ちこまれる寸前、隣のドアが開いた。反射的にアボット中佐が拳銃を向ける。

「だれだ⁉」

「こまった人だ」

あざけるような声に、一同が視線を集中させると、ダンフォース少佐が立っていた。その左右には、フードを深くかぶり、長すぎるコートを着こんだものが、ひかえている。

「ダンフォース少佐、君は……」

「こいつらが好む人肉を調達するだけで苦労しているところへ、まったく、よけいな所業《まね》をしてくれる」

アボット中佐は悲鳴を禁じえなかった。

「く、食わせたのか、基地周辺の住民を……」

「マウント・フジの噴火で行方不明になった、といえばすみますからな」

「すむか、バカ者が！」

アボット中佐の声がうわずり、兵士たちは蒼《あお》ざめた灰だらけの顔に汗を流して慄《ふる》えた。侵入者を追ってホーンテッド・ハウスにはいりこんだはずが、食人鬼《グール》の巣にはいりこんでいたのだ。

「日米地位協定によって、日本の警察は基地内にはいれません。ご安心を」

すべて計算の上だ、と言わんばかりのダンフォース少佐の態度が、アボット中佐には、底知れず、おぞましかった。

「骨はまとめて砕き、火山灰にまぜて棄《す》ててしまえば、物証も残らない。日本政府も、本気で調査などしないでしょう」

「ダ、ダンフォース少佐、君はどこまで……」

アボット中佐はうめいた。彼は軍部と共和党の支持者で、自分は愛国者だと信じていたが、それにも限界があった。そして、部下たちの自制心にも。

「うわあああ……！」

兵士のひとりが絶叫した。踵《きびす》を返して、入口方向へと走り出す。

「おい、待て」

アボット中佐は呼びかけたが、ムダなことだ、と、わかっていたような気がする。ころがるように遠ざかる兵士の背に、いきなり上方から黒い影が落ちかかった。そいつは天井に張りついて、ひとりだけの獲物が下を通るのを待ちかまえていたのだ。

両者はもつれあって床に倒れた。銃声と、バリバリと何かを食い破る音とが入りまじる。立ちつくすアボット中佐に、ダンフォース少佐が問いかけた。

「で、どうします、中佐？」

「上層部《おえらがた》が決めてくれるさ」

アボット中佐は吐きすてた。何のために少将や准将《じゅんしょう》がいるのだ。あいつらこそ、責任をもって、この惨事を収拾すべきではないか。

彼らが揉《も》めている間に、不逞な侵入者たちは闘いをつづけていた。基地中を跳んだり走ったり、あるときは屋根から屋根へ。ホーンテッド・ハウスのなかにはいらず、蔭にまわっただけだった。灰のなかで、アメリカ兵たちは誤認したのだ。

「考えが変わりました」

窓から屋外をながめて、ダンフォース少佐が言う。あんがい余裕のない声に思われた。

「どう変わった？」

疲れきった声で、投げやりにアボット中佐が問う。

「侵入者どもは射殺しません」

「どうする気だ」

「やつらをとらえて、クローンでもつくりましょうか」

「冗談も、ほどほどにしろ。笑えんぞ」

自制心が限界をこえようとするのを、アボット中佐は必死でおさえた。

「もう出るぞ」

「あの……ケントたちは？」

「あきらめろ」

兵士たちは肩を落とした。

狂気が点滅するダンフォース少佐の両眼を見て、アボット中佐はさとった。こいつはこいつなりに必死なのだ、と。ダンフォースは本国《ステーツ》との間に太いパイプを持っているが、そのパイプは永遠不朽のものではない。課せられた任務に失敗すれば、パイプの栓はたちまち閉められるだろう。そしてダンフォースは、これまで権力に奉仕して失敗した連中と同様、二度と陽のあたる場所には出られなくなる……。

アボット中佐はダンフォース少佐の窮状を理解したが、同情も同調もしなかった。こいつは天罰を受けたのだ。自分で選んだ道に、深い深い陥《おと》し穴があったというわけだ。醜態《ざま》を見ろ。

アボット中佐は心のなかで笑ったが、その笑いは数秒後に凍りついた。ダンフォース少佐の暴走が、さらに加速したのだ。

Ⅳ

出現した小部隊は、完全武装でありながら銃を所持していなかった。背中にタンクらしきものを負《お》い、そこから伸びるホースを手にしていた。

「おい、どうするつもりだ」

「侵入者どもに、銃は効《き》かないようです」

「いまごろわかったか」

「わかりました。ですから、べつの策《て》を使います」

アボット中佐は思わずのけぞった。

「火炎放射器を……！」

中佐が絶句する間に、火炎放射器をかまえた六人の特殊部隊員は行動を開始していた。火炎放射器のノズルは、闘いつづける侵入者たちに向けられた。ノズルから炎が噴き出すと、ダンフォース少佐が調子はずれの声でわめいた。

「焼け焼け、みんな焼いてしまえ！」

アボット中佐は何度めかのうめき声を発した。ダンフォースの野郎、証拠を湮滅《いんめつ》するつもりだ。ホーンテッド・ハウスにまで炎を向けてやがる。

竜堂家の四人兄弟は、電光石火の迅速《はや》さで炎を避けた。始は余をかかえて跳びすさり、続と終は装甲車の上に跳び乗る。蚩尤はわずかにおくれた。そのわずかな差が明暗を分けた。蚩尤の巨体を、三、四本の炎の腕がつつみこむ。

蚩尤は咆哮した。さらに炎があびせられ、蚩尤の巨体は炎のかたまりと化した。同時に彼は跳躍した。一瞬でアメリカ兵の列のなかに立つ。

燃えさかる蚩尤の手が、ダンフォース少佐の頸《くび》にかかった。

ダンフォース少佐の顔が赤黒く変色し、両眼に恐怖と狼狽の色があふれた。呼吸のためか発声のためか、大きく口をあけ、舌を突き出す。宙に浮いた両足を振って蚩尤を蹴りつけたが、何の効果もない。

一〇秒と要さなかった。ぐしゃり、と、いやな音がして、ダンフォース少佐の口から血が吐き出され、両腕両脚が力をうしなって垂れさがり、両眼が白濁する。蚩尤はダンフォース少佐の頸をにぎりつぶした。骨も気管も血管も、まとめてにぎりつぶしたのだ。

頸部が異様に細くなり、グロテスクな人形めいた姿と化したダンフォース少佐の死体を、蚩尤は、めんどうくさげに地に放り出す。灰が舞いあがる。燃えつづける巨体めがけて、アメリカ軍の銃火が集中する。

かつて蚩尤は四人姉妹《フォー・シスターズ》や共工《きょうこう》を通してアメリカ軍を支配していたはずだった。だが、いまや再生能力をこえる火力が蚩尤の身に炸裂《さくれつ》し、流血させていた。兵士たちは恐怖し、恐怖を忘れるための狂乱に逃げこんで蚩尤を殺そうとしている。蚩尤の腕がちぎれ、目がつぶれ、腹に穴があいた。

蚩尤は残された目で、竜王たちの姿をさがした。黙然とたたずむ始と視線があうと、口が開いて牙が根元までむき出しになった。

「首はやらんぞ」

蚩尤は咆えた。否、たけだけしく哄笑《こうしょう》した。ふたつの眼と四本の腕をうしない、全身いたるところから血を噴き出しながら、この牛種《ぎゅうしゅ》の猛将は、屈することなく歩み出す。一歩ごとに生命力を流出させながら、炎上するホーンテッド・ハウスへと近づいていく。

「もうティラノザウルスを五〇頭は射殺してるぞ」

銃声をぬって、畏怖の声がもれた。

「もういいだろ、やめろよ」

立場を忘れて、終が兵士たちに叫んだ。その肩を、始がおさえた。

「見とどけてやろう。おれたちに同情されるのは屈辱だろう」

蚩尤は血と肉のかたまりとなって、燃えさかる炎のなかへ歩み入った。黒影が炎のスクリーンに映し出され、深紅と黄金色がひときわ大きくなる。音響とともに建物がくずれ落ち、すべてが炎にのみこまれた。

次男坊が兄を見やった。

「あの怪物、再生しませんかね」

「するかもしれんな」

「いいんですか？」

「そのときは、また闘うまでさ」

始は周囲を見まわした。おそるべき敵を葬り去ったアメリカ兵たちは、気力も体力も費《つか》いはたした状態で、灰の上にへたれこんでいる。

「『敵ながらあっぱれ』とか言うんじゃないの、こういうときは」

余が長兄を見あげる。始は苦笑した。

「そうだな。だが、ここはさっさと逃げ出したほうがよさそうだ」

弟たちは同意した。

「せっかく地上へ来たんです。幕府のことが気になるし、京都へ行きましょう」

「そうしたいのは山々だが……」

始は顔についた灰と煤《すす》を手で払い落とした。

「この点はアメリカ兵のいうとおりだ。こんな京劇俳優みたいな服装《なり》じゃ、京都まで行けないな」

「アメリカ軍に服を貸してもらいましょう」

続が提案した。

「厚木基地の潰滅《かいめつ》をふせいであげたんですからね。それくらいは借りてもいいでしょう」

四人は武器を肩にかついで歩き出した。アメリカ兵のひとりが、ふらふらと立ちあがって自動小銃を向けたが、アボット中佐が制した。

「よせ、あいつらには、とっとと出ていってもらおう。これ以上は、もうたくさんだ」

兵士は銃をおろし、ふたたび灰の上にへたりこんだ。

なお灰が降り、煙が流れるなかで、嗅覚《きゅうかく》のするどい終が補給倉庫を見つけ、四人はそこで物資を調達した。

アメリカ軍にも、小男はいる。最小サイズの野戦服が、どうにか余の身体でも着ることができた。それでも、上着の袖とズボンの裾《すそ》はまくらねばならなかった。

「さて、どうやって出ていきましょう？　基地の外がどうなっていることやら」

「まあいいさ、アメリカの軍用車に乗っていれば、あやしまれないだろう。あやしいと思っても、手は出せん」

かくして、一台の四輪駆動車が調達された。降灰をさけるため、屋根つきである。

毒ガスにでもそなえてのことか、空気清浄器までついていたのは幸運だった。ついでに終が大量の軍用食《レーション》やミネラルウォーターをつみこむ。ぬいだ甲冑もつみこんだので、車内はいささか手ぜまになった。

始がハンドルをにぎり、助手席に余、後部座席に続と終が乗りこんで、車は走り出した。

ゲートの手前で、それまで沈黙していた末っ子が声を発した。

「月から仙界、そしてこの基地でしょ？　ぼくたち、なんど闘えばいいのかしらね」

「疲れたら休んでろ」

「そういうこといってんじゃないよ」

末っ子にはめずらしく、すこしいらだったような声である。長兄はそれを察して、態度をあらためた。

「そうだな、おれたちはいつまで、なんど闘えばいいんだろう。蚩尤はいった、めざめたからには永遠に闘え、と。その意味を考えたほうがよさそうだな」

ゲートはあっさり突破された。基地の外に出ると、灰色の世界が彼らを迎えた。人の姿は見えない。考えてみれば、あたりまえだ。善良な市民たちは、基地内の銃声におびえ、扉や窓を閉めて家にこもっているだろう。

始は車首《しゃしゅ》を北へ向けた。富士山がまたも噴火した以上、西や南へ向かう選択肢はない。

つもった灰の上と、降りつづく灰の下を、車は走りつづける。べつの惑星の地表を走っているような気が、四人をとらえた。

長男が慎重にハンドルを操作しながら、

「なあ、余」

「なに？」

「蚩尤とダンフォース少佐とかいったやつ、どちらがより悪いやつだと思う？」

余は、描いたように形のいい眉をしかめて、兄の質問を咀嚼《そしゃく》するようすだった。

「……わからない、ごめんなさい」

「あやまることはない」

「そうだぞ、余、始兄貴の質問は無理難題ってもんだ。おれにいわせりゃ、どっちも悪いやつ。だから亡びて、正しいおれたちが生き残った。それでいいだろ？」

「正しいですかね、ぼくたちが」

後部座席の次男坊と三男坊に、バックミラーごしの視線を向けて、長男は、肩をすくめる口調で語りかけた。

「そら、おれたちは、そのていどのことすら明快には答えられない。終の考えは、いまのところそれでいいが、永遠に生きるとしたら、いずれ壁にぶつかる」

「そうですね」

「……どうやら修行が必要なようだな」

アメリカ軍から調達した車は、灰のなかを健気《けなげ》に走りつづけた。

第九章　地上《ここ》より永遠《とわ》に？

I

布施《ふせ》官房長官は、無線通信のマイクに向かって、どなりたてていた。

「厚木基地の件は、日本政府の出る幕じゃない。アメリカ軍内部の問題だ。だいたい、基地問題どころか。富士山噴火と首相急死だけで、わが国は手いっぱいだ」

「京都幕府――いえ、大和《やまと》国建国のほうは、どういたしますか？」

「あんな頭のおかしい連中、当面は放っておけ。まともに相手する価値はない」

「とはいえ、各府県の機動隊が、かなりダメージを受けております」

「役立たずどもめ！」

布施は毒づいたが、何の益もなかった。さらに彼をイラつかせる報告ももたらされた。

「大阪、京都、福岡、三府県知事のＴＶ会談の件ですが」

「聴きたくないが、何だね」

「大阪府知事と大阪市長とが、そろって、官房長官と直接、お話がしたい、と」

「何で大阪府知事と大阪市長がそろって？」

「それが……」

「何をためらっておるんだ。さっさと言いたまえ」

「は、はい、大和国が日本から独立するなら、首都は当然、大阪だ——そう主張して」

「な、何⁉」

布施は血走った目をむいた。

「大阪はあんな茶番劇を本気にしたのか⁉　まさか、幕府とやらの陰謀に乗ったのじゃなかろうな」

「うーん、都心部どころか立川《ここ》も灰に埋もれつつありますからな。どこか適地に首都機能を移転したほうがよいと私も思いますが……」

「お前がどう思おうと知ったことか」

布施は副長官をどなりつけた。呼吸をととのえ、つぎの言葉をさがそうとしたとき、副長官補が挙手した。

「長官、奈良県知事からも、至急オンラインでお話ししたいと」

「奈良県が何で？」

「何でってことはないでしょう。あそこには平城京《へいじょうきょう》があったんですから」

「そ、そりゃそうだが……」

「あ、滋賀県知事からも」

「滋賀県もか！」

「あそこは大津京《おおつきょう》がありましたな」

「まったく、古代日本史の試験をやってるんじゃないぞ」

狡猾な布施にしても、首相の急死は想定外であった。前首相の病院からの逃走も、京都幕府と称する非国民の登場も。ごく短期間に、あいついで首相が急死し、正式な手つづきをへないまま内閣交替がくりかえされるとあっては、それだけでも国内外の疑惑を招きかねないというのに。

「どいつもこいつも、おれの苦労も知らず、好きかってなことを……」

皇室は那須《なす》の御用邸に避難している。そこまでは富士山の降灰もおよばない。それはいいが、天皇の認証がないかぎり、正式な組閣はできない。予定者を首相臨時代理にしたてて、当面を乗りきるしかなかった。

緊急事態につき、布施自身が首相臨時代理をつとめるという策《て》もあったが、布施自身にはその気がなかった。もちろん、権力欲がないからではない。せめて富士山の噴火活動が終息し、国内外の情勢がいますこし安定してからでないと、表向きの首相の座など、あぶなくて手を出せるものではなかった。

「法務大臣が臨時代理予定者の第一位だったな。内閣の最年長でもいらっしゃるし、弁護士の資格もお持ちだ」

七九歳の法務大臣は、ゆっくりと手を横に振った。首相になりたいとは思うが、どうせ臨時代理にすぎないし、まさしく最年長で、疲労の色が濃い。もっと若い人にまかせたい、と述べた。もっともな主張であったが、布施にとっては不快のタネが増える一方だ。

「そうだ、京都幕府に対して自衛隊を出動させる件は、どうなっている？」

どんな腐敗した組織にも、ひとりくらいは冷静な人間がいるものだが、今回は外務大臣がその役目をつとめた。

「官房長官、大和国をお認めになるのですか」

「何いっとるんだ、あんなもの認めるわけないだろう」

「それでは、自衛隊が、おなじ日本国民に対して銃を向けることになります」

「それがどうした、って、まずいのかね？」

「当然です。ずっと以前の、天安門《てんあんもん》事件とおなじことになります。諸外国から非難が集中しますよ」

「そ、それじゃ、独立を認めたらどうなるんだ？」

「外国に対する侵略行為になります」

布施は声を荒らげた。

「そんなバカな話があるか！　警察をコケにした連中だぞ。それを罰することができないなんて」

「おちついてください、官房長官」

外務大臣がなだめる。この上さらに官房長官が興奮して倒れでもしたら、いい物笑いである。

「外務大臣、内閣をミスリードなさっては、こまりますな。これはテロリスト鎮圧行動です」

「自衛隊を、富士山噴火以外の案件に向ける余裕があるのですか」

「近隣諸国は、つねに日本をねらっております。それに対抗して、西日本の自衛隊はいつでも出動できる準備をしています」

「それにしても、噴火対策が最優先でしょう」

応酬がつづくなか、気象庁長官が蒼《あお》ざめた顔を見せた。手には書類の束がある。

「ご報告いたします。九州方面からの連絡によりますと、霧島《きりしま》火山群に爆発的噴火の予兆があるとのことで……」

「何だと!?」

今度こそ布施は本物の悲鳴をあげた。


ヴィンセント補佐官は虚脱状態にある。

彼は優秀であったが、しょせん権力の寄生虫であった。四人姉妹《フォー・シスターズ》という最大最強の宿主に寄生しているかぎり、ヴィンセントも最高の能力をふるうことができた。だが、いまや宿主は混乱し、脳死状態にある。一〇〇日前には想像もしなかった。身のほど知らずの野心家であれば、四人姉妹《フォー・シスターズ》に取って代わることを考えたかもしれない。ヴィンセントは優秀な寄生虫であったから、みずからが最大の権力者になろうとは思わなかった。彼の存在する場所は、あくまでも玉座の蔭《かげ》である。

京都市西京区のアメリカ政府の施設を、ヴィンセントは動こうとせず、中途半端に脳を活動させていた。これからだれを盟主とあおぎ、裏で実権をにぎるか――その思考は布施と酷似していた。

「ハロー」

いきなり場ちがいに陽気な声がして、四個の人影が彼の前にあらわれた。

ヴィンセントは絶叫した。

「あーッ、お前たちは!?」

「おや、おれたちをおぼえておいでのようだ」

ドラゴン・ブラザーズの長兄がいい、ヴィンセントは恐怖にわなないた。

「わ、私に、な、何の用だ」

「あなたなんかに用はないんです。京都で用をすませるついでに立ち寄っただけですよ」

「用？　何の用だ」

「答えていいですか、兄さん」

「べつにかまわんだろう。妨害されなけりゃ」

ヴィンセントは、インターコムに向かってわめいた。警備兵は何をしとる、早く侵入者を追い出せ、と。

「気絶してる連中に、何を命じてもムダですよ。ぼくたちは、小早川奈津子《こばやかわなつこ》という怪女と決着をつけに来ただけです」

「コバ……フナヅ・タダヨシの娘だな」

「ご存じのようですね」

「フナヅ・タダヨシめ、まったく、とんでもない遺産を残してくれたものだ。迷惑なこと、この上ない」

「同感ですね」

敵と味方が、一瞬だけ相通じるものを感じあったとき、つけっぱなしのTVからニュースの音声が流れ出た。

「をーっほほほほほほほほほほほほ！　宇宙大将軍の権威を思い知りや！」

「とうとう宇宙大将軍になっちまったか」

「もう、これ以上はありませんね」

その隙にヴィンセントは、〝Help me〟とわめいたが、駆けつけてくる部下は、ひとりもいなかった。

「みんな昼寝《シエスタ》の最中ですよ」

と、続《つづく》が冷笑する。

ヴィンセントの醜態を横目に、末っ子が次男坊に語りかけた。

「蚩尤《しゆう》、強かったね」

「ええ」

「あんなに強いんなら、最初から出てくれればよかったのに」

「そうしたら、子分どもをうしなうこともなかったでしょうね。四人姉妹《フォー・シスターズ》も健在だったかもしれない。どうですか、兄さん」

声をかけられた長男は、ヴィンセントから目を離さずに応じた。

「最初に考えていたよりは、おれたちが強かったのかもしれないな」

なるべく客観的に、始《はじめ》は言葉を選んだ。弱かったら、日本政府や四人姉妹《フォー・シスターズ》と闘えるものではない。平和的人道的な活動をしている人々と連帯したら、先方に迷惑がかかる。竜堂《りゅうどう》兄弟の孤立は、みずから選択したものとはいえ、地上においては必然的なものであった。

「もう、ここはいい。この男ひとりが騒いでも、何もおこせないだろう」

「TVでニュースのつづきやってるよ」

末っ子の注進でTV画面を見やると、京都駅前の幕府ビルが映っている。

その日、「京都幕府」は、「宇宙大将軍府・大和国政府」と改称され、日本国内外のメディアに公表された。インターネット上には、失笑と嘲弄ばかりでなく、無責任な応援や、真実を知りたいという声があふれた。布施たちの臨時政府も、そ知らぬ顔をつづけるわけにはいかず、「日本の敵」として自衛隊を出動させようとまでしているのだ。

自失しているヴィンセントを放置して、竜堂兄弟は「宇宙大将軍府」に姿をあらわした。機動隊の包囲網をさっさと突破して、ビルの中にはいると、声をかけられた。

「よう、四人とも無事だったな、けっこう」

蜃海《しんかい》、虹川《にじかわ》、水池《みずち》の三人組であった。

II

三人とも、気絶して倒れている機動隊員たちから、サイズのあう制服を失敬して着こんでいる。いざとなったら、すぐ逃走できるかまえである。

「まだ京都にいたんですか」

続が問いかけた。

「小早川奈津子を放り出して、どこかへ逃亡したものと思ってましたよ」

「そうしたかったのは、やまやまだが、ひとたび御家人となった以上、みすみす主君を棄《す》てられないじゃないか」

「棄てても追っかけてこられますものね」

「それを言うなって」

当の宇宙大将軍の姿は見えない。上の階で食欲か色情を満たしているのか、と始は想像したが、ほどなく、そうでないことがわかる。

「それでも、まあ、政府にとっては危機管理のいいシミュレーションになったかも……」

「いや、その政府だがな、どうやら、また首相が急死したらしい」

「えー、また、かい⁉」

するとまた前首相は前々首相と呼ぶことになるのかな、と三男坊が思っていると、どこからか中年男の声が伝わってきた。

「虹川、おい、虹川」

「あっ、南村《みなみむら》警視正！」

虹川は巨体を揺らして裏口方面へ走り、警察をやめる前の上司を引っぱってきて一同に紹介した。南村警視正は、さんざん苦労したあげく、裏口からビルへの侵入に成功したのであった。

「何でまた、こんなところに？」

「お前さんを、ずっと捜してたんだよ」

「それはおそれいります。けどまた何で？」

「警視総監からの特命だ。お前さんを公安の魔手から守れってな。まあ、公安は船津《ふなづ》忠厳《ただよし》一派の私兵と化していたことだしな。しかし、船津はもう死んだし、公安もバラバラになって内部抗争中だ。もういいだろう」

「それは、ご迷惑をおかけしました。ただ、船津老人は死んでも、その娘がおりまして」

「知っとるよ、この上の階にいるんだろ」

「はあ」

「お前さんも、えらいもんをかついだなあ」

南村警視正が架空のタバコを口にくわえたとき、上の階から、「えらいもん」の哄《こう》笑《しょう》がひびいてきた。

「をーっほほほほほほほほほほほほほ！」

「これだもんなあ」

終《おわる》が肩をすくめた。

「始兄貴、あのオバはんをどうするの？」

「お別れをいうのさ」

「をーっほほほほほほほほほほほほほ！」

「近づいてきたぞ」

「だけど、何だかいつもよりおそいね」

末っ子が指摘した。余《あまる》の経験と記憶によれば、哄笑がひびいた直後には、小早川奈津子の巨体は疾風に乗ったかのごとく、すぐ近くにいるのである。それが、この日は、階段を一段ずつ降りて来るかのようにゆるやかであった。

「じゃ、虹川、近々またメールででも連絡するからな」

疾風のごとく消えたのは南村警視正のほうである。入れかわるように、甲冑姿の巨体が床を鳴らして一同の前に出現した。

「いままで、どこにおったのじゃ」

征夷大将軍兼宇宙大将軍に問われて、末っ子が答える。

「月だよ」

「月!? いつかもそう申しておったな。虚言癖もほどほどにせぬと、文科省の地下牢で水責めにしてくれようぞ」

始は不審を感じた。どこがどうと正確には表現できない。ただ、小早川奈津子の態度から、圧倒的な迫力と威圧感が、やや減少しているような気が、ちらりとした。

三男坊も何か感じたらしい。

「オバはん、さすがにくたびれたの？」

「宇宙大将軍とお呼び！」

「SFアニメの悪役だね」

とは末っ子の評だ。

「フン、無知無学のお前たちは知るまいが、一五〇〇年の歴史を持つ由緒《ゆいしょ》正しき名なのじゃ。おそれいりや」

三人組が、ささやきあう。

「おい、宇宙大将軍が何か変だぞ」

「変なのは、もとからだろ」

「そういうレベルの話じゃない」

三人から視線を向けられて、竜堂家の長男は、当惑した。小早川奈津子は、巨体なフライパンをおろしたまま、振りまわそうとしない。たしかに変であった。

末っ子が、すぐ上の兄の袖を引いた。

「ねえ、ちょっと変だよ」

「きっと腹がへってんだよ」

「終君じゃあるまいし」

「いや、終が正しいかもしれない」

始は三人組をかえりみた。

「食料は不足してるんですか？」

「そうでもない。たりなくなると、宇宙大将軍が、人質の機動隊員をタテにして食料を要求してるからな。もっとも、何がはいってるかわからんので……」

虹川が言いさしたとき、その場に倒れていた機動隊員がはね起きた。叫び声をあげて、小早川奈津子に警棒でなぐりかかる。

「オロカなり！」

一喝した宇宙大将軍が巨大フライパンをひと振りした。機動隊員は横面を一撃されて壁にたたきつけられ、床にずり落ちて気絶する。

「をっほほほ、ワラワを甘く見ると、こういう目にあうのじゃ、わかったかえ」

一同、納得した。

「それにしても、大から小まで、『染血の夢《ブラッディ・ドリーム》』の後始末に、何年かかるかな」

「ま、富士山噴火は四人姉妹《フォー・シスターズ》のしわざじゃないがね」

「で、始君、宇宙大将軍をどうするつもりだ」

虹川に問われ、長男が答える。

「決着をつけるつもりだったんですがね。先輩がたの活動に彼女が必要でしたら、おまかせしますよ」

「うーん、そうしてもらったほうがいいのか……」

三人組は、それぞれの表情で腕を組んだ。一同の困惑を鼻息で吹きとばすかのように、

「をーっほほほほほほほほほほほ！」

他の何者でもない、それは征夷大将軍にして宇宙大将軍を兼任する小早川奈津子の哄笑であった。空気が波立ち、壁が震え、床が揺れる。そこまでは尋常だったが、

「……ほほほッほッほッ……」

急に笑い声が失調した。息切れに変わり、消え去っていく。右手の巨大フライパンを振りかざそうとして、腕があがらず、だらんと垂れた。足を踏み出そうとして、よろめいた。フライパンを地に突いて身体をささえる。冑《かぶと》の面頰《めんぽお》の間からのぞく顔は土色に見えた。

「何だ、いったいどうしたんだ」

唖然として立ちすくむ竜堂兄弟の眼前で、小早川奈津子の身体は、音もなく、しぼんでいく。風船から空気が洩れるように。面頰の間からにらみつける眼光が、しだいに圧迫感をうしない、光が弱まっていく。

ついに小早川奈津子は立っていられなくなり、床に尻餅《しりもち》をついて壁に背をもたせかけた。

「いったいどういう……」

「わかった！」

末っ子の余が叫んだ。彼は、沈没していく感じの宇宙大将軍をじっと見つめたままだ。三男坊が問いかけた。

「どういうことなんだ、余？」

「効果が切れたんだよ」

「効果？」

「だからさ、竜種《りゅうしゅ》の血の効果だよ」

あっ、と、兄たちは声をあげる。始は自分の頭をなぐりたくなった。そもそも中国ではじめて小早川奈津子に会ったとき、「竜種の血が分け与えられていたら」と危惧《きぐ》していたではないか。

続はめずらしく余裕をうしなった表情で身慄《みぶる》いした。半年ほど前、陸上自衛隊の東富士演習場で、船津忠巌に足をつかまれたおぞましい経験を想い出したのだ。

「をーっほほほほほほほほほほほほほ！」

小早川奈津子は床の上から笑い声をあげたが、それはもはや大気を揺るがさなかった。

「をーっほほほほほほ……」

小早川奈津子の笑い声が、しだいに細く小さくなっていく。

「やっぱり、こうなったわね」

その声は瑤姫《ようき》のものだった。いつ来ていたのか、一同の背後から前へ出る。

「力をセーブしていれば、五〇〇年ぐらいは悠々と生きていけたでしょうに……」

小早川奈津子は、五〇〇年分のエネルギーを半年そこそこで費《つか》いはたしてしまった。だからあれほど強かったのだ。竜堂兄弟も三人組も、納得して、無力化の淵へと転落していく怪女の姿を見守った。

「血を……およこし……竜の血を……」

ざらざらした声が冑から洩れた。彼女は手にしたままの巨大フライパンを持ちあげようとしたが、それはもはや不可能となっていた。フライパンは床に落ちて、弔鐘《ちょうしょう》と称するには耳ざわりな音をたてた。つぎに彼女は壁にもたれて起《た》ちあがろうとしたが、それもかなわず、前のめりに床に倒れた。

余は顔を背《そむ》けた。と、力強い大きな手が、後ろ上方から彼の頭部をはさみ、もとの角度にもどした。

「始兄さん……？」

「見るんだ、余」

いつもなら、グロテスクな光景を末っ子に見せまいとする長兄が、月で相柳《そうりゅう》を亡ぼしたときとは逆のことを言った。

「おれたちの血が人間の身体にはいると、ああなる。人間にとっては有害なんだ、たとえ一時はよくても。おれたちの血を求めるやつらに、けっして渡してはいけない」

竜の血は、これまで一〇〇〇倍に増幅してきた小早川奈津子の生命力を一気に吸いあげ、消滅させせつつあった。小早川奈津子の甲冑が、がたがたと音をたてる。太かった胴も腕も脚も細くなり、内臓の機能は低下をつづけた。小早川奈津子は床に伏せたまま、指の爪で床をひっかいて前進しようとする。

だが、ついに彼女の身体のすべてが停止した。

「死んだ……」

Ⅲ

続が溜息をついた。

「親子二代、竜の血に祟られた人生だったわけですね」

「祟るつもりはなかったんだがな」

始はつぶやいた。自分たちの体内を流れる血は、むしろ人類にとって有害なのだ。昔から漠然と自覚してはいた。だからこそ、なるべく世間とかかわらず、おだやかに暮らそうと努《つと》めてきた。それもムダだった。

自分でコントロールできない力を持とうと望む人間は、かならず存在する。彼らは、政治的権力を手にすれば他者を支配しようと謀《はか》り、原子力を持てばそれを利用しようとする。醜悪かつ強引な形で彼らが奪いとろうとしたため、竜堂兄弟は反撃せざるをえず、おだやかな生活も、学校も、家も、すてなくてはならなかった。

「…………」

竜堂兄弟は、しばし沈黙をつづけた。一代の怪女・小早川奈津子は、結局、敬愛してやまない父親と、おなじ亡びかたをしたのである。もともと竜堂兄弟のサバイバルは、船津忠厳が竜種の血を欲《ほっ》したことに始まった。そして、彼の娘が死亡したことによって終焉《しゅうえん》したのである。

「あのオバはんでも死ぬんだなあ」

何やらシミジミと終が歎息した。続が応じる。

「死なないほうがよかったですか」

「そ、そういうわけじゃないけど」

「もう亡くなったんだ。とやかく言うまい」

始は、複雑な心境ではあったが、安堵《ホッと》する気分が強かった。小早川奈津子は自滅したのだ。彼女を排除するのに、竜堂兄弟は手を汚さずにすんだのである。

「なあ、続、牛種《ぎゅうしゅ》は人界を支配して栄えている。おれはそう考えていた」

「まさにそうだったじゃありませんか」

「表面的にはな。だが、それは人間の手下どもがやっていたことだ。月でおれたちを攻撃してきたのも、野狗子《やくし》やら飛天夜叉《ひてんやしゃ》で、牛頭人身のやつはいなかった」

続は兄の考えを察した。

「つまり、竜種がぼくたちだけであるように、牛種もじつは数がすくないのだ、と？」

「ありえることだと思わないか。兵士は何万人いようと、指揮階級がすくないのが、むしろ当然じゃないかな」

続より先に、終が反応した。

「そうか、だから今年になって、あせって、おれたちに攻撃をしかけてきたんだ！」

「こちらだって四人しかいないのにね」

自分たち以外の竜種に遇《あ》ったことがない。余が発言したのは重要なことだった。

「そうだな、確認はしてないが、おれたちは最後の竜種なのかもしれない」

「だとしたら、おれたちが死んじゃったら、蚩尤がいったとおり、竜種そのものが絶滅しちゃうんだ。うわあ、絶滅危惧種は始兄貴だけか、と思ってた」

とたんに続のげんこつが飛んできて、紙一重の差でかわしそこねた終は、自分の両眼から飛び出した小さな星を観測するはめになった。

「あいたあ……」

「家長に対して何という雑言を。反省しなさい」

「反省する時間もあたえずに、暴力をふるうのかよ。教育者が怒るぞ」

「兄さんも教育者ですよ」

「教育者だった、だな」

始は苦笑した。

「現在《いま》は失業者だ。しかも、もうすぐ地上にいられなくなる」

「しかたないよ。四人いっしょなら、どこにいたって愉《たの》しいよ」

「いい子だな、余。それでもこちらは四人いるが、牛種《あちら》は炎帝神農氏《えんていしんのうし》ひとりかもしれん」

「となると、戦えば、負けたほうが絶滅する、ということになるわけですね」

「シビアだなあ」

終が、めずらしく溜息をついた。

「宇宙が一〇〇〇の三乗で一〇億もあるのなら、牛種《あっち》はあっち、竜種《こっち》はこっちで、棲《す》みわけたらいいじゃん」

「めずらしく良《い》いことを言いましたね、終君」

「共存する、という考えはないのか……いや、そんな甘いことを言ってる時期は、とっくに過ぎていたんだろうな」

始は炎帝の胸中を推測してみようとしたが、あまりに巨大な相手の心理は、かるがるしく判断しようがなかった。炎帝は、べつの宇宙に去るようなことを告げて消えたが、いなくなったと安心していいのだろうか。どのみち、地上に永住はできないのだ。この将来《さき》、自分たちの歩みは何処《どこ》へ向かうのか。

「始兄さん、ぼくたち不老不死なんでしょ？」

「そう聞かされたな、余。もっとも、何十年か経《た》ってみないと、実感はわかないが」

「もし、月の内部にでも閉じこめられて、永久に出られなくなったりしたらどうなるの？」

「そのときは、死にたくても死ねず、ただ生きつづけることになるんだろうな」

「じゃ、何も食べずに永久に月の内部を……」

「余、やめてくれ」

終が、悲鳴じみた声をあげる。

「腹がへったまま永久に生きるなんて悪夢だ。餓死したほうが、まだましだ」

「なるほど、永遠の空腹という罰がありましたか。ゲンコツだけが武器というのは穏健すぎましたね」

続が意味ありげに笑い、終が反射的に身がまえかけたとき、水池が発言した。

「で、宇宙大将軍の死去は公表するのか？」

あわてた蜃海と虹川がそろって手を振った。

「待った、現在《いま》は隠しておいたほうがいいだろう」

「そうだな、あの怪女が死んだと知れれば、機動隊がいっせいに突入してくる」

せめて遺体を休ませてやろう。始は続をうながし、世紀の怪女の生命をうしなった身体を、ソファーに運んだ。一同、神妙に手をあわせて頭をさげる。

「京都幕府も大和国独立も、夢のまた夢だったな」

「まあいいさ、ちょっとばかし人騒がせだったが、いい経験をした」

「いい経験って、これからの人生に役立つことってあるのかね」

「あ、そうだ、管領《かんれい》をどうする？　前々首相のおっさんだよ」

「闇に消されるかもしれん。一連の証人でもあるし、守っていくべきだろうなあ」

虹川、水池、蜃海の順で発言して、何となく天井を見あげる。前々首相は上階の部屋で眠っているはずである。年齢のせいか、「苦労」したためか、このごろ眠っていることが多くなった。

「で、この後どうする？」

「幕府か……肝腎の征夷大将軍がいなくなったんじゃなあ」

「一〇〇万石の夢も消えたってわけだ」

三人組は肺の動きを同調させて、いっせいに溜息をついた。

竜堂兄弟は、しばし沈黙する。長兄の始にしてからが、何と発言してよいか判断にこまった。小早川奈津子が亡き父親のもとへ旅立った以上、もう竜堂兄弟は地上に用はない。といって、このこまった先輩たちを放ってはおけない。

「何なら、仙界にいらしたらどうです？」

「仙界に？」

「一度はいらしたんでしょう？」

「ぼくたちといっしょに、仙術の修行する？」

やさしい末っ子に言われて、三人組は自分たちだけで、短時間、話しあった。

「ありがたいけど、やめとくわ」

「天上の住人なんて、おれたちのガラじゃないしな」

「日本に残って、現政府とやりあうほうが性にあってる。まあ、前首相、いや、前々首相は健在だし、あの爺さんをかついで、現政権の悪事をバクロすれば……」

「でも、政府が本気になって、テロリスト鎮圧と称して武力弾圧に乗り出してきたら、ドサクサまぎれに消されるかもしれませんよ」

「そうだな。宇宙大将軍の死も、いつかは知られる。南村警視正と相談して、ベストでなくてもベターな方途《みち》を考えよう」

「当分は日本各地を逃げまわるしかねえんじゃないの。不景気な話でイヤになるがね」

水池が肩をすくめてみせる。

ひさびさに瑤姫が発言した。

「どう？　三人組は話がまとまった？」

彼女の問いに蜃海が応じ、自分たちは地上に残ることにした、ただ、今後すぐにどうするかはまだ決められない、と答えた。彼と、左右の水池、虹川の顔を見つめた瑤姫は、やっぱりね、という表情でうなずく。

「そうと決めたのなら……」

瑤姫は腰から下げていた三つの鈴を外《はず》して、三人組の前に差し出した。

「手を出して。ひとりひとつずつ」

三人は神妙に手を出して、西王母《せいおうぼ》の四女からのプレゼントを受けとった。

「わざわざくださるからには、ただの鈴じゃないんですね」

「この鈴は、普通は鳴らないの。ただし、危険がせまったら鳴り出して、それを知らせてくれるわ」

「そうですか。ありがとうございます」

内心、たいしたことないな、と三人が思っていると、見すかしたように瑤姫が笑った。

「仙界にもよ」

「え？」

「仙界にも、あなたがたの危機がわかる。どんな形にしても、あなたがたを応援するわよ」

Ⅳ

灰の降らない京都から、なお灰の降りしきる東京へ、宝鼎《ほうてい》は未確認飛行物体《UFO》として日本上空を飛行した。インターネットには、「UFOを見た」という情報があふれかえったが、公的機関ひいては現政府は、いっさいそれを無視した。まったく、UFOどころではなかったのだ。

「富士山につづいて霧島に同時多発噴火の兆候、急速に拡大」

とあっては、これまで比較的、平穏だった西日本も、危険がせまる。

「霧島が噴火したら、阿蘇山《あそさん》もあぶないぞ」

各府県とも騒ぎになり、その間、最後の機動隊が幕府ビルに突入すると、こはいかに、甲冑姿の、一〇〇歳をこえると思われる老女の遺体があるだけだった……。

灰の中、共和《きょうわ》学院学院長の邸宅に、デニムスーツ姿のうら若い女性が姿を見せた。鳥羽茉理《とばまつり》である。

玄関の扉を、鍵を使って開け、一歩はいると、ひとつの人影が彼女を待っていた。

「お母さん……」

「ひさしぶりね、茉理」

「ごめんなさい！」

「まったく、この不良娘は」

淡々とした口調にこめられたものが、茉理を恐縮させた。まったく、夏以来、どれほど母親を置き去りにして危険な世界を飛びまわっていたことか。おそれいるしかない。

「お母さん、ごめんなさい、でも事情があったことだけはわかってって……虫がいいわね。赦《ゆる》してくれなくて当然ね」

「いいのよ。あなたがだいじな預りものだということは、わかっていたから」

おどろいて、茉理は母を見つめた。

「ときどきフシギな夢を見るのは、竜堂家の血筋では余君だけじゃないのよ」

絶句して母の言葉の意味をかみしめる茉理に、冴子《さえこ》は、さらりと問いかけた。

「せっかく来たんだから、お父さんにも会っていくでしょ？」

「……わたし、正直、お母さんがお父さんとどうして結婚したのか、わからない」

「おやおや、不似合いだというの」

「ええ……」

さすがに茉理が言葉をにごすと、冴子は声を出さずに笑った。当分、茉理は、人界の母親には勝てそうもなかった。

「お祖父《じい》さんが見こんだのよ」

「お祖父さんが!?」

「そう」

「いったいどこを？」

失礼な質問をしながら、茉理は、彼女の母親が鳥羽靖一郎《せいいちろう》と結婚した理由を、何となく了解していた。

「口をつつしみなさい、あなたの父親であることには、まちがいないんだから」

「はい、ごめんなさい」

「お父さんはそろそろ起きてくるでしょう。やることが山のようにあって、くたくたになってるから」

「働いてたの？」

「若いころから、まじめでよく働く人なのよ。ああ、茉理がいいたいことはわかるわ、俗っぽい価値観の持ち主だってことはね。ただ、その限界内では誠実で勤勉だったの」

ドタドタと騒々しいスリッパの音が階段の方角でおこり、パジャマの上にガウンをはおった鳥羽靖一郎が、走るというより、ころがってきた。

「茉理、まつり、マツリ！」

「お父さん」

「おお、茉理、無事でよかったよかった」

父親の泣き笑いの表情を見て、不良娘は反省した。両手を差し出す。父親は娘の両手を自分の両手でつつみこんだ。

「ごめんね、お父さん、心配かけて」

「うん、心配だったが、母さんがいてくれたからな。お前は母さんの娘だ」

さりげなく冴子が口をはさむ。

「船津忠巌という人が死んで、共和学院への圧力が雲散霧消《うんさんむしょう》したからね。お父さんのストレスも、すこしへったみたいなの」

「そう……よかったね、お父さん」

「うんうん、うんうん」

鳥羽靖一郎は、一〇〇日ほどの間に、一〇歳ほども老《ふ》けこんだように見えた。にぎりしめた茉理の両手を、自分の頭上にささげるようにして、頭をさげる。ずっと父親に反発してきた茉理も、同情とすまなさを感じて、やさしい気分になれた。

「お父さん、元気でね」

「うんうん」

「お母さんと共和学院をお願いします」

「うんうん」

娘の最後の言葉に対して、靖一郎は「うんうん」以外に一言もいえなかった。茉理は母を見て言った。

「たまには帰ってくるからね」


東京都中野区北部の住宅地。

花井《はない》夫人は、「あーッ」と叫んで指をさした。太い指が慄《ふる》える。指先には、鳥羽冴子と、竜堂家の四人兄弟が、すました表情で――花井夫人にはそう見えた――たたずんでいた。

「あっ、あっ、あなたたち……」

非礼も忘れて、むなしく口を開閉させる。おかまいなしに、まず冴子がかるく一礼した。

「おじゃまいたします。突然ですが、甥たちがこのたび転居いたしますので、御挨拶にまいりました」

「えっ、えっ、えっ」

花井夫人は目を白黒させる。隣家の世にも怪しい四人組が他所《よそ》へいってしまえば、平和で静かにはなるだろうが、一方では、彼らを秘《ひそ》かに監視する生き甲斐《がい》がなくなってしまう。花井夫人は心の整理がつかなかった。

竜堂家の長男が一礼した。

「いろいろ御迷惑をおかけしましたが、このたび転居することになりました。もうお騒がせすることもないと存じます。どうかお元気で」

「どうかお元気で」

と、三人の弟たちがいっせいに頭をさげる。花井夫人が茫然と立ちすくむうち、四人兄弟は、まわれ右で彼女に背を向け、さっさと家へはいっていった。あとには、ふたりの中年女性が残される。

ようやく花井夫人が呼吸をととのえた。

「ご、ごていねいに。それにしても、甥御さんたち、どちらへ転居なさるんですの?」

「さあ、仙界とか申しておりましたけど」

「センカイ?」

そんな地名が日本にあったかしら。花井夫人は地理の知識の沼をかきまわしたが、心あたりがなかった。外国かしら?

「それで、花井さん、わたくしも、もうここへは参りませんので、お別れを申しあげます」

「えっ、で、では、お宅はどうなりますの？　お売りになりますの？」

かなり他家のプライバシーに踏みこんでいるのだが、花井夫人は気づかない。鳥羽冴子は、眉一本、動かさなかった。

「いいえ、持っていく、と申しておりました」

「も、も、持っていく!?」

「ええ」

冴子は平然とうなずく。からかわれている、と理解して、花井夫人は、ようやく立ちなおった。

「あ、あなたね、いくら何でも家を持っていくってことはないでしょ。人をバカにするのも――」

「いいかげんになさい」という言葉は、生まれる前に死んでしまった。ほとんど音もなく、大地も揺れず、地上は屋根裏をふくめて三階、地下書庫つきの竜堂家が宙に浮かびあがる。そのありさまを、花井夫人は、はっきりと見たのだ。

「あ、あ、あ――」

「どうやら出発したようですわ。それでは、奥さま、わたくしもこれで……」

最後の一礼をして、鳥羽冴子も姿を消す。

返礼もせずに、花井夫人は視線を上に向けた。火山灰と雲がないまぜになって、灰色の濃い煙霧が立ちこめている。その低くたれこめた煙霧のなかへ、竜堂兄弟の家は上からのみこまれていき、ほどなく完全に姿を消してしまった。

「いったい何ごとだい」

書斎から庭へ出てきた花井氏が見たもの。それは、灰の上に大の字になって気絶している妻の姿と、地下三メートルほどまで掘りさげられた隣家の跡地だった。花井氏は、あわててスマートフォンを取りに書斎へ駆けもどった。救急車を呼ぶために、である。

以後、花井夫妻と中野区民が、竜堂兄弟の姿を見ることは、二度となかった。

最終章　始めて続いて終わって余る

I

竜堂終《りゅうどうおわる》が熟睡の深淵から浮かびあがったとき、彼は自分の部屋のベッドにいた。めずらしく跳《と》びおきなかったのは、ここは東京都中野区じゃないよな、と心の中で確認していたからである。そのうち階下から話し声が聞こえてきたので、パジャマ姿のまま階段の下り口までいってみた。

「富士山は？」

「どうやら噴火は終熄《しゅうそく》に向かったみたい。たまりにたまったマグマを、ほとんど放出したから」

「やれやれ、よかった」

「そのかわり、標高《たかさ》は一〇〇〇メートルばかり低くなったけど」

あー、と、歎声があがる。問いかけているのは終の兄弟たちで、答えているのは瑤《よう》姫《き》だと判明したので、終は部屋に駆けもどってパジャマから日常服にドタバタと着かえ、階段の手摺《てすり》をすべりおりた。

「霧島も噴火して、九州南部には大きな被害が出たけど、やっぱり西風で、灰は太平洋上へ流れてるみたい。犠牲者にはお気の毒だけど、せめてものことね」

終は足音を立てずにリビングにすべりこんだ。成功、と思ったが、次兄に見つかってにらまれる。余《あまる》が長兄のほうを見やって、

「始《はじめ》兄さんは重力をあやつれるよ。火山の噴火をコントロールできないの？」

「おれがか？」

始の視線が一瞬、三男坊に向いたが、すぐはずれる。

「それはだめだ。そうでしょう？　瑤姫さん」

「ええ、火山活動は地球が生きているという証《あかし》。噴火を一時的に停めることはできても、放出されなかったエネルギーは、たまりつづけたあげく、べつの出口を見つける。見つからなかったら、あらたにつくる」

「地球をコントロールするなんて無理だよな」

さりげなく終が口をはさむ。お見通しの長兄は、無言で親指を動かし、ダイニングをさした。さっさと朝メシを食ってこい、というのである。

「前々首相は、大阪のロシア総領事館に送りこんだわ。日本政府は手を出せないし、人権団体や在日の海外メディアが監視してる。当分は安全よ」

「蜃海《しんかい》さん、虹川《にじかわ》さん、水池《みずち》さんの三人組は？」

「南村《みなみむら》という人の手で、大阪市内に潜伏中。ま、あの三人ならだいじょうぶでしょ」

終がダイニングに飛びこむと、

「終君、おそいぞ」

とは、茉理《まつり》の声だ。秋物のセーターにエプロンという姿で、仙界《せんかい》の一隅に東京都中野区の小さな一角が持ちこまれた観があった。

「ごめんごめん、おれの分、残ってる？」

「あたりまえでしょ」

リビングでは、末っ子が感歎の声をあげていた。

「おどろいたねえ、仙界《こっち》で地上のTVも視《み》られるなんて」

家を仙界まで持ってきて、長兄の蔵書二万冊は読むことができても、TVは視られなくなるだろうな。弟たちはそう思っていたのだが、TVのスイッチを入れてみると、ちゃんと朝の連続ドラマが映った。

「当然でしょ。わたしがどうやって地上のサブカルチャーを鑑賞してたと思うの？」

瑤姫が片目を閉じてみせる。

「旧《ふる》いレコードやVTRまであるんだもんねえ」

「ホントかー？」

壁の向こうから、開《あ》け放しのドアを通して終の声がひびく。

「ホラーとか怪獣ものとかある？」

「いずれ、ゆっくり一覧させてあげる」

瑶姫は仙界の武官服をまとっていて、よくいえばクラシックな格調のあるリビングのソファにすわっていても、あんがい違和感がない。茉理はエプロン姿のまま、リビングにはいってきた。終には、かってに食べさせておけばよい。会話は茉理の地上での両親のことになった。

「父は、だれか強い人についていてもらわないとダメな人だ、って言ったことがあるでしょう？　文科省の本流とか、船津《ふなづ》老人の一派とか……」

「そして最後に自分の妻、茉理ちゃんのお母さん、冴子《さえこ》おばさんに行きついたというわけですね」

「そういうことになるわね」

「けっこうじゃないですか、だれにとっても」

続《つづく》が笑いながら言うと、茉理はうなずいた。

「たぶん、そうね。母には長生きしてもらわなきゃ」

「ときどきは会いにいくだろ？」

ややや遠慮がちに始が問いかけ、茉理がうなずく。

ダイニングに放置された終は、リビングの会話に耳をかたむけながら、愛情をこめて料理をたいらげつつあったが、一瞬、手をとめた。いつのまにやら、旧《ふる》い服装の老人が傍《そば》にたたずんでいたのである。

「あっ、あの意地悪じいさん」

失礼なことをいわれたのは、仙人たちの中でも長老として重んじられている漢鍾離《かんしょうり》である。終の声に振り向いて、

「おう、敖家《ごうけ》の三男坊か」

「姓は敖、名は閏《じゅん》、字は叔卿《しゅくけい》だ。正しく呼んでもらおう」

「ほほう、ちゃんと憶《おぼ》えておったか。えらいえらい」

「なれなれしく頭をなでるな！」

不機嫌でも、終の口と手は動きつづけて、巨大オムレツもポトフもベーコンサラダもパンも、広大無辺の胃袋へ送りこんだ。完食こそ、茉理に対する終の感謝のココロをしめすものである。

「だいたい、玄関のベルを押すという礼儀も守らないで、好きかってにはいってくるなよ」

食べ終わると、終は、皿やカップを手ぎわよくかたづけて、キッチンのシンクに運ぶ。このあたりは茉理の躾《しつけ》である。

「知るべきことが、恒河《ガンジス》の砂粒ほどたくさんありそうじゃな」

漢鍾離は、勧められもしないのに、テーブルにつくと、キッチンからもどってきた終を上から下まで見つめた。

「どうじゃ、わしの弟子にならんか」

「何かいいことあるのかよ」

「孤独な老人の世話をさせてやるぞ」

「仙術は教えてくれないのか」

「まあ三〇〇年もわしの世話をして、よく言うことを諾《き》けば、まずカスミの食べかたから教えてやろう」

「やなこった！　だいたい、そんなに仙界にはいないよ」

「そうか、ま、気が変わったら、いつでも言うてこい」

仙人の長老の姿は、音もなく消え去った。

その間に、リビングでは、長男と次男坊がハーブティーを前に、三男坊よりは建設的な会話をかわしていた。末っ子は聴き役だ。

「まさか炎帝《えんてい》は、三千世界《さんぜんせかい》のすべてを支配する、という野望を持っているんじゃないでしょうね」

「野望か」

始は、かるく首をかしげた。

「おれは、ちょっとちがうような気がするんだ」

「それを聴きたいんです。兄さんの考えを」

「うん……」

始はすこしの間、沈黙した。考えをまとめながら話を再開する。

「炎帝は、いくつもの宇宙をめぐってきた、と言っていた。そのたびに、そこの知的生物を育て、文明を創らせた、と」

「ええ、でも結局はそれが亡びるのを傍観した――例外なく」

「なぜだと思う？」

「自分の思いどおりにならないので、見すてた。力がいかに絶大でも、子どもとおなじですよ」

「おれも一時はそう思った」

「いまはちがうんですか？」

「おれは……炎帝は亡ぼすことを前提にして、文明を創造しているように思えてきた」

突然、悲鳴がひびいた。

II

女仙たちが逃げまどっている。仙人たちは広く薄く、怪物を半包囲しており、空中からも監視していた。そのなかには、曹国舅《そうこくきゆう》や藍采和《らんさいわ》もいたが、先に手を出す者はいない。空中に巨体を浮かせた怪物には影がなく、実体ではないことが明らかだった。立体映像なのだ。

「竜種《りゆうしゆ》の孺子《こぞう》どもがいるであろう。ここへ出せ！」

無礼な声がひびきわたる。駆けつけた始が怪物の映像をたしかめた。

「蚩尤《しゆう》!?」

愕然として始は声をあげた。

「生きていたのか!?」

「おうさ、死ぬ寸前ではあったが、聖祖《せいそ》にお救いいただいた」

「聖祖とは、炎帝のことだな」

「呼びすてにするな、不敬者が！」

蚩尤の声が怒気をおびる。この怪物が、主君であり先祖でもある炎帝に心服していることは、疑いようもなかった。それにしても、厚木基地であれだけの大口径銃弾と火炎をあびながら、すくなくとも蚩尤の映像には傷ひとつ見えない。何という再生能力であろうか。

「炎帝が生まれたとき、宇宙はすでに存在していた。炎帝自身が明言したことで、その率直さは、おれも認める。蚩尤よ、お前がここへ来たのは、炎帝の命《めい》によるものか？」

「呼びすてにするなというに。だが、そのとおりだ。聖祖はすでに、この宇宙にはおわさぬ。そのことを、竜種の孺子どもにあらためて伝言せよとのおおせであった」

「伝言してどうする？」

「汝らが恐れているであろうとのお心づかいよ。感謝申しあげるがよいぞ」

終が拳を振りあげてどなった。

「勇名高い竜堂兄弟をなめるなよ！」

「勇名だと？　笑わせてくれるわ、悪名のまちがいであろう」

「そのとおりかもしれませんが、あなたにいわれる筋合《すじあい》はありませんね」

内心はともかく、冷静に応じたのは続である。

「悪名には気をつけたほうがよいですよ。赫《かっ》となったら、何をしでかすか、わかりませんからね。これ以上、無意味な挑発をするのはやめて、さっさと炎帝について逃げ出したらどうです？」

余も眉をあげて蚩尤の映像をにらんだ。

「ほんとは、ぼくたちがこわいんだよね。だから、実体を出さずに、映像なんかを送りこんできたんだ。そうでしょ？」

「余のいうとおりだ。ちがうというなら、実体が出てくればいい」と始。

「自分たちが世界一強いとでも思いあがっておるか、孺子《こぞう》ども！」

蚩尤は高々とあざ笑った。終がやり返す。

「すくなくとも、お前よりは強いさ。ちがうというなら出てこい！」

「そうしてやってもいいが、すると仙界はいたるところ血と火の海になり、西王母《せいおうぼ》の宮殿も焼け落ちることになるな」

蚩尤の、すさまじい笑い顔をながめながら、始は思った。たがいに敵の挑発に乗る気はない。仙界を破壊するわけにはいかない以上、舌戦ですませるしかないが、蚩尤の実体はどこに存在するのか。

「蚩尤、お前の本体はどこにいる？」

「言う必要はない――いや、この宇宙にいないことぐらいは教えてやろう。それしきのことも、汝らにはわからぬのだからな。聖祖とは力がちがいすぎるわ」

「炎帝は、我らに何を望んでいる？」

もはや蚩尤は呼びすてをとがめなかった。

「聖祖は、汝らがもっと強くなって、ご自分を追ってくることを、愉《たの》しみにしておられる」

「それまで、いくつもの宇宙で文明の創造と滅亡をくりかえすというのか」

蚩尤は答えない。始は問いをかさねた。

「結局、お前の主君は何を望んでいるのだ。幼児でもあるまいし、ケンカ相手がほしくて一〇億もの宇宙を渡り歩いているのか。そんなことに我々をつきあわせるつもりなのか」

「もちろん、汝らには、べつの選択肢がある。この仙界にいつまでもとどまり、この宇宙で末永く惰眠《だみん》と安楽をむさぼることだ。そうしてもいいのだぞ。聖上は失望あそばすだろうがな」

「そうしたければ、そうします。あなたの親分がどう思おうと、知ったことじゃない」

兄の傍から、続が冷たく冴えた声で応じて、峨眉新月剣《がびしんげつけん》をにぎりなおす。立体映像だろうと両断してやる、という弟の過剰な鋭気をおさえて、始は質《ただ》した。

「玉帝《ぎょくてい》は？　玉皇大帝《ぎょくこうたいてい》は何処におわす？」

「さて、どこかな」

優越感をこめて、蚩尤は笑った。玉皇大帝の正体が何であれ、炎帝一派の手中にあることは明らかだった。

「三千世界のどこかにいるだろうさ。運が良ければ、探し求めて一億年ぐらいで、めぐりあえるかもしれんぞ」

「炎帝は知っているのだな」

「そうだ。知りたくば聖祖にお尋ね申しあげることだ。もう、おれの用はすんだ。一〇億分の一のちっぽけな宇宙だが、その宇宙の整然たる秩序を回復し、宇宙の起源を知りたくば、聖祖を追って、べつの宇宙へ赴くことだ。その前に、おれと闘わねばならんがな。では、たしかに伝言したぞ」

蚩尤の姿は、足もとから急速に薄れ出し、腹が消え、胸が消え、嘲笑を浮かべていた奇怪な顔が消えて、完全に消え去った。仙人たちは黙然とそれを見とどけた。映像に対して手を出しても無意味である。

「追ってこい、だって!?」

憤然と、終が声をあげた。

「上等じゃないか。どこまでも追ってやらあ。追いつかれたとき、吠え面《づら》かくなよ」

「兄さん？」

続が兄に声をかけた。余はだまって、長兄の服の袖をつかんでいる。

「兄さん、ほんとはもう決心してるんじゃありませんか？」

続を見て、始が何か答えかけたとき、若い女性の声がかかった。

「青竜王《せいりゅうおう》さま、弟がたとともに宮殿へおいでくださいませ。客人にお引きあわせするため、西王母さまがお招きでございます」

「わかりました」

呼びかけた女仙に、うなずきを返して、始は弟たちをうながした。一〇〇歩も前《すす》ませぬうちに、ひとりの人物に出あう。唐代の道士の青衣をまとい、背に長剣をななめにせおっている。彼の顔を、竜堂兄弟は見知っていた。

「二郎真君《じろうしんくん》！」

相手の名を口にすると同時に、続は剣をにぎりなおした。半瞬の差もなく、終も七星宝剣《しちせいほうけん》の柄をつかむ。またの名を「赤城王《せきじょうおう》」という青年神仙は、笑って手を振ってみせた。

「おいおい、おれは敵ではない、はやまるな」

「敵みたいなものです。油断も隙もありはしない。兄と刃をまじえた御仁ですからね」

「しかし、おぬしの弟を天宮から逃がしてやったのは、おれだぞ。おお、黒竜王《こくりゅうおう》がそこにいるな。おい、おれが敵ではないと兄たちに教えてやってくれ」

二郎真君の足もとから、一匹の仔犬が飛び出して、余の足もとにじゃれついた。

「やあ、松永《まつなが》君、今度はご主人さまといっしょだね」

「変な名をつけてくれたな。まあいい、こいつはおれの天狗《てんこう》だ。見おぼえがあるだろう」

余は続と終を見ながら松永君の頭をなでた。

「続兄さん、終兄さん、この人、敵じゃないと思うよ。ぼくを天宮から脱出させてくれたのは、たしかにこの人だ」

「その件に関しては御礼を申しあげたい、と思っていますが、何しろ我々の長兄と刃をまじえた御仁ですからね。真意はどこにあるやら」

「まいったな、おれは西王母さまからお呼ばれして、唐代の中華からもどってきたのだぞ。これから楊貴妃《ようきひ》が出てこようというときに、惜しいことをした」

「それは残念だったな」

皮肉っぽく始は二郎真君を見やった。

「続、終、剣を引け。西王母さまの御客人に対して、礼を失してはならん」

次男坊と三男坊は、あきらかに不服の態であったが、長兄の指示にしたがった。ただ、剣を鞘におさめるとき、ことさらに音をひびかせたのは、せめてもの反抗であろう。

「では、赤城王、西王母さまのおんもとにご案内しよう」

「ありがたい」

言いながら、二郎真君はかるく肩をすくめた。「護衛いたす」と言うが早いか、彼の左右を続と終がはさんだからである。

「ふたりとも、よけいなことをするんじゃない」

長兄に叱られて、次男坊と三男坊は、しぶしぶ二郎真君から一歩離れる。二郎真君は無事、西王母の宮殿に着いて九天玄女《きゅうてんげんじょ》の出迎えを受けることができた。

彼は西王母自身の口から一連の事情を聴かされ、二歎三歎した末、まじめな表情で応じた。

「ですが、そうなると伯父――玉皇大帝の座は空席のままということになります。それについて、西王母さまのお考えは？」

「代理が必要ですね」

「だれになさいます？」

「あなたです」

「……おれ!?」

二郎真君は仰天して自身の鼻を指さす。ひかえていた竜王たちも目をみはる。

「二郎真君、赤城王でもよろしいけど、あなたは玉皇大帝の甥御。伯父上の帰還まで代理を務《つと》めるに不足はないでしょう」

「で、ですが、西王母さま、おれ、いや、私はいたって評判の悪い男でございまして……それ、そこにおります紅竜王《こうりゅうおう》や白竜王《はくりゅうおう》、長兄たる青竜王の命令ひとつで、私に斬ってかからんばかりの目つき。人徳がないのは明らかです」

西王母はかるく笑って、ひかえている竜堂家の兄弟たちを見やった。

「青竜王、二郎真君を斬るよう、弟たちに命じますか？」

「西王母さまの御意がありましたら、弟たちといわず、私自身が」

「お、おい、青竜王」

二郎真君は、続や終の手きびしい視線を受けながら、何やら考えついたようである。

「そ、そうだ。西王母さま、私などより青竜王のほうが、玉皇大帝の代理としてふさわしくございませんか。私と異《こと》なり、まじめな男です。どうだ、青竜王？」

「ことわる」

「何で!?」

「西王母さまのご指名に異をとなえるつもりはない。それに、おれは玉帝だの天帝だのいうガラではない」

「おれのほうが、よほどガラではないぞ。自分で言うのも気恥ずかしいが、好色という評判だからな」

「ギリシア神話の天帝は、好色というより色魔のゼウスだった」

「おれは色魔か！」

「ゼウスのことを言っただけだ。おぬしはゼウスよりましだし、玉皇大帝の甥であることは、まちがいない。文武の勲功もある。おぬしが代理となれば、おれも弟たちも、おぬしにしたがう。もし、甥というだけでは権威が不足と言うなら……」

青竜王こと始は、西王母に向けて、失礼を赦《ゆる》してもらうように一礼した。

「瑤姫さんと結婚して、西王母さまの婿《むこ》どのにでもなったらどうだ？」

「青竜王、おぬし性格が悪くなったな」

「いやか」

「あちらのほうで、おれなど相手にしてくれぬよ」

くすくすと笑い声がした。西王母の椅子の後ろで、当の瑤姫自身が笑っているのだった。

Ⅲ

「炎帝を追う前に、三年間、仙界で修行なさい。師たるべき人は選んであげましょう」

　そう告げた西王母が九天玄女を見やると、有能な女官長はいったんその場を退いた。

「三年、ですか」

　長いのか短いのか、始には判断できない。終などは明日にでも飛び出しそうだ。

「現在のあなたがたでは、まだ炎帝神農氏《しんのうし》に敵することはできません」

　終が身を乗り出した。

「おれたち四人がそろっても、ですか」

「ええ、残念ですけど」

「でも……」

　始が三男坊をさとした。

「終！　考えてもみろ、我々は蚩尤でさえ斃《たお》すことができなかったのだぞ。炎帝に勝てぬことは明らかだ」

「あー、三〇〇〇年前、おれ、蚩尤を、まっぷたつに斬ってすてたつもりだったけど……」

「厚木基地で闘っただろう」

　終はだまりこんだ。反論できない。

九天玄女がもどってきた。鳳凰《ほうおう》の紋様をほどこした翡翠《ひすい》の箱をささげ持っている。

九天玄女自身に取りにいかせるほど貴重な品物なのだ。

一同が息をのんで凝視するなか、九天玄女は箱の蓋をあけ、内部にはいっていたものを西王母にささげる。

それはソフトボールほどの大きさの球で、銀白色にかがやき、見る角度によっては虹色の光彩を放った。単に美しいというより、見る者を吸いこむような吸引力を放っている。竜堂兄弟も二郎真君も、それから目を離せない。

「これが……」

「そう、竜珠」

船津老人が渇望していた竜種の秘宝だ。船津老人は、それを日本の気象兵器にしようと考えていたが、実際にそのようなものなのか。

「これがあれば、宇宙の壁を破って、べつの宇宙へ往《い》くことができます。いま、それをあなたがたに返しましょう。青竜王、こちらへいらっしゃい」

始は座から立ちあがり、呼吸をととのえて西王母の前に歩んで一礼した。西王母の語るところによれば、竜珠は船津老人が考えていたようなものではなかった。他の宇宙へ往く道を開くものだったのである。

始は西王母の前にひざまずき、竜珠をおしいただいた。意外に軽い。

「これで一〇億の宇宙を自由自在に往《ゆ》き来《き》できるのですか？」

「完全な意味では、できませんね。その宇宙から転移することはできますけど、どの宇宙へ転移するかは選べません」

「出たとこ勝負かあ」

「終君向きの神器ですね」

次男坊と三男坊がささやきあう。西王母が、ふたたび口を開く。

「ただ、この仙界へもどるときだけは、べつです。珠を持って念じれば、仙界へもどれます」

「逃げ道は確保してあるわけですか」

始の声が複雑な色をおびた。それでは退路を絶って死戦《しせん》するということにはならない。覚悟が甘くなるのではないか。

「孫悟空《そんごくう》だって、危険がきわまれば観音《かんのん》さまのところへ駆けこむわよ。第一、つねに仙界の門が開きっぱなしとはかぎらないわ」

そう言ったのは瑤姫だ。

「門を閉ざさなければ、どうなるんです？」

「天界、仙界、人界、魔界……無数の世界が境界をうしない、混然として、秩序がうしなわれるかも」

「ふうん……」

終が腕を組んだ。

「それはそれで、おもしろいような気がするな」

「まあ、あなたたちにとっては、そうでしょうね。でも、赤ん坊のいる家に、野狗子《やくし》や飛天夜叉《ひてんやしゃ》が侵入するところを想像してみて。ドアや塀ぐらいは必要でしょ？」

充分な説得力だった。

「ありがたくいただきます。ですが、どう保管すればよろしいでしょうか」

「それは、あなたがたでお決めなさい」

「では、そういたします」

西王母の宮殿から退出すると、二郎真君はしばらく歩いて、緑蔭の芝生にすわりこんで溜息をついた。

「あの連中がいないと、悪口をいう相手がいなくなるなあ」

「ここにいますよ」

続の声が背後からして、二郎真君は半ば腰を浮かせた。

「お、おどかすなよ」

「玉帝陛下をおどしたてまつるなど、不敬なことは、いたしませんよ」

「おれは、どこまでも代理だ」

「引き受けたんですね」

「西王母さまに頭を下げられたのだぞ！　拒否できるわけがなかろう」

「そうですね。天界と仙界をよろしくお願いしますよ」

二郎真君は、用心深そうに紅竜王たる続を見やった。傍に他の竜王たちもいるので力を抜く。

「青竜王、異世界へいくのか？」

一〇億もの異世界のなかには、人と竜がたがいに存在を認めあい、共存している世界があるかもしれない。存在しないなら、自分たちで創ってもよい。

そんなことも、始は考えていた。限界はあるにせよ、自分たちにはさまざまなことができるのは、たしかだった。

「ま、二郎真君には、ちと気の毒かもしれんが」

始たちが一〇億もの宇宙——異世界でも異次元でもいいが——を旅する間、二郎真君は天界の玉座に坐《ざ》して、仙界にも人界にも目を光らせていなければならないわけだ。

「まったく、おれは気の毒だぞ。おぬしらがどこかの遠い宇宙で冒険している間に、天宮でおとなしく待っていなければならぬ。役目を代わってほしいものだ」

「へえ、何なら代わってあげようか。玉皇大帝の椅子って、どんなすわり心地なのか、ためしてみるのもおもしろいや」

「いいんですよ、終君、いやなら来なくても」

続が意味ありげに笑う。

「六仙《ろくせん》たちと、おとなしく仙界で留守番してなさい。ぼくたちも、行ったきりじゃない、たまには里帰りしますから」

終は憤然とした。

「冗談じゃない、おれひとり置いていく気かよ。そんなの認めないぞ」

「置いていく気などない」

「そう来なくちゃ」

「お前を置いていくと、仙界の大迷惑になる」

心あたたまる会話を経《へ》て、三年後、四人全員が、炎帝を追う三千世界の旅に出ることになった。思えばそれ以外の方途《みち》はなかったが。

Ⅳ

四人兄弟はひとまず、仙界に移転したわが家にもどった。常緑樹の林にかこまれているのは、仙界の他の風物の雰囲気をこわさないためだ。兄たちから離れて、終は弟にささやいた。

「余、これからの三年は勝負だぞ」

「どういうこと？」

「三年の間に、何としてでも始兄貴と茉理ちゃんをくっつける」

余は無言でうなずいた。全面賛成というより、まあここはひとまず反対しないでおこう、というところだ。

「そうしたら、おれたちは茉理ちゃんと兄弟姉妹《きょうだい》ということになって食生活は永遠に安泰だ」

「でも、そうなったら……」

「そうなったら、何だよ？」

「もし、そうなったら、茉理ちゃん、始兄さんだけに料理《ごはん》つくるようになっちゃうかもしれないよ。そしたら、ぼくたちはどうなるの？」

うっ、と、終は妙な声をたてて周囲を見まわし、返答に窮する。自分につごうのいい方向だけで予測を組み立てていたので、べつの可能性を忘れていたのだ。

「ま、茉理ちゃんは、そんな心のせまい女《ひと》じゃないぞ。おれたちのことも見すてないで、きっと料理《ごはん》をつくってくれるにちがいない。おれは信じる」

「ぼくも信じるけど……」

「そうだろ、な」

「でも、そうすると、始兄さんと茉理ちゃんのジャマをすることにならない？」

終はうなった。

「お前よくつぎつぎと考えつくなあ」

「終兄さんのほうが楽観的すぎるんだよ」

「甘い」と言わなかったのは、末っ子の、兄に対する気づかいである。

「と、とにかく、おれたちは、ヤボな長兄が茉理ちゃんにアイソをつかされないよう努《つと》めなきゃならない。だから勝負だといったんだ」

その点は末っ子にも異存はなかったので、前回より強くうなずいた。

「終、余、どこにいるんだ？」

長兄に呼ばれた年少組は、いそいでリビングに足を運んだ。さっそく終が問いかける。

「兄貴たち、炎帝を見つけるのにどれくらいかかると思ってるの？」

「ま、うんと運がよければ、最初の宇宙で出会えるかもしれませんよ」

「確率一〇億分の一だろ！　ありえねーよ」

始が苦笑する。

「まあ、こちらも移動する、敵も移動する。すれちがうこともありそうだな」

「じゃ、もっと確率が低くなる」

「終兄さん、そんなに悲観することないと思うよ」

末っ子がなぐさめる。

「どこの宇宙にも、きっと食べるものはあるよ」

「わかるもんか。まだ生命体が誕生してない宇宙があるかもしれない」

「そういうことに関しては、危機感があるんですね」

すぐ反論しようとして、終は何か思いあたったように、三秒間ほど沈黙した。

「もしかしたら……」

「もしかしたら？」

「うん、寒けのする想像だけど、小早川奈津子《こばやかわなつこ》が元気で生きてる宇宙があるかも」

「行ってみたいですか」

「逆だよ！」

続と終の応酬を聞きながら、始は碧空《へきくう》をあおいだ。彼自身は、永遠の生命をあたえられたからには、それにふさわしい生きかたをしてみたい。炎帝と闘うと限定はしないでよいはずだが、こちらが動かなければ先方から何かしかけてくるのは疑いなかった。始は危険を恐れないが、弟たち、とくに末っ子を危険にさらしたくない。

余が生まれてからずっと始はそう思ってきたが、これは続や終から指摘されるとおり、過保護かもしれない。この半年で、余は、一人前の戦士であることを、機会あるごとに証明してきたではないか。もう半人前あつかいするのは、余の自尊心を傷つけることになるだろう。

始は頭の後ろで腕を組んだまま、次男坊に話しかけた。

「で、お前どうする？」

「兄さんが本気なら、つきあいます」

「冗談だったら」

「冗談につきあいます」

続は空を見あげたまま笑う。女性たちが、「甘美で涼しげな笑い」と評価する笑いだ。その正体を知っているのは、兄弟と従姉妹《いとこ》だけである。

「だいたい、ぼくは生まれたときから一九年、ずっと兄さんとつきあってきましたからね。異世界だろうと異次元だろうと、つきあいますよ」

ガラス戸を遠慮がちにたたく音がした。見ると六仙のうち四仙——胡仙《キツネ》、黄仙《イタチ》、灰仙《ネズミ》、黒仙《クロネコ》がテラスにそろって礼をしている。余が飛びついてガラス戸をあけ、終がそれにつづいた。六仙は、二郎真君が玉皇大帝の代理になるという噂を耳にして、やって来たのである。

「で、竜王さまがたは？」

「仙界でひと休みしてから、果てしない旅に出る」

「果てしないって、どれくらい？」

「どれくらいかわかるなら世話ないよ」

「……もう二度と逢えないのですか？」

「逢えるさ」

終は簡単に答えた。

「いつか、かならず帰ってくるからな。お前たち、おとなしく茉理ちゃんにつかえて待ってろよ」

「太真王夫人《たいしんおうふじん》さまはともかく、わたくしどもには寿命がございます」

黒仙の声が、すこし湿っている。灰仙は終の肩に上って、小さな舌で頬をなめる。終は、それこそ「ガラにもなく」、いささか感傷的な気分になった。

そこへ、用でもすませてきたのか、おくれて白仙《ハリネズミ》と柳仙《ヘビ》がやってきた。仲間たちから、あわただしく事情を聴くと、おそるおそる問いかける。

「白竜王さまは、どうなさるんで？」

「あのなあ、白仙、お前、おれの兄貴たちのこと知ってるだろ。安心して送り出せると思うか。どんな宇宙や異次元に往《い》っても、おれが助けてやらないと」

「つまり、同行なさるんですね」

「あたりまえだろ、白仙、白竜王さまが、おとなしく留守番してるガラか」

言ったとたん、黄仙は頭にぽかりと一発くらった。

「あいてて……」

「出発するまで三年あるからな。その間に、おれに対する尊敬の念を、たっぷり教えこんでやるから、覚悟しとけ」

終が六仙相手にすごむという、スケールの小さなことをやっている間に、彼の兄弟たちは、それぞれの形で、三年後のことに思いを馳せていた。


鳥羽《とば》茉理、またの名を太真王夫人という、竜堂兄弟の従姉妹《いとこ》は……。

茉理の脳裏に、映像が浮かびあがる。竜堂兄弟の姿だ。昨夜、見た夢である。不吉な黒い太陽がコロナだけで地上を照らすなか、岩だらけの果てしない荒野を四つの人影が前《すす》んでいく。

「わたしはいないわ」

すこし淋しげにつぶやくと、茉理は立ちあがって、近づいてくる人影を待った。

柏の大樹がつくる広い蔭に歩み寄って来たのは、竜堂始、またの名を東海《とうかい》青竜王・敖広《ごうこう》という青年だった。茉理の顔を見て笑ってみせたが、すこし不自然に見えたのは、彼女の先入観だろうか。

「すこし時間いいかい」

「もちろんよ」

ふたりは、ならんで柏の幹に寄りかかった。しばしの沈黙の後、始は観念したみたいに口を開いて、三年の修行の後、炎帝を追ってべつの宇宙へと旅立つことを告げた。

「始さん、炎帝と再会したらどうするの？」

「まだ全然、決めてない。対決することになるだろうけど、どんな形の対決になるか……小指の先でひねりつぶされて、一巻の終わりかもね」

「そんな冗談きらいよ」

「ごめん、相手が茉理ちゃんだと、すぐ甘えてしまう」

いまどき中学生でももっと器用に想いを表現するにちがいない。近くの木蔭からそっとながめながら、次男坊と末っ子は歯がゆさを禁じえなかった。そこへ、六仙と別れた三男坊が、長兄に見つからないよう木蔭に飛びこんできた。

「どう、もうキスぐらいした？」

「残念ですけど、手もにぎってませんよ」

「あー、フガイない。イケメンのくせに女性と縁がないわけだ」

「そういう終君はどうなんです？」

「おれは食べ物と縁があればいいの。女なんてメンドウくさくて」

茉理が始の顔を見ずに言った。

「わたし、いつまでも待ちつづけるほど、男にとってつごうのいい女になるつもりはなかったけど」

始は無言で茉理の横顔をながめる。何しろ彼女が生まれたときからの識《し》りあいだ。きれいだと知ってはいたが、これほどとは意識していなかった。

「でも、家族の帰りを愉しみにしている女主人の役なら悪くないわね」

「茉理ちゃん……」

そこまで聞いたところで、次男坊は三男坊と末っ子の手をとり、家へと歩き出した。

「ま、今後の三年に期待しましょう」

三男坊と末っ子は何も言わなかった。

しばらく歩くと、後方から声がかかって、長兄が追いついてきた。照れかくしのように口を開く。

「お前たち、明日から修行開始だぞ。心の準備できてるだろうな」

「茉理ちゃんは？」

とは弟たちは問わなかった。「ブシのナサケ」というものである。

「人身のままで竜の力を自由に使えるようになれ、かあ」

「ぼくたち、だんだん人間ばなれしていく感じだね」

「しようがないだろ。もともと人間じゃないんだし」

「だいたい、終君、生まれつき食欲だけは人間ばなれしていたじゃありませんか」

「だけとは何だよ、失礼な」

「お前たち、すこしは悲愴になれよ。三年の修行がすんだら、何百年、何万年、何億年の旅が待ってるんだからな」

「うん、でも、いまは茉理ちゃんのブルーベリーパイが食べられりゃいいや」

「家に帰ろうよ、始兄さん」

「しょうがないな」

肩を並べて、仙界に移転したわが家へと帰っていく四人兄弟を眺めていたのは、九天玄女である。踵《きびす》を返して宮殿にはいると、西王母に謁見《えっけん》した。

「あのお四方《よんかた》、気楽なものですわ。大丈夫でしょうか」

「さあ、どうでしょうね」

西王母は、あわく笑った。

「わたしの判断が正しいかどうかわかりません。もっと善《よ》い方途《みち》があるかもしれないし、いつか悔やむ日が来るかもしれません。でも、あの子たちは、気の遠くなるような永い旅路を、口笛を吹きながら歩んでいくでしょう。わたしはその後姿《うしろすがた》を静かに見守りたいと思っていますよ」

西王母は奥へはいっていき、九天玄女は一礼してそれを見送った。

――完――

竜堂兄弟座談会　さらば読者《とも》よ篇

終　えー、長年にわたり絶賛を博してまいりました、わが家の座談会でございますが、ついに最終回とあいなりました。皆さん、さようなら。
始　どこへ行く気だ。
続　それに、どこで絶賛を博してるんです？　ぼくは知りませんけど。
終　自分の評判を知らないって不幸だなあ。
続　知らないほうがいいこともあるんですよ。
始　で、何でそんなに急いでる？
終　いや、べつに……。
余　あと五分たつと、哲学堂前《てつがくどう》の「ペンギン亭《てい》」でパンケーキ食べ放題がはじまるんだよね。
終　えーい、お前はいつもよけいなことを。
始　そんなことだろうと思った。

続　「ペンギン亭」を食いつぶす気ですか。
余　いいお店なのにね。
終　ちぇっ、いいじゃないか。もう、たぶん二度と行かないんだから、おれの客としての姿を印象づけておきたいの。
始　そんなもの、印象づけんでいい。
続　というか、とっくに出入り禁止になってたと思いましたけど。
終　あの店の人たちは心が寛《ひろ》いの。
余　心が寛いと、つけこまれるんだよね。
始　とにかく退席は許さん。さっさと席にもどって皆さんにごあいさつしろ。
終　最後のあいさつは、もうしたじゃないか。
余　まだ文庫版が残ってるよ。
終　残業改革が必要だな、小説界にも。
続　改革が必要なのは、終君の了見です。
始　おかげで、さっきから、ちっとも話がすすまないじゃないか。
終　おれのせいかよ。
始　お前のせいだ。
余　「進《すすむ》」って名の兄弟がいたらよかったのにね。

始　そうなると、最終章のタイトルが変わってくるところだな。
続　とにかく、やっと終わりましたね。
余　三〇年以上かかったね。
始　作品中の時間経過は八ヵ月ぐらいだけどな。
終　三〇年以上っていうけど、半分の期間はサボってたじゃないか。
続　他の仕事をしてたんですよ。
余　ほんとにサボってたら、ごはん食べられないもんね。
終　まあ、終わってよかったけど、あの終わりかたでよかったのかな。
始　他にどんな終わりかたがあるんだ。
終　うーん、いや、おれ、蚩尤《しゆう》を退治して、めでたしめでたしで完結だと思ってたんだ。

始　残念だったな。
終　まさか炎帝《えんてい》なんてのが出てくるなんてなあ。
続　以前の巻に、ちゃんと名前が出てきますよ。
余　どの巻？
始　作者はそれほど親切じゃない。
続　第四巻ですけど、もう正確なことは忘れてるんじゃないですか。

終　何で炎帝をやっつけさせてくれなかったんだよ。
始　勝てやしないだろう。
終　主人公が勝てるようにしておくのが作者《とーちゃん》の義務！
続　おや、いいますね。
余　勝てるようになるまで、三千世界《さんぜんせかい》を旅してまわるんだよね。
始　そういうことになるんだが、不覚だったな。三千世界の三千というのは、一〇〇〇の三倍だとばかり思っていた。
続　三倍ではなくて三乗だったんですねえ。
余　作者《おとーさん》も、「ふーん、そうだったのか」って感心してたよ。
終　感心ですむか！　作者《とーちゃん》は書くだけですむけど、実際に一〇億の異世界を旅するのは、おれたちなんだからな。
始　文明というものが誕生して以来、何万人もの作家や詩人やマンガ家が異世界を創《つく》ってきたけど、全部あつめても一〇億にはならないだろうなあ。
余　作者《おとーさん》は一〇億冊、外伝を書けるね。
続　さらっと、こわいことを言いますね、余君は。
終　そんなことができるくらいなら、何年も前に本篇が完結してるだろ！
始　めずらしく、終が正しい。おれたちの物語は、これでおしまい。続篇も外伝もなし。

続　ぼくはこのまま、背も伸びないし、声変わりもしないままかあ。

始　その点は残念ですね。

終　背が高ければ、いいってもんじゃないぞ。

始　始兄貴が言うと、説得力があるなあ。

余　お前ら、明るいのはいいが、すこしは緊張しろよ。一〇億の異世界を旅するというけど、途中で何がおこるか、わからないんだぞ。

終　四人いっしょだもの、だいじょうぶだよ。

続　その根拠のない自信は、どこから来るんだ?

始　終君がそれを言いますか。

終　ま、三年の修行の途中で、へたらないでくれよ。

始　出発前にへたってて、炎帝に勝てるわけないよな。

続　勝つ必要はない。尋《き》き出せばいいんだ。三千世界の秘密を。

始　自分も世界のすべてを知っているわけではない、みたいな言いかたをしてましたね。

終　すくなくとも、おれたちよりは知ってるだろう。

始　勝たなきゃ教えてくれやしないさ。

余　いろいろ謎が山づみのままだもんね。

続　ところで、地上はあれでいいんですか。共和学院《きょうわ》は冴子《さえこ》おばさんにまかせるとして……。

始　先輩たちは三人組《トリオ》で探偵事務所でもつくって、権力者たちとケンカをつづけるだろうな。仙界《せんかい》もバックアップしてくれるようだし。

続　ただ、こうなると、京都幕府の消滅が惜しまれますね。

余　ぼく、小早川《こばやかわ》のオバさんは生き残ると思ってたけど。

終　やめろよ。生き返ったらどうするんだ。

続　そのときは終君にお相手をまかせますよ。ぼくは分《ぶん》というものを、わきまえていますので。

終　きったねえ。

始　まあ、そう落胆するな。三千世界のどこかに転生して、おれたちを待ってるかもしれんぞ。

続　兄さん、竜珠をなくさないでくださいね。あれがないと、転移できなくなります。

始　うん、わかってる。

終　何なら、おれが持っててやろうか。

余　終兄さん、あれは食べられないと思うよ。
終　わかっとるわい。余、兄をナイガシロにするなよ。
続　その言葉、自分に向けて言うべきですね。
始　いちおう最終回なのに、ちっとも総括できてないな。みんな、何か反省の弁はないのか。
続　もっともです。終君、どうぞ。
終　何でおれからだよ。こういうときは、長男から始めるのがスジだろ。
始　お前にスジと言われると釈然としないが……まあ、いろんなところに、ずいぶん迷惑をかけたな。もうすこし自制したほうがいいだろう。
続　ぼくは逆です。もうちょっと、相手に実力で反省をうながすべきでした。
終　あ、それ、おれも賛成。
始　お前らなあ……うーん、お前らを異世界へつれていくことが、どうやらおれの使命らしいな。
余　ぼくのも聴いて。
始　ああ、すまん、余の意見を聴かせてもらおう。
余　はい、えーと、ぼくも反省してます。もうちょっと、ちゃんと終兄さんを見張っておくべきでしたが、引きずられることが多かったです。

終　この恩知らず！　裏切り者！

始　お前もきちんと反省しろよ。

続　ぼくの反省に便乗したりするから、そうなるんですよ。

終　はいはい、以後、兄弟関係について考えをあらためます。

始　その態度に言いたいことはあるが、三年間あるからな。じっくり修行してもらおう。

余　茉理《まつり》ちゃんお手製のチーズケーキが待ってるよ。

続　兄さんも、三年ありますからね。

始　な、何を言い出すんだ。

余　始兄さんと終兄さんの競争だね。

続　そういうことですね。それでは、兄さん、みんなそろって……。

始・続・終・余　ご愛読ありがとうございました！　天野《あまの》喜孝《よしたか》先生、編集者の方々、感謝いたします！

二〇二〇年一〇月

〈巻末対談〉

田中芳樹
VS.
上橋菜穂子

——悪魔が来《きた》りて筆を執《と》る——

「たぬきそば」と「銀河のモテ男」

上橋　田中先生、『創竜伝』の完結、本当におめでとうございます。

田中　ありがとうございます。なんとか終わらせることができました。

上橋　担当編集者さんから、「田中先生が文庫版『創竜伝』の最終巻の巻末対談の相手に望んでおられるのでお受けいただけませんか？」というご依頼をいただいたときは、びっくり仰天しました。あまりにも思いがけないことで、しばらく、頭の中にクエスチョンマークが飛び交っていたのですが、いったい、なぜ、私にお声をかけてくださったのですか？

田中　以前から、上橋さんの作品を楽しく読ませていただいておりまして。インタビューなどからうかがえるお人柄にも興味があって、いつかお話ししてみたいと。今年、上橋さんが吉川英治《よしかわえいじ》文庫賞をおとりになられて御祝いを申しあげたい、お花を贈りたいと思っていながら機会がなかったんです。そこで「『創竜伝』の対談相手をどうしますか」と聞かれたので、これ幸いとお名前をあげさせていただいた次第です。

上橋　そうだったのですか。先生に、拙著《せっちょ》を楽しんでいただけたなんて、うれしいです。どうもありがとうございます。先生は私より十歳年上でいらっしゃいますよね。『銀河英雄伝説』に出会ったとき、私はまだ作家になることを夢見ている大学生でした。『銀河英雄伝説』は本当に面白くて、アニメ化されていると知って、リッチな友人にビデオを借りて観ました。私はヤン・ウェンリーが大好きだったので、ああいうことになったときには、田中先生、なんてことを!! と思いました（笑）。

田中　それはそれは……。恨まれるのは困ってしまいますけど、ヤンには言ってやりたいですね、「お前もモテてよかったな」って（笑）。

上橋　先生、「論文を書いてもファンレターは来ないから」というようなことを、どこかで書いておられましたよね。それを読んだとき、私も大学院を目指してた頃か、大学院生になったばかりぐらいの頃だったので、とても印象に残っております。

田中　それはなんとも……お恥ずかしい次第です。

上橋　『創竜伝』に出会ったのも、まだ作家になる前だったと思います。竜堂兄弟が、気持ちよさそうに天空を舞うところが好きだったのですが、博士課程に進み、オーストラリアでフィールドワークをするようになると、しばらく、新刊を手に取ることのない時期がありました。『創竜伝』自体も、かなり長い中断がありましたよね？

田中　そうですね、十六年空いてしまいました。

上橋　十六年ですか！　二〇一九年頃でしたか、先生から『創竜伝』の14巻をお贈りいただいたときは旧友に再会したようで懐かしい気持ちになりました。でも、そのときには、1巻目を読んでから三十年近く経ち、内容がうろ覚えになってしまっていたので、時間に余裕ができたときに、最初から最後まで通して読んで楽しもうと思って、とっておいたのです。今回、まさかの巻末対談のご指名で、大慌てで一週間で15冊を一気読みすることになりまして、昨夜読み終えたのですが、もっとゆっくり読みたかったなあ、と思っております。

田中　急なお願いで失礼いたしました。そうだ、忘れないうちに……（そう言っておもむろに袋から何かの箱を取り出す田中氏）。こちら、何年か前にイギリスに行ったとき、蚤《のみ》の市でパブの看板のミニチュアを買いまして。もし、イギリスがお嫌いでなかったら、どうぞ。

上橋　わあ、キツネさんの看板、洒落《しゃれ》てて素敵です！　ありがとうございます。私はイギリスが大好きなんです。母もイギリスが大好きでした。好奇心旺盛で、海外旅行が大好きだった母に進行した肺がんが見つかったとき、「どこか行きたい所ある？」って聞いたら、「もう一度、イギリスに行きたい」って。それで、イギリスに連れて行き、『指輪物語』のトールキンや『ナルニア国物語』のルイスなど、インクリングズ（オックスフォード大学で文学討論会を行っていたグループ）のメンバーが集まったという『鷲と子ども亭』というパブに行ったり、オックスフォードやコッツウォルズをまわったりしました。イギリスは私にとって大切な所なんです。今日はうれしいことが重なりました。どうもありがとうございます。

田中　世界の歴史を見ていると、近代以降イギリスっていうのは「なんて悪辣《あくらつ》なやつらだろう」と思うんですけども、嫌いになれないんですね。

上橋　そうですね。私もオーストラリアの先住民について学んできましたから、イギリスが行ったことで苦しんだ人々のことを思わずにはいられません。それでも、イギリスには好きなところもたくさんあるのです。トールキンやサトクリフやランサムの故郷ですし、イギリスの朝ご飯、大好きですし。

田中　イギリスの朝ご飯は、なんか癖になりますね。

上橋　オーストラリアも、ホテルに泊まったりするとイギリス風の朝ご飯が出るんですが、私はイングリッシュブレックファーストが大好きなので嬉しくなります。『創竜伝』にもイギリスのロンドン大学で、お昼ご飯を食べるシーンがありましたね。でも、先生が巻末対談（『創竜伝（14）月への門』講談社文庫を参照）で味はあまりおいしくなかったとおっしゃっていて。

田中　タダで出してるんだから、もう味までは……というところだと思います。

上橋　お味は……でも、学生たちに無料で提供するというのがいいですね。

田中　そうなんです。それで本物の学生かどうか確かめたりもしない。その辺りは鷹《おう》揚《よう》なんです。

上橋　そういう鷹揚なところが、またいいですね。

田中　はい、やはり大英帝国だな、と思います。

上橋　でも、先生、『創竜伝』で、イギリスもアメリカも香港もみんな、派手にぶっ壊して回りましたね。

田中　完全に言い訳になりますけど、あれは四兄弟や小早川奈津子が勝手にやったことでして（笑）。

上橋　そうですかあ？　おとーさんの意を汲《く》んでの所業では？（笑）。この一週間、『創竜伝』を読ませていただきながら、初めて1巻目を読んだ頃のことを思い出していました。『銀英伝』や『創竜伝』に出会った頃、私はまだ学生でお金がなくて、でも、買いたい本は山ほどあるし、学術書ってすごく高いしで、講義の最中に、一ヵ月のうち何回昼食を学食のたぬきそばにしたら、本が何冊買えるか、計算したりしていました（笑）。そんな状態でも『銀河英雄伝説』は全巻買わせていただきました。

田中　恐れ入ります。それがなければ天ぷらそばくらい食べられたかも、ですね（笑）。

上橋　白状すると、あきらめるのがつらかったのは、第一学食のカツ丼だったのですが、天ぷらそばも魅力的ですねえ（笑）。そんなことで悩んでいたあの頃の自分に「将来、『創竜伝』の最終巻で田中先生と対談をさせていただくんだよ」なんて伝えても「うそだあ！」と言って信じないと思います。先生、本当にお疲れさまでございました。本当に長い間……約三十年ですか。

田中　はい、それだけかかってしまいました。作中では半年ほどの時間しか流れていないのですが。まあ、これは何の言い訳にもなりませんけどね（笑）。

上橋　どうして急に止まってしまったんだろうって思いましたけど、他のお仕事にかかってらっしゃったんですよね。

田中　そうなんです。同業の人によっては「天使が降りてきて、耳元で囁《ささや》いてくれないと書けない」とおっしゃる方もいらっしゃるんですが……。

上橋　私もそうです。先生もそうなのですね？

田中　いや、僕の場合は、悪魔が来て囁かないと駄目なんです（笑）。

上橋　うっ、私に囁いているのはどっちだろう？（笑）。でも、お書きになっている数からして、先生のもとにはどんどん悪魔がいらっしゃるんですね。

田中　ええ、作品ごとにいるんです。

上橋　作品ごとに！

田中　それで悪魔同士けんかして勝ったやつが、これを書けと。

上橋　『創竜伝』の悪魔は負け続けだったんですね、かわいそうに（笑）。

田中　十六年負け続け……。

上橋　でも、その後に、こうやってちゃんと最後までお書きになったたっていうのはすごいことですね。驚きです。『創竜伝』の悪魔の粘り勝ち。

田中　もう他になんの能もないですから。悪魔が寄ってくるうちが華だなという感じです。

悪魔のシモベ、物語のドレイ

上橋　作家によって、それぞれだと思うんですが、私も何かが来ないとまったく書くことができなくて……。私の場合は物語のほうが主人なんです。自分で考えているはずなんですけれど、書き始めると、「いつもの自分」ではない「別の自分」が内側から現れて、その存在が書いているような不思議な感覚になります。

田中　それは僕も、しょっちゅうあります。ほんの二、三年前に書いたモノを見ていても「これはいったい誰が書いたんだろう」と思うことがありますから。

上橋　そうなんです！「これは誰が書いたんだろう」っていう感じがしますよね。あのときの人間の脳ってどうなってるんだろうって思います。もう一回同じように書けと言われても、多分、書けません。

田中　それは僕もそう思いますね。

上橋　そうなんですね。先生も同じような感じで書いておられると知って、嬉しいです。私は、ゲラになったのを読んでも、毎回これは誰が書いたんだろうって思います。普段の自分の頭の働き方では、こんなことは絶対出てこないって思うんです。

田中　ある意味、それがないとやっていけないですね。

上橋　私は物語を書き始める前にプロットはたてないのですが、先生は？

田中　自分なりのレベルでプロットは練って「この場面はこう、このキャラクターはこういう性格で……」みたいなモノを一応メモ書きはしますけれども、特にキャラが自分の思うとおりに動いてくれないですね。「おまえの行く道はそこじゃないだろ」と言っても「なんか言った？」みたいな感じで……。

上橋　ぜんぜん聞いてくれない？（笑）。

田中　以前、若い映画監督の方が「ベテランの俳優さんって、もう自分のものがあるから、私のような若造がなにを言っても聞いてくれないんだ」とかボヤいていらしたんですが、僕と同じだなと。

上橋　天使のなっちゃんなんかは、もう絶対、言うこと聞かなそうですよね。

田中　そうなんです。あれがまた、どういうわけか変な人気が出てしまって。「これは絶対、僕が自分で考えたんじゃない！」と思ってます。

上橋　勝手に生まれてきちゃったんですか？

田中　悪魔の仕業《しわざ》でしょうねえ（笑）。

上橋　途中から、不思議な形ですごい勢いで話をかき回していきましたよね。

田中　はい。多少の計算はしたんです。要するに、竜堂兄弟でもここまでやったらやり過ぎだろうなというときに、ひょいと現れて。「そうだ、この小早川のなっちゃんにやらせておいて兄弟がそれを防ぐという、そういうパターンのアクションができるな」と。まあ、これも悪魔の囁きですね。

上橋　そういう意図がおありだったんですか。この年になってから読みますと、『創竜伝』って、結末をつけるのが難しい物語だなあと思いました。作家になる前の、ただの読者だったときは、彼らの超人的なパワーを楽しんで読むことができたんですが、人間離れしたパワーを持つ存在を主人公にして物語を書くことって、すごく難しいですよね。しかも、彼らは不老不死ですし……。

田中　ピンチに追い込むことも難しくなってしまうので、そこは苦労しましたね。

上橋　竜堂兄弟のようなスーパーパワーを持つ者たちを、どういう立ち位置に置いて書いておられるのかを考えながら読んでいました。「人間が、彼らに頼るのではなく、自ら選択して行うべきこと」を、どう描かれるのだろう、そして、「彼らと人間世界の関係」をどう描かれるのだろう、と……。

田中　「人類を救うスーパーヒーロー」というのは柄じゃないというか……。それで、竜堂兄弟でも出会ったら逃げ出してしまうような存在がいないと面白くないな、と思いまして。敵は強いほど、こっちとしてもやりがいがあるといいますかね。

上橋　それで、人類の次元とは少し違う次元で、竜堂兄弟は敵と向かい合うわけですね。竜に敵対するものとして牛が出てきたとき、あ、なるほど、牛かあ！　と思いました。

田中　もう僕なんかど素人で、学術書とまではとても言えないけれども、ちょっと一般的には難しいなという感じのレベルの本を読んでいくと、うなずくこととか、そうだったのかとか思うことが随分あります。結果として、それがインプットになってたまっていくんだろうなと。牛種の発想もその辺から出て来た感じです。

上橋　お聞きしたいと思っていたのがまさにそれで、牛種と竜種という構想は、最初からおありになったんですか。

田中　いえ、ありません。

上橋　途中で悪魔の囁きが来たんですね。

田中　そうですね。そもそも『創竜伝』は1巻を書いて欲しいという依頼だったので、とにかく1巻で終わる話を書いたんです。いま考えてみると、それは『銀英伝』の第9巻と第10巻を書く間のことなんですけどね。

上橋　そうだったんですか！　それはすごいですね。

田中　ええ。だから、つくづく、あの頃はパワーだけはあったなと思うんですけど。

上橋　本当にすごいパワーで、いつ寝てらっしゃったんでしょうか。そうすると、悪魔の囁きが牛の頭を出してきたのは、どの辺りだったんでしょうか。

田中　どうだったんでしょうね。世界の民話みたいなのを読んでるときに、大体インドあたりを境にして竜が西洋では悪のドラゴンになり、東では水の神様になっている。一方、それに照応するような形で牛への信仰みたいなのがあるというようなことを読みまして、「これだ」と。

上橋　なるほど、そういう経緯だったのですね。

愛してる、床が抜けるほど

上橋　ところで、私は、始さんに共感するところがありまして、本を踏みそうになった瞬間にあっと思って避《よ》けるとか（笑）。最終的には、なんと書庫ごと家を仙界まで飛ばしちゃって、あれには拍手でした。私、いつも秘書さんズに「本を何とかしてください」って言われておりまして、出来ることなら本は仙界に移したいです（笑）。先生は本をどうしておられますか。本で家がつぶれそうになったりしてらっしゃいませんか。

田中　仕事場が鉄筋造りのマンションの一階なんです。ですから、まず大丈夫ですし、仮に床が抜けても他人《ひと》さまに被害は及ばないだろうと。

上橋　わあ、羨ましいです。でも、マンションの仕事場だけで入り切りますか。

田中　僕はもうちょっと入ると思っているんですが、事務所のスタッフには「もう入らない」って言われてます。それで、自分でも覚悟して半年に一回ぐらいは整理するんです。

上橋　あ、それ、言っちゃダメです！　あそこで私の秘書さんが深くうなずいてます。「田中先生を見習って整理してください」って（笑）。まだ大学の特任教授をしているのですが、研究室にも本が溢《あふ》れていまして。研究室を離れるとき、あの本どうしよう、と悩んでいます。オーストラリアで買い集めたアボリジニ関係の本など、捨てるに捨てられないものがいっぱいあって……。

田中　僕も仕事の合間に、ふと天井を見上げて「天井ってのは無駄だな、本が置けないもんかな」なんてことを考えたりしますから。

上橋　先生、それはやめてください、天井が崩落してきたら、えらいことになります！　でも、よく考えると日本は地震大国ですから、恐ろしい話ですよね。ああ、何の話をしているのかわからなくなってしまいました（笑）。そうだ、姑さんに共感という話でしたね。私は、もうひとり、冴子おばさんも好きなんです。だから、「最後のところは冴子さんが持ってっちゃったな」って思いました。冴子さんと、その旦那さん、つまり茉理ちゃんのお父さんも、ずっとかわいそうだなって思ってたんです。きっと娘のこと、すごく心配していただろうと。本当にあのお母さん、すてきですね。

田中 ありがとうございます。これも一つの手管《てくだ》なんですけども、最初は嫌なやつ風に出しておいて、実はそうじゃなかったというような……。キャラクターに自分なりの色付けをするときに、そういう手管、使いますね。

上橋 では、最初から冴子さんはああいう感じにしようと思ってらっしゃったんですか。

田中 はい。イメージはありました。

上橋 お父さんも最後は、お父さんらしい人間味というか、弱さが逆に輝きましたね。最初は「どうして冴子さんはあの人と結婚したの?」って思うような人だったのに。

田中 ありがとうございます。

上橋 あともう一人、というかもう一匹、私、松永クンが大好きなんです。ちなみに六仙も好きで。猫のおばばさんも素敵でした。松永クンや六仙、田中先生がお書きになると本当に生き生きしていますよね。

田中 ありがとうございます。松永クンと六仙によく伝えておきます(笑)。

上橋 12巻は宋代の中国が舞台ですけれども、先生が中国のものをお書きになると、広大な大地に風が吹き渡る感じがあります。中国史の知識が骨肉になっておられるからでしょうか。先生は漢籍などは、気楽にお読みになれるのですか？

田中　いや、とてもとても。僕らの世代で漢籍が自由に読めるという人は、もう専門家だけでしょうね。漱石あたりの手紙なんかを見てみると、漢学者でもなかったのに、こういう文章が書けたんだなと思いますね。漢籍の素養っていうのは何とか太平洋戦争の頃までは残っていたけれど、その後は……。

上橋　でも、先生の知識はすごいですね。中国の歴史の中で、あれだけの時代を網羅されている。

田中　いえ、もう下手の横好きでして。それに、どうしても作品に都合のいい資料が見つからない場合は、もう自分の想像で書いてしまう。書いた後、何となく後ろめたくて……。「まあ、いいや、誰も見たことないんだから」と開き直るしかないですね。

三千世界にコダマする咆哮《ほうこう》

田中　異世界ファンタジーものと言うと、本当に西洋世界のほうに大部分がいっちゃいます。でも上橋さんの作品には、東方的と言ってしまうと少し狭過ぎですけど、非ヨーロッパ的なところがあって、あの感触がすごく好きなんです。

上橋　ありがとうございます。先生にそんなことを言っていただける日が来るなんて、学生の頃の、たぬきそばをすすっていた私に教えてあげたい（笑）。物語世界ですが、私は、物語を書く前にその世界の詳細を設定することはしないんです。気候風土や生業などは頭の中に浮かんでいるので、その生業に関する資料を読んだりはしますが、その世界がどんなところかを事前に細かく設定したりはせずに、物語の中で生きている人たちが見ているものを書き写すような形で書き始めてしまいます。だから、いちばん怖いのは、物語を書き終えた後に編集者さんたちから「地図をください」って言われることなんです（笑）。

田中　ええ。それは、もう同感です。

上橋　地図は、物語の中で生きている人々の頭の中にあるんです。目的地がどの方向にあって、そこに行くには馬で何日かかると思っている、とか。ストーリーも、書く前は、ぼんやりとしたものが頭の中にあるだけで、大抵そのストーリー展開にはなりません（笑）。先程、先生も牛種のことは後で出てきたとおっしゃいましたが、それでも大筋は考えておられるのですか？　たとえば最後の方で、神農さまが出てくるというようなことなども？

田中　いえいえ。中断しているときくらいに考え初めて。結局、竜種は黄帝のほうにつくわけだから、最後の、それこそ何万年か先に決着をつけるにしても、これは神農ぐらいの存在でないと、と思いまして。やっぱり堂々とした悪役って、好きなんですよね……。昔、アレクサンドル・デュマの『三銃士』と『モンテ・クリスト伯』と、どっちが好きかと聞かれたことがあるんです。「それは『三銃士』ですよ」と答えました。だって悪役がリシュリューですからね、『三銃士』の場合は。『モンテ・クリスト伯』は、案外せこい悪役。やっぱり悪役は強くて圧倒的な力を持ちつつも、どこか行き着くところまで行ってしまった者の悲哀というか、孤独感みたいなものを持っているというような、そういう存在がいいですね。

上橋　なるほど、それで神農なのですね。実は私、日に何十回も食中毒を起こしながら、我が身で毒か薬か食べられるものかを試していった神農さまには、自分だけでなく他者も無事に生きていくことができるようにと、試行錯誤を繰り返してきた人々の思いが見えるようで大好きなので、黒幕として登場したときは、うわあ、と思ったのです。でも、黄帝と炎帝、竜と牛となれば、確かに神農さまはドンピシャで、しかも、先生も書いておられるように、農耕の開始は様々な意味で世界を変えてしまったターニングポイントですものね。それに、先生は全知全能の神ではあり得ないということを明確に示した上で、永遠を生きなければならない神農を描いておられますよね。だから、神農が、とてもかわいそうな存在にも見えてくる。

田中　そうなんです。

上橋　四兄弟がいてくれるというのは、神農にとってはむしろ救いかもしれないですね。

田中　そうですね。少なくとも、孤独ではない。

上橋　不老不死であるということは、恐ろしいことで……。余君が、これ以上、身長が伸びないのかって落ち込んでましたけれど、一切変わることがない、終わることがない時を生きるっていうのは、とても恐ろしいことですよね。でも、仙人はひょうひょうと、あらゆることを楽しんでる。飽きるということがない。子どもというか、童《わらべ》の感覚を維持したまま変化から外れている、そんな存在として、先生は仙人を描いていらっしゃるような気がします。その感覚、四兄弟も持ってる感じがするんですけど……。

田中　多分、持ってると思いますよ。気が付いてるのは、一番上のお兄ちゃんだけでしょうけども。

上橋　そうですよね。一番上のお兄ちゃんは歳を取ってから覚醒しましたからね。続さんも物事の裏をきちんと見るっていうか、非常にシビアにありとあらゆることを見ざるを得ない。それは、多分、つらいことでもあるでしょうね。それでも、終君と余君がいてくれるおかげで上の二人は救われていますね。二人を見守らないといけないですし。

田中　そうなんです。彼らには「こいつらをちゃんと見張っておかないといけない」という生きがいを、敢えて与えております（笑）。

上橋　とてもバランスがいい兄弟ですね。先生がいちばん最後に「口笛を吹きながら歩んでいくでしょう」と書いておられて、あれに私は救われました。あの感覚がなかったら、つらいラストだったかもしれません。四兄弟が、そういう形で不死を越えていくであろうと思えて。だから、なっちゃんがああなってしまうのもあれはあれで……。まあ、なっちゃん自身は「私は、まだ生きたかったわよ！」って怒鳴りそうですけど。でも、その一方で「わが人生に悔いなし！」とか叫びそうな気がしないでもない（笑）。

田中　いや、わからないですよ。それこそ三千世界のどこかには、なっちゃんが元気にしている世界があるかもしれません。

上橋　どこかに「おほほほほほほほー」という笑い声が響いてる世界があるかもしれないですね（笑）。

亀さんの退職金

上橋　ところで、先生は原稿、手書きなさるんですよね。

田中　ええ、デジタル的に二十年も三十年も遅れている人間でして。僕が『銀英伝』を書き上げて、次に『創竜伝』と『アルスラーン戦記』のほうを始めた頃ですかね、「原稿を書くのがきつい」と知り合いの編集者に愚痴ったら「田中さん、ワープロで書いたら三割方、能率が上がりますよ」って言われたんですよ。そのとき僕は本当に生意気な答え方をしたんですけど「能率上げてまで仕事しようと思いません」と……。（ここで、元担当編集者が田中氏の手書き原稿のコピーを持って参上、上橋氏に見せる）

上橋　ええええ!?　すごい！　こんなきれいな字で！　私、穴があったら入りたいです。私はずっとワープロでして、最近漢字が書けなくなっているんです。いま、授業で板書したら、大恥をかくかも。

田中　僕も漢字が出てこないことなんて、いくらでもあります。

上橋　でも、こんなにきれいな字で、しかも、直しておられる所が本当に少ないんですね。編集者さんにとって夢のような原稿ですね。

田中　いやいや、小学生の作文のような字とよく言われます。お恥ずかしい限りです。

上橋　私、偕成社に原稿を持ち込もう、と思ったときに、初めてワープロというものを買ったんですよ。当時の機器はまだ液晶画面に表示される文字数が少ないものでしたけれど、私はものすごく字が下手なので、この汚い字では編集者さんに読んでいただけないと思って、清水の舞台から飛び降りる気もちでワープロを買ったんです。それにしても、こんなに直しが少ないというのは、頭の中で文章がきちんと整理されているんですね。

田中　どうなんでしょうかね。手書きでも、僕の何倍も早いペースで書かれる方がいますから。僕は『幻影城』という雑誌でデビューしたんですが、そこで栗本薫《くりもとかおる》さんも書いておられて。なんかのときに「今ちょっと書いてる途中だから待っててね」と言われて、待っていたら目の前で、ぴゅんぴゅんと書いていかれるわけです。しかも、四百枚分の原稿を見せてもらったんですけど、一ヵ所も直しがない。こういう人に張り合うのはやめて、自分のペースでやっていこうと。もう亀さんになることに決めました。

上橋　ひええ！　それはすごい！　私は、自分が書いた原稿を世に出して良いと思えるようになるまで何度も推敲《すいこう》するので、一ヵ所も直しのない原稿というのは、まったくイメージできません。作家生活三十年を超えましたけれど、そのお話を聞いたのがいままでよかったです。若い頃に聞いたら、自分には、そんな才能はないと思って書くのをやめてしまったかもしれません（笑）。

田中　それはそれは……。お会いしたのが今日でよかった（笑）。上橋さんの作品を読めなくしてしまったらファンの方に恨まれてしまいますから。僕も上橋さんの作品を読む楽しみがなくなってしまうところでした。僕は書店でも、児童書の棚によく行くんです。はやみねかおるさんとか、面白い作品を書かれる方がたくさんいらっしゃるんで。それで、上橋さんの『獣の奏者』を見つけて……。それ以来、完全にハマってしまったわけです。

上橋　先生に拙著を読んでいただけるようなときが来るなんて、なんだか夢を見ているみたいです。どうもありがとうございます。

田中　いえいえ、どうぞこれからも面白いものを読ませてください。

上橋　今日はお会いできて本当に嬉しかったです。本当にどうぞお身体にお気をつけていただいて、これからも、たくさん、面白い物語を世に送り出してください。

田中　これはお互いさまで、書くのをやめても退職金は出ないですしね（笑）。老骨に鞭打って頑張ります。

竜堂兄弟座談会　永遠回帰篇

終　あー、終わった終わった、やっと終わったぞお。
続　まだ残ってますよ。
始　これから文庫版の座談会が始まるだろうが。
終　ちゃちゃっとすませて、さっさと帰ろうぜ。
余　座談会の後、お菓子が出るよ。
終　後でなくて、いま出してくれないかなあ。
続　最初から最後まで、世の中をなめてますね。
始　余、終の分のお菓子は、お前が食べていいぞ。
余　いいの？　ありがとう。
終　こら待て、ちょっと待て。
余　ありがとう、終兄さん。
終　礼を言われるスジアイはない。おれのお菓子は、おれのもの。ひとかけらだって

始　やらん。
続　スケールの小さなことを、胸を張って言うなよ。
終　最終巻になっても、人間としての成長が見られませんでしたね。
始　おれ、人間じゃないもん。
終　そういうことも、いばって言わんでよろしい。
　　そもそもさ、物語の中では、三月ごろから一一月まで、時間が一年も経過してないじゃないか。その間、バトルばかりだもん。成長する余地なんかないだろ。
余　「男子三日遇《あ》わざれば刮目《かつもく》して視《み》よ」
始　お、いい成句《セリフ》を知ってるな。よく憶《おぼ》えてろ、終。
余　まちがえてなかった？　よかった。
終　ふん、天界の三日は地上の三〇〇年だからな。
続　すると、天界の三〇〇年は、地上の何年になりますか、終君？
終　あ、えーと、待てよ、一日が一〇〇年なわけだから……。
始　こら、指を使うな、指を。小学生か、お前は。
終　うーん、おれ、位相幾何学とか抽象代数学なら得意なんだけどな。
続　何でそうガラにない言葉だけは、憶えてるんでしょうね。
余　何だか話がずれちゃってるみたいだけど、もともとは何を話せばいいの？

始　ああ、そうだった。終の数学の試験が赤点スレスレだったことが議題じゃなかったんだ。
終　い、いいだろ、赤点じゃなかったんだから。
続　危ないところではありましたけどね。
始　そうだ、今日は最後の座談会ということで、反省会だったんだよな。
終　そうそう、みんな反省しタマエ。たとえ、おれが赤点とっても、地球は動く。まして、実際とってもいないんだから。
余　それで何を反省するの？
続　この物語の中で、ぼくたちが俳優《アクター》として、きちんと演じてきたか、総括する、という趣旨ですよ。
終　ハイハイハイハイ！
始　手を挙《あ》げんでもいい。意見があるなら言ってみろ。
終　えー、おれの意見としては、ひとりに他の三人が寄りかかって、演劇としてのバランスが悪かったのではないか、と。
始　もっと具体的に言ってみろ。
続　要するに、自分だけがマジメに働いていた、と、そう言いたいんでしょう。
終　わかっているなら、それでよろしい。これ以上、厳しいことは言わないでやる

始　よ、うん。
余　それはありがたい、と言いたいが、著《いちじ》るしく主観的だな。
終　ぼくだって、いろいろ苦労したつもりだけどな。
続　第一巻の最初から、おれに助けられたくせに。
始　逆でなくって、よかったですね。
　　そんなことになってたら、兄としての権威と尊厳が消えてなくなるところだったな、終。
終　おれの権威と尊厳は、そのくらいのことじゃ傷つかないよ。
余　六仙に話を聴いてみたらどうかしら？
終　必要ないって。あいつら、おれのこと崇拝してるから。
始　崇拝ねえ。
続　ま、竜のナサケ、これ以上は追いつめないでおきましょう。
終　たまにはいいこと言うじゃん、続兄貴。
続　何だか気が変わりそうな気がしてきましたよ。
終　変わる必要ないって。続兄貴は現在《いま》のままが一番いいの。
続　お許しいただいて光栄です。これからも終君の兄として最大限に努力しましょう。

始　自分で自分の首を絞めたな、終。
終　そ、そのていど……。
余　あのー……。
始　や、余に発言の機会がなかったな。言ってごらん。
余　うん、最初から疑問といえば疑問だったけど……。
続　シリーズの最初からですか。
余　うん。
始　プロットに不満があったのか。
余　プロットはいいんだよ。ぼくが末っ子だってことも文句はない。ただね、名前が
……。
終　ひでえ名前だもんな。
続　第一、四人兄弟と決めていたら、ちゃんと名前をつくっておくべきです。竜王としての名前は決まってて、変えようがないけど。
始　余って名前、気に入らなかったか。
余　ううん、余でよかったと思ってる。
終　じゃ、何が気に入らないんだよ。
余　ぼく、見ちゃったんだ。作者《おとーさん》が、夜中、メモにぼくたちの名前を書いては、破

始　ってクズカゴに捨ててるのを……。
余　ふむ、それで？
始　聴いてよ。ぼくの名前、第一案は「余」じゃなくて「残《のこる》」だったんだよ！
終　そ、それは……ひどいな。
続　竜堂残！　あはは……あいた、何するんだよ。
終　人の名前を笑いものにするのは許せません。余君にあやまりなさい。
続　ちぇっ、自分だって笑いそうになったくせに。
始　錯覚です。
終　ほら、あやまれ。
余　わかったよ。余、悪かったな、悪気はなかったんだけど。
始　いいよ、気にしてないから。
終　持つべきは寛大な弟だな、終。
続　それは、おれが兄貴たちに向かって言う台詞《せりふ》だと思う。
　　勝手に思ってなさい。ぼくは甘すぎたんじゃないか、と、反省してるところなんですから。
始　まあ、じつのところ、名前に関してはおれも思うところがあるんだ。
続　え、でも、兄さんだけはまともな名前じゃないですか。

始　いや、正確さを欠いた。名前じゃなくて、姓、名字だ。
余　竜堂？
始　うん、つまらないことだが、竜堂なんて、こりゃむしろ悪役の名字じゃないかな、と思ってた。
終　いいんじゃないの？　おれたち人類の敵なんだから、それっぽくて。
続　竜堂、竜造寺、竜ガ崎、竜ガ沼……竜という字がつくと、何やら事情《わけ》ありげな感じはしますね。
始　ま、事情はありすぎだからな。
余　ぼく、名字のほうは好きだよ。日本にラ行の名字って、めったにないし。
続　余君が言うなら、そういうことにしておきましょうよ、兄さん。
始　憶えてもらいやすい名字ではあるな。
終　兄貴たちが納得したところで、ハイ、反省会は無事終了。つぎに移ろうぜ。
余　いいの、これで？
始　終の本心は見え見えだが、この将来《さき》、三千世界の旅もひかえてる。このへんでお開きにするか。
終　さすが長兄！　そうと決まれば、腐らないうちに、お菓子持ってきて。
続　腐るわけないでしょう。ほら、来ましたよ。

終　……え？　ミルクシェイク？
始　ちょっとした手ちがいがあってな、今回のお菓子は液体になったらしい。
終　そんなあ。
続　心配しなくても、夕食はちゃんと出ますよ。
始　どうだ、終、ひとかけら余に分けてやったら。
余　ありがとう、終兄さん。
終　礼を言われるスジアイはない！　こうなったら一滴もやらん。
余　でも、こんな終わりかたでいいの？
始　よくないな。
続　えー、読者の皆さん、ぼくたち兄弟はこれを以《もっ》て『創竜伝』の世界から退場させていただきます。
終　これまでの応援ありがとなっ！
始　十億の世界をめぐることになりますが、その中には読者《みなさん》の世界もあるかもしれません。
余　小早川のオバサンが生きている世界もあるかも……。
終　やめろ、ミルクシェイクやるから、そういう不吉なこと言うのは。
続　あるいは別の作品世界にゲストで出演するとか。

始　長い間ほんとうにありがとうございました。
続・終・余　ありがとうございました！

二〇二三年十月二十二日

●「創竜伝15〈旅立つ日まで〉」は、いかがでしたか？
「創竜伝」についてのご意見・ご感想、および田中芳樹《たなかよしき》先生へのファンレターは、次のあて先にお寄せください。

〒112-8001　東京都文京区音羽2-12-21
講談社文庫出版部
「創竜伝」係
または
「田中芳樹先生」

本書は二〇二〇年十二月に講談社ノベルスとして刊行されたものです。

|著者| 田中芳樹　1952年熊本県生まれ。学習院大学大学院修了。'77年『緑の草原に……』で第３回幻影城新人賞、'88年『銀河英雄伝説』で第19回星雲賞、2006年『ラインの虜囚』で第22回うつのみやこども賞を受賞。壮大なスケールと緻密な構成で、SFロマンから中国歴史小説まで幅広く執筆を行う。著書に『創竜伝』、『銀河英雄伝説』、『タイタニア』、『薬師寺涼子の怪奇事件簿』、『岳飛伝』、『アルスラーン戦記』の各シリーズなど多数。近著に『白銀騎士団』『残照』などがある。

田中芳樹公式サイトURL　http://www.wrightstaff.co.jp/

創竜伝《そうりゅうでん》 15　旅立《たびだ》つ日《ひ》まで

田中芳樹《たなかよしき》

講談社文庫
定価はカバーに
表示してあります

2023年12月15日第１刷発行

KODANSHA

発行者――髙橋明男
発行所――株式会社　講談社
東京都文京区音羽2-12-21　〒112-8001
電話　出版（03）5395-3510
　　　販売（03）5395-5817
　　　業務（03）5395-3615

デザイン―菊地信義
本文データ制作―講談社デジタル製作
印刷――中央精版印刷株式会社
製本――中央精版印刷株式会社

Printed in Japan

ISBN978-4-06-533383-9

講談社文庫刊行の辞

二十一世紀の到来を目睫に望みながら、われわれはいま、人類史上かつて例を見ない巨大な転換期をむかえようとしている。

世界も、日本も、激動の予兆に対する期待とおののきを内に蔵して、未知の時代に歩み入ろうとしている。このときにあたり、創業の人野間清治の「ナショナル・エデュケイター」への志を現代に甦らせようと意図して、われわれはここに古今の文芸作品はいうまでもなく、ひろく人文・社会・自然の諸科学から東西の名著を網羅する、新しい綜合文庫の発刊を決意した。

激動の転換期はまた断絶の時代である。われわれは戦後二十五年間の出版文化のありかたへの深い反省をこめて、この断絶の時代にあえて人間的な持続を求めようとする。いたずらに浮薄な商業主義のあだ花を追い求めることなく、長期にわたって良書に生命をあたえようとつとめるところにしか、今後の出版文化の真の繁栄はあり得ないと信じるからである。

同時にわれわれはこの綜合文庫の刊行を通じて、人文・社会・自然の諸科学が、結局人間の学にほかならないことを立証しようと願っている。かつて知識とは、「汝自身を知る」ことにつきていた。現代社会の瑣末な情報の氾濫のなかから、力強い知識の源泉を掘り起し、技術文明のただなかに、生きた人間の姿を復活させること。それこそわれわれの切なる希求である。

われわれは権威に盲従せず、俗流に媚びることなく、渾然一体となって日本の「草の根」をかたちづくる若く新しい世代の人々に、心をこめてこの新しい綜合文庫をおくり届けたい。それは知識の泉であるとともに感受性のふるさとであり、もっとも有機的に組織され、社会に開かれた万人のための大学をめざしている。大方の支援と協力を衷心より切望してやまない。

一九七一年七月

野間省一

講談社文芸文庫

高橋源一郎

君が代は千代に八千代に

解説＝穂村 弘　年譜＝若杉美智子・編集部

たN5

978-4-06-533910-7

「この日本という国に生きねばならぬすべての人たちについて書くこと」を目指し、ありとあらゆる状況、関係、行動、感情……を描きつくした、渾身の傑作短篇集。

大澤真幸

〈世界史〉の哲学 3 東洋篇

解説＝橋爪大三郎

おZ4

978-4-06-533646-5

一二世紀頃、経済・政治・軍事、全てにおいて最も発展した地域だったにもかかわらず、覇権を握ったのは西洋諸国だった。どうしてなのだろうか？　世界史の謎に迫る。

講談社文庫　目録

2023年 9月 15日現在